HARRY KÄMMERER
LETZTE REISE

KRIMINALROMAN

WILHELM HEYNE VERLAG
MÜNCHEN

Sollte diese Publikation Links auf Webseiten Dritter enthalten,
so übernehmen wir für deren Inhalte keine Haftung,
da wir uns diese nicht zu eigen machen, sondern lediglich
auf deren Stand zum Zeitpunkt der Erstveröffentlichung verweisen.

Verlagsgruppe Random House FSC® N001967

Copyright © 2019 by Wilhelm Heyne Verlag, München,
in der Verlagsgruppe Random House GmbH,
Neumarkter Straße 28, 81673 München
Umschlaggestaltung: bürosüd, München
Umschlagmotiv: © Gettyimages/Elenora Festari/EyeEm
und © www.buerosued.de
Satz: Leingärtner, Nabburg
Druck und Bindung: CPI books GmbH, Leck
Printed in the Czech Republic

ISBN 978-3-453-43977-1

www.heyne.de

You need a bath and your clothes are wrong
You're not my type I can tell we wouldn't get along

BRENDAN BENSON

DAS PERSONAL

Letzte Reise ist der sechste Kriminalroman mit dem Ermittlerteam um den Münchner Kriminalrat Karl-Maria Mader und seinen Dackel Bajazzo.

Karl-Maria Mader: Chef der Mordkommission I in München. Mitte 50, geschieden, Dackelbesitzer, wohnhaft im betonierten Neuperlach, liebt Frankreich und Catherine Deneuve (Fernbeziehung, einseitig). Eigenbrötler, geschieden. Hatte sogar eine Jugend – in Regensburg, wo auch seine erst spät entdeckte Halbschwester Helene lebt.

Klaus »Soulman« Hummel, fantasievoller Kriminalbeamter, Gelegenheitskrimiautor ohne rechten Erfolg, ist immer noch unsterblich in die Schwabinger Kneipenwirtin Beate verliebt.

Hummels Kollege *Frank Zankl* hat seine großen Testosteronreserven weitgehend aufgebraucht. Zu Hause haben Frau Conny, Tochter Clarissa und der jüngste Spross Angelo die Hosen bzw. die Windeln an.

Doris »Dosi« Roßmeier ist nach wie vor die niederbayerische Seele der Münchner Mordkommission: loses Mundwerk, fintenreich. Klein, stark, rothaarig – »das Sams« (Zitat Zankl). Ihr Freund Fränki liebt sie abgöttisch.

Rechtsmedizinerin Dr. Gesine Fleischer kümmert sich auch diesmal um Verletzungen und Todesursachen aller Art.

Dezernatsleiter Dr. Günther ist wie immer um das gute Ansehen der Polizei besorgt.

Bajazzo ist und bleibt der klügste Dackel Münchens. Teilt mit Mader so manche Ansicht und auch Brühwürfel. Versteht sein Herrchen blind und zieht die Fäden im Hintergrund.

Giesing, Haidhausen, Au
bunte Lichter, dunkles Blau
leuchten rechts der Isar
eines, das ist klar
hier ist mein Revier
hier trinke ich mein Bier
zwischen Weißenburger, Ostbahnhof
Silberhorn und Ostfriedhof
Mariahilf und Nockherberg
Gasteig und auch Muffatwerk
Rosenheimer, Orleans und Tela
geht's denn noch reeller?
Hier läuft er, mein roter Faden
Döner, Pizza, Handyladen
Tchibo, Boazn, Metzgerei
für jeden ist da was dabei
hier ist alles nur nicht eins: geschleckt
feiner Film aus Abgas, Dreck
stumpfer Glanz in dirty Matt
hier seh ich mich niemals satt
hier komm ich auf meine Kosten
meine Sterne stehn im Osten
Haidhausen, Au, Giesing
hier dreh ich mein Ding

»Worte paaren sich zu Reimen. Nacht und Tag. Ständig.
Einfach so. In meinem Kopf fügt sich zusammen, was ich
alles sehe, wenn ich durch meine Hood gehe. Ich nehme

alle Entwicklungen wahr, so langsam sie auch passieren. Und manchmal staune ich, wie schnell sich alles ändern kann, manchmal ganz plötzlich. Also die Stimmung oder das Wetter. Da denke ich wie gestern, alles ist in Ordnung, die Sonne scheint, ich schmecke noch das Eis, das ich gerade auf der Parkbank gegessen habe, schaue hoch in die Blätter der Bäume, der Abendhimmel über dem Bordeauxplatz hat ein warmes Blau. Blau? Nein, er ist pechschwarz. Das Licht ist noch da, die Sonne steht knapp unter dem Wolkenrand. Jetzt wird sie von Gewitterwolken verschluckt. Es gibt einen Riesenschlag, und Hagelkörner schießen durch das Laub. Ich renne über die Wörthstraße und drücke mich in einen Hauseingang, sehe auf den breiten Gehweg. Komisch, in den Straßencafés keine Anzeichen plötzlicher Flucht. Keine Gläser, Teller, kein Besteck auf den Tischen, auf den Metallstühlen keine Polster. Alle haben das Unwetter kommen sehen. Nur ich nicht. Weil ich ständig mit meinem Kopf irgendwo bin? Nein, stimmt nicht, ich registriere genau, was in meiner Umgebung vor sich geht. Manchmal zu genau. Und dann habe ich keinen Blick für das große Ganze.

Ich schaue in den Vorhang aus grauweißem Hagel, der da vor mir herunterdonnert, sehe die Millionen Kugeln Eis, die auf Autodächern und Autoscheiben tanzen, sich bei den Gullys sammeln und den Weg in den Untergrund nicht finden, die Fugen der Trambahnschienen schließen. Alles ist in dunkelgraue Farbe getaucht, unpassend für einen frühen Sommerabend. Als ob da oben jemand beweisen will, dass das ganz einfach geht – Sonne und Sommer ausknipsen. Kein Verkehr, keine Autos, keine Tram. Das Tosen des Sturms, der schneidende Wind, die hüpfenden Hagelkugeln.

In der Schule gegenüber brennt Licht. An einem Sonntag? Ist da ein Schutzraum für Unwetterflüchtlinge? Geöffnet von einem katastrophenerprobten Hausmeister? Oder spielt da eine Volleyballgruppe in der Turnhalle einfach unbeirrt weiter, während draußen die Welt untergeht? Ich blicke an den Fassaden der Häuser auf der anderen Straßenseite hoch. Keine Lichter hinter den Fenstern. Doch, da im dritten Stock brennt eine schwache Lampe mit rotem Schirm. Ich sehe das Gesicht einer Frau, lange Haare auf den Schultern. *Roxanne, you don't have to put on the red light* ... Jetzt kommt jemand dazu, die Hände greifen an die Schultern, nein, um den Hals. Was wird das? Die Hände drücken zu, der Kopf kippt nach hinten. Ich will rüberlaufen, Sturm klingeln, da küssen sich die zwei. Keine Gewalt, sondern Leidenschaft. Die Hände der zweiten Person ziehen der ersten das T-Shirt über den Kopf. Die beiden verschwinden vom Fenster, wahrscheinlich ins warme Bett oder auf den weichen Berberteppich auf dem glänzenden Fischgrätparkett des Altbaus. Meine Fantasie. Immer eine Umdrehung zu viel.

Mir ist kalt. Hoffentlich hat das Unwetter bald ein Ende. Warum laufe ich nicht zum Café Voilà rüber? Wären nur zwanzig Meter. Aber dann bin ich klatschnass. Ich schaue wieder in den Himmel hoch. Immer noch pechschwarz. Nein, da ist ein feiner Riss, durch den ein gleißender Laserstrahl auf die Erde schießt. Der Himmel platzt auf.

Das Licht geht wieder an. Hausfassaden glänzen wie frisch gewaschen, Autos blitzen, auch Straßenschilder und Bistrotische. Überall glitzernde Eishaufen. Das Unwetter ist vorbei. Unter den Schuhsohlen knirscht das Eis. Sonne bricht jetzt vollends durch. Alles dampft in blassem Gold.

Leute kommen wieder aus den Hauseingängen, treten unter dem Dach der Tramhaltestelle hervor und staunen über die unwirkliche Umgebung. Sie zücken Handys, ein paar bewerfen sich mit Händen voller Eiskörner. Eine Tram quietscht an mir vorbei. Kinderhände wischen beschlagene Scheiben frei. Staunende Gesichter hinter Wasserperlenglas. Eis ächzt in den Schienen. Jetzt sind auch die Autos wieder da. Mit eingeschalteten Lichtern. Obwohl die Sonne strahlt. Was mach ich jetzt? Heiße Dusche? Nach Hause sind es fünfzehn Minuten, zum Johannis-Café fünf Minuten. Wenn überhaupt.

Als ich die Tür öffne, schlägt mir eine Warmfront aus Bier, Schweiß und Würstelwasser entgegen. Wohl vertraut, auch wenn ich schon lange nicht mehr hier war. Aus gutem Grund. In der Regel versinken nachfolgende Vormittage in einem schmerzhaften Nebel. Aus der Jukebox schmettert die Spider Murphy Gang: *Mit am Frosch im Hois und Schwammerl in de Knia …*

›Sitz di her!‹, herrscht mich ein Gast an und zieht mich zu sich auf die Bank runter.

Kurz darauf steht ein Bier vor mir, und ich stoße mit der Tischgesellschaft an. Und weiß schnell mehr, als mir lieb ist, über die zerrüttete Ehe von Franko aus Berg am Laim, von Hansi aus Giesing mit seinen Prostataproblemen oder über Erwin aus Haidhausen, dessen zwölf Katzen in seinem Einzimmerappartement ihr Unwesen treiben. Und dann ist da noch der »schöne« Manni von den Stadtwerken, ein Großmaul mit strammem Ranzen und schwarzem Zwirbelschnauzer, der zur allgemeinen Erheiterung ein erstaunliches Portfolio an Arbeitsvermeidungsstrategien aus seinem Berufsalltag zum Besten gibt. Puh …«

Hummel sah an die Decke und rieb sich das Kinn mit dem Dreitagebart.

»Alles gut, Hummel?«, fragte Dosi.

»Sorry, ich brauch 'ne Pause.«

»Kriegst du.« Dosi drückte den Pausenknopf des Aufnahmegeräts. »Wenn du ins Erzählen kommst, dann klingt das, als ob du schon wieder ein Buch schreiben willst. Mit dir in der Hauptrolle. Hört sich so an, als würdest du dir ständig von außen zusehen.«

»Das tue ich auch. Tut mir leid, bis jetzt war das nicht sehr sachlich, aber mir hilft das, wenn ich mich an die vielen Bilder und Stimmungen so konkret erinnere.«

»Alles gut, lass dir Zeit. Hauptsache, du weißt, was in der Nacht noch passiert ist.«

»Ich geh kurz eine rauchen, dann machen wir weiter, okay?«

»Ja, klar.« Dosi stand auf und drückte den Rücken durch.

Während Hummel im Innenhof des Präsidiums mit Blick in den Abendhimmel nachdenklich rauchte, versuchte er, sich an alle Details der chaotischen Nacht zu erinnern. Gelang ihm erstaunlich gut. Trotz Kopfschmerzen waren die Bilder hell und klar. Er trat die Zigarette aus und sagte zu sich selbst: »Okay, bringen wir es hinter uns.«

Als er den Vernehmungsraum wieder betrat, war Dosi gerade mit ihrem Handy beschäftigt.

»Machen wir weiter«, sagte er.

Dosi nickte und drückte auf Aufnahme. »Du bist also ins Johannis-Café. Was ist als Nächstes passiert?«

»Erst mal ist da ein Loch. Also, ich bin aufgewacht, nein, ich bin ziemlich rüde geweckt worden. Ich war in einem Laster, oben in der Schlafkoje im Führerhaus. Ein Verkehrspolizist hat mich aus dem Schlaf gerissen. Der war richtig aggro und hat sich erst beruhigt, als er meinen Dienstausweis gesehen hat.«

Hummel stockte.

»Und weiter?«, sagte Dosi.

Hummel schloss die Augen, konzentrierte sich, ließ den Film ablaufen.

»So, der Herr Kollege hält hier ein Schläfchen nach durchzechter Nacht«, meint einer der beiden Polizisten. »Wenigstens können wir uns den Alkoholtest sparen.«

»Ich sitze nicht am Steuer«, murmele ich.

»Und was machen Sie hier?«

Es durchfährt mich wie ein Blitz, denn ich weiß genau, warum ich hier bin: »Machen Sie den Laderaum auf! Schnell! Da sind Menschen drin!«

»Das ist der Grund, warum wir den Laster hier stoppen.«

»Wie?«

»Ein anonymer Anruf. Menschenschmuggel.« Der Beamte wendet sich an die beiden Fahrer. »Und? Ist das so?«

Die Angesprochenen schütteln den Kopf.

Der Beamte dreht sich zu mir. »Und wie kommen Sie auf die Idee, dass da hinten Leute drin sind?«

»Das ist doch jetzt egal. Ich weiß es. Machen Sie endlich das verdammte Ding auf!«

»Das reicht mir nicht als Erklärung. Also?«

»Ich hab zufällig mitgekriegt, wie mehrere Frauen

14

auf die Ladefläche geklettert sind. Da bin ich schnell selbst in den Laster gestiegen. Ich wollte wissen, was da los ist, wohin die zwei Typen mit dem Laster wollen. Leider war ich in keiner guten Verfassung. Bin ich immer noch nicht.«

Jetzt öffnet der Fahrer endlich den Frachtraum. Einer der Polizisten leuchtet mit einer Stabtaschenlampe hinein. Aber keine verängstigten Gesichter, keine erschreckten Ausrufe. Stattdessen kalte Luft und Stille – Totenstille. Auf der Ladefläche zusammengekrümmte Leiber.

»Scheiße!«, entfährt es mir.

Der Beamte hält mich davon ab, in den Laderaum zu steigen. »Treten Sie zurück. Das kann voller Abgase sein.«

Interessiert mich nicht. Ich halte die Luft an, steige auf die Ladefläche und berühre die erste Frau. Eiskalt. Keine Chance, die Frau ist tot. Die anderen auch. Ich springe raus und atme tief durch. Nein, hier geht es nicht um Abgase. Die Kühlung im Laderaum ist an.

»Machen Sie die Scheißkühlung aus«, herrsche ich einen der beiden Fahrer an. Wobei das keine Rolle mehr spielt.

Wenig später sitzen die beiden Lasterfahrer mit Handschellen im Fond des Streifenwagens. Die eingetroffenen Sanitäter können nur noch den Tod der insgesamt neun Frauen feststellen.

»Die müssen in die Rechtsmedizin«, sage ich.

»Das sehe ich auch so«, meint einer der Streifenbeamten. »Aber jetzt möchte ich von Ihnen noch mal im Detail wissen, was Sie mit der Sache zu tun haben.«

»Ich hab nichts damit zu tun.«

»Erzählen Sie keinen Mist. Waren Sie jetzt in dem Laster oder nicht?«

Mein Kopf schmerzt wie Hölle. Ich zwinge mich nachzudenken, die Geschichte zusammenzubringen: Johannis-Café. Bier, sehr viel Bier. Bis wir schließlich die letzten Gäste sind und der Wirt uns nach drei Uhr hinauskomplimentiert. Der schöne Manni organisiert ein Taxi, das uns in den Münchner Norden kutschiert. Als ich aussteige, sehe ich es. Bin ich wahnsinnig? Ein Puff? Wenn Beate das erfährt! Und schon sind wir drinnen, eine mollige Nackte mit riesigen Brüsten räkelt sich an der Stange, drei Damen setzen sich gleich zu uns. Ich verdrücke mich aufs Klo und husche durch den Notausgang auf den Parkplatz hinterm Haus. So peinlich das alles. Die leeren Augen der Mädchen, nein, Frauen. Oder doch Mädchen? Typen wie ich unterstützen solche Läden! Echt nicht! Ich rauche eine Zigarette, um meine Gedanken zu ordnen. Plötzlich geht die Hintertür auf. Instinktiv ducke ich mich hinter ein parkendes Auto. Frauen, etwa zehn. Mit Taschen. Sie huschen über den Hof und öffnen die Hecktür eines Lasters, steigen auf die Ladefläche. Was wird das? Soll ich einschreiten? Druckbetankt wie ich bin? Wo ist der Fahrer? Ich sehe niemand. Das Führerhaus hat eine Schlafkabine. Pennt der Fahrer? Ich muss die Polizei rufen. Ich taste nach meinem Handy. Das ist zu Hause. Ich wollte ja nur eine Runde spazieren gehen. Soll ich zu den anderen zurück und ihnen Bescheid geben? Aber die sind noch besoffener als ich.

Die Hintertür des Clubs öffnet sich wieder, und zwei Typen mit Baseballcaps kommen heraus. Gehen zum Heck des Lasters, prüfen den Verschluss. Einer sagt irgendwas, legt den Verschlusshebel um. – Was mach ich? Ich kann sie nicht einfach fahren lassen! Ich öffne leise die Tür der Fahrerkabine, klettere in die Koje und ziehe den Vorhang zu. Kurz danach sind die beiden Fahrer an Bord und starten den Motor. Was soll ich machen? Erst mal nichts. Dumpfer Metal dröhnt aus der Stereoanlage. Trotzdem schlafe ich sofort ein in meinem Suff.

Hummel verstummte und rieb sich die müden Augen. Schließlich murmelte er: »Tja, definitiv ein böses Erwachen.«

»Das alles hast du den beiden Polizisten erzählt?«, sagte Dosi.

»Na ja, in Kurzform.«

»Und sie haben dir geglaubt?«

»Keine Ahnung. Doch, ich denke schon. So was denkt man sich ja nicht aus.«

»Und was ist dann passiert?«

»Na ja, da kamen irgendwann noch mehr Polizisten, KTU, Rechtsmedizin. Die Lasterfahrer sind nach München gebracht worden.«

»Und du?«

»Mader ist gekommen und hat mich heimgefahren. Er

hat gesagt, dass ich mich hinlegen soll. Und dass du dann abends meine Aussage aufnimmst.«

»Das hätten wir ja jetzt geschafft«, sagte Dosi und schaltete das Aufnahmegerät aus.

Hummel schüttelte den Kopf. »Neun tote Frauen. Weil die Kühlung in Betrieb war. Erfroren. Warum? Dosi, weißt du noch, der schreckliche Fund an der österreichischen Autobahn? Einundsiebzig tote Flüchtlinge in einem verlassenen Kühltransporter! Der Sauerstoff in dem Laster war nach ein paar Stunden restlos verbraucht.«

»Ja, schrecklich. Auch das hier. Neun Personen, auf einer Strecke von vielleicht hundertfünfzig Kilometern, keine zwei Stunden Fahrzeit.«

»Wie schnell erfriert man eigentlich?«

»Weiß ich nicht. Gesine wird es uns morgen sagen.«

B-WARE

Mader und Zankl waren am nächsten Morgen um halb zehn bereits auf dem aktuellen Stand. Dosi hatte Hummels Aussage noch am Vorabend abgetippt und ihnen das Dokument gemailt.

Dr. Gesine Fleischer brachte den Bericht der Rechtsmedizin persönlich vorbei. »Erfroren«, sagte sie. »Die Kühlung war auf minus drei Grad eingestellt. Es hätte gar nicht so kalt sein müssen. Wenn die Körperkerntemperatur unter dreißig Grad sinkt, liegt die Sterbewahrscheinlichkeit schon bei siebzig Prozent. Unter sechsundzwanzig Grad geht es ganz schnell.«

»Warum haben die sich nicht bemerkbar gemacht?«, fragte Mader.

»Vermutlich haben sie das.«

»Die Typen vorne hatten ziemlich laute Musik an«, sagte Hummel.

Gesine nickte. »Die Frauen haben wahrscheinlich nicht lange gegen die Wände geschlagen. Bei Unterkühlung setzt eine starke Reaktionsverlangsamung ein. Der Körper versucht seinen Temperaturhaushalt zu regulieren und verbrennt dabei viel Glukose. Erst erhöht sich der Herzschlag, dann wird er langsamer, unregelmäßig. Der Körper merkt, dass etwas nicht passt, und schüttet Stresshormone aus. Aber auch Endorphine. Erfrierende werden immer langsamer in ihren Bewegungen, im Denken. Sie spüren das alles nicht mehr. Und manchmal setzt da auch eine Art Glücksgefühl ein.«

»Glück stell ich mir anders vor«, sagte Dosi. »Boh, ist das alles furchtbar.«

»Was ist denn mit der Presse?«, fragte Zankl. »Also, neun Tote ist ja nicht alltäglich.«

»In Niederbayern geht das sicher durch die Medien«, meinte Mader. »Ob das auch in München ein großes Thema wird, werden wir sehen. Dr. Günther will heute mit den Medienvertretern sprechen, damit die noch nichts schreiben, bevor wir irgendwelche Fakten haben. Wir wissen nicht, was da wirklich vorgefallen ist. Der Laster kommt zu uns in die KTU.«

»Die Vernehmung der Fahrer hat leider nichts Brauchbares ergeben«, sagte Zankl. »Das sind zwei Tschechen, die in München wohnen. Die Typen behaupten, sie hätten nicht gewusst, dass da jemand hinten drin war. Die haben Getränke bei dem Laden angeliefert. Ihnen war auch nicht klar, dass die Kühlung an war. Sagen sie zumindest.«

Dosi sah Hummel an. »Versuch dich noch mal zu erinnern. Wie war das auf dem Parkplatz?«

»Die Typen waren vor der Abfahrt an der Laderaumtür. Haben die Tür zugemacht.«

»Haben die was gesagt?«

»Sorry, Leute, ich weiß es nicht. Nein, ich glaube nicht, dass die mit den Frauen gesprochen haben. Die haben die Verriegelung zugemacht und sind losgefahren.«

»Laut den Streifenpolizisten wollten sie nach Karlsreuth im Bayerischen Wald«, sagte Mader. »Da gibt es auch ein Bordell. Pikanterweise gehört das dem Bruder von dem Münchner Puffbesitzer. Die Fahrer erledigen die Getränkelieferungen für die Brüder. Spirituosen. Zwei Paletten standen noch auf der Ladefläche. Aber nichts, was gekühlt werden müsste.«

»Hummel, wenn du gleich auf dem Parkplatz in Moosach die Polizei gerufen hättest, wäre das alles nicht passiert«, sagte Zankl.

»Ja, super, Zankl. Danke auch! Ich hatte keine Ahnung, was da abgeht. Und kein Handy dabei. Es war so schon kompliziert genug.«

»Na ja, du siehst, dass Frauen einsteigen …«

Dosi hieb auf den Tisch. »Zankl, jetzt lass Hummel endlich in Ruhe. Der kann doch nichts dafür. Ohne ihn wüssten wir erheblich weniger über den Fall, vielleicht gar nichts. Außerdem wäre das jetzt vermutlich Sache der Kollegen in Niederbayern.«

»Was ist denn mit dem anonymen Anrufer?«, fragte Hummel. »Der die Polizei über den Transport informiert hat? War das ein Mann, eine Frau?«

»Ein Mann«, sagte Mader. »Mit verstellter Stimme. Er hat

gesagt, dass ein Laster mit Frauen auf der Ladefläche von München nach Karlsreuth im Bayerischen Wald unterwegs ist.«

»Der Anrufer hat explizit den Bestimmungsort genannt?«

»Ja, die Polizisten haben an der Ortseinfahrt auf den Laster gewartet.«

»Also wollte jemand den Lasterfahrern etwas anhängen.«

»Ja, denen oder aber ihrem Auftraggeber.«

»Wer soll das sein?«, fragte Zankl. »Der Besitzer von dem Puff in Moosach? Vermisst der denn die Frauen?«

»Ja«, sagte Mader. »Aber vermutlich nur physisch. Der Chef heißt Paschinger. Er hat bestätigt, dass das seine Angestellten sind. Er meint, dass er auch nicht weiß, was das alles soll. Offenbar wollten die Frauen abhauen.«

»Und das merkt er nicht?«, sagte Hummel. »Also, wenn auf einen Schlag neun Frauen verschwinden? Diese Typen sind doch voll die Kontrollfreaks.«

»Er war gestern Nacht nicht in seinem Laden.«

»Laut Bericht hatten die Frauen ihre Papiere dabei«, sagte Zankl. »Was ja durchaus erstaunlich ist.«

»Wieso?«, fragte Dosi.

»Weil die Luden ihren Damen die Ausweise immer abnehmen.«

»Jetzt red halt nicht so blöd daher, Zankl. Luden und Damen …«

»Was soll ich denn sagen? Klingt Zuhälter und Prostituierte besser?«

»Nein, aber du sagst das so komisch, als wär das was Anrüchiges. Die Frauen sind Opfer. Die können nichts dafür.«

Mader klopfte mit seinem Kuli auf den Besprechungstisch. »Leute, nicht streiten. Also Zankl, was meinst du mit den Papieren?«

»Na ja, die Puffbesitzer kassieren doch vermutlich immer alles ein, was die Prostituierten mobil macht, also ihre Papiere und so. Ohne Ausweise kommen die sonst nicht weg. Wenn die Frauen jetzt aber ihre Papiere dabeihatten und Reisetaschen mit persönlichen Sachen, dann heißt das doch was. Entweder ging es um eine gemeinsam geplante Flucht, oder aber die Frauen sollten in das andere Puff umgesiedelt werden. Vielleicht so als B-Ware.«

Dosi stöhnte auf. »Jetzt reicht's aber, Zankl!«

»Nein, im Ernst. Wenn die Mädchen jung und unverbraucht sind, dann müssen sie das Großstadtpublikum bedienen. Wenn sie nicht mehr so frisch sind, dann geht es ab in die Provinz und danach vielleicht wieder zurück nach Osteuropa.«

»Mann, Zankl, wir sprechen hier nicht über Sondermüll!«

»Dosi, das ist nicht meine Meinung, das ist die Realität. Das ist moderne Sklavenhaltung. Ich weiß das. Ich war doch mal bei der Sitte. Und ich hab die Gesetze zur Prostitution nicht gemacht. Den ganzen Scheiß, als wären die Frauen selbstständige Unternehmerinnen. Nur weil der Staat scharf auf die Steuereinnahmen ist. Die sind wie Leibeigene. Wenn die Frauen ihren Job tatsächlich freiwillig machen, dann würden die doch nie und nimmer bei Nacht und Nebel in einem Scheißlaster auf der Ladefläche abhauen! Das ist doch oberfaul!«

»Warum wollte der Anrufer, dass der Transport auffliegt?«, fragte Hummel noch einmal. »Hat der von toten Frauen gesprochen?«

»Nein, das hat er nicht gesagt«, sagte Mader.

»Aber vielleicht gemeint. Könnte es sein, dass die Kühlung absichtlich an war?«

»Die Fahrer fallen dann allerdings als Täter aus«, meinte Zankl. »Die bringen sich doch nicht selbst in so eine Lage. Aber mal so generell: So was Krasses trau ich keinem zu. Also, dass man das vorsätzlich macht.«

Hummel schüttelte den Kopf. »Wäre der Laderaum schon gekühlt gewesen, dann hätten die Frauen das doch gemerkt und wären gar nicht erst eingestiegen. Also muss jemand das Ding angemacht haben. Und da ist die Auswahl ja nicht allzu groß.«

»Na ja, vielleicht haben die Typen aus Versehen die Kühlung angemacht«, schlug Zankl vor. »Aus Gewohnheit.«

»Nein«, sagte Mader. »Die haben Stein und Bein geschworen, dass sie nicht wussten, dass da jemand drin war, und auch dass sie nicht an der Steuerung für die Kühlung rumgefummelt haben. Wie gesagt, im Laderaum war nichts, was hätte gekühlt werden müssen.«

Hummel schnaubte. »Ja, das würde ich auch sagen, wenn bei mir auf der Ladefläche neun Menschen erfroren sind. Wir müssen die Typen noch mal befragen. Die sind noch in U-Haft?«

»Nein, die sind wieder auf freiem Fuß. Ein Verstoß gegen die Beförderungsbestimmungen ist kein Kapitalverbrechen.«

»Dass ich nicht lache!«

»Das sollst du auch nicht, Hummel«, sagte Mader. »Aber so ist das Gesetz.«

»Aha. Und was ist mit dem Puffbesitzer?«

»Der wurde ebenfalls vernommen und hat ein wasserdichtes Alibi. Natürlich.«

»Natürlich?«, sagte Hummel. »Das werden wir ja sehen. Den will ich persönlich sprechen. Aber zuerst die Fahrer. Wo wohnen die in München?«

»Ganz in der Nähe von dem Club in Moosach«, sagte Mader. »Hummel, ich weiß ja nicht. Vielleicht sollten Dosi und Zankl das machen?«

»Was soll das? Weil ich in dem Laster war? Ich bin Zeuge, aber nicht in die Sache verwickelt.«

»Na ja, emotional schon.«

»Ja klar, Mader. Soll mich das kaltlassen? Neun Tote. Junge Frauen. Ich bin bei der Mordkommission und kann das trennen.«

»Na, dann hätten wir das auch besprochen«, sagte Dosi.

»Ist das jetzt okay, dass ich dabei bin, Mader?«

»Ja, okay, Hummel. Aber bitte steigt nicht zu sehr aufs Gas.«

BÜRGERLICH

»Einer der Polizisten, die den Laster gestoppt haben, ist ein Bekannter von mir«, sagte Dosi, als sie im Auto saßen. »Ich hab seinen Namen im Protokoll gelesen.«

Hummel sah sie erstaunt an. »Aus deiner alten Heimat Passau?«

»Nein, andere Baustelle. So eine Bayerwaldgeschichte. Der Stefan Brandl ist der Dorfcop von Grafenberg. Das ist der nächste größere Ort bei Karlsreuth mit einer Polizeistation.«

»Die Welt ist klein«, sagte Hummel. »Und brutal. Und jetzt fühlen wir den zwei Fahrern noch mal auf den Zahn.«

Die zwei Fahrer bewohnten mit ihren Familien gemeinsam ein Doppelhaus in Moosach. Etwas anders, als es Dosi, Zankl und Hummel erwartet hatten. Nicht proletarisch, eher gutbürgerlich. Optisch zumindest.

Die Stimmung der Ehefrauen war gedrückt. Die Männer hatten sich nach der polizeilichen Befragung am Vortag nicht zu Hause sehen lassen.

»Was arbeiten Ihre Männer genau?«, fragte Dosi eine der Ehefrauen.

»Sie fahren Laster. Für Ibo.«

»Und da verdienen sie genug Geld, dass sie die Miete für das große Haus hier zahlen können?«

»Das Haus gehört uns.«

»Oh, na dann.«

»Sie arbeiten sehr hart, sehr viel.«

»Jetzt auch?«

»Wir erreichen sie nicht auf dem Handy und machen uns Sorgen.«

Dosi überlegte kurz. Dann nickte sie ernst. »Wir schreiben sie zur Fahndung aus.«

Als sie draußen wieder ins Auto stiegen, sagte Zankl zu Dosi: »Du kannst die Typen nicht einfach zur Fahndung ausschreiben.«

»Ich klär das mit dem Staatsanwalt. Da stinkt doch was zum Himmel. Die verdienen einen Haufen Kohle mit ihrem simplen Fahrerjob? Und dann sterben in ihrem Laster neun Frauen? Und jetzt, auf dem Heimweg von der Polizei, verschwinden sie vom Erdboden, und ihre Angehörigen wissen von nichts.«

»Vielleicht lügen die Frauen uns an. Und die beiden Jungs sind im Hobbykeller und spielen Tischtennis.«

Dosi schüttelte den Kopf. »Zankl, ich hab den leisen Verdacht, dass die nie wieder Tischtennis spielen.«

Zankl zuckte mit den Achseln. »Fahren wir jetzt zu dem Puffheini?«

»Morgen«, sagte Hummel. »Wir müssen die Fahndung nach den zwei Fahrern einleiten.«

FREMDVERSCHULDEN

Die Frauen sollten mit ihrem schlechten Gefühl recht behalten. Die beiden Ehemänner wurden tags darauf in einer Garage in Feldmoching gefunden. In einem alten Amischlitten, bei laufendem Motor.

»Wenn das jetzt ein Selbstmord sein soll, dann fress ich einen Besen«, sagte Hummel, als sie den Fundort der Leichen begutachteten.

»Warten wir die Obduktion ab«, meinte Mader, der mit der Entwicklung des Falls nicht gerade glücklich wirkte. »Neun tote Frauen und jetzt noch die beiden Fahrer!«

»Auch wenn KTU und Obduktion keine Spuren für Fremdverschulden finden, ist doch sonnenklar, was hier passiert ist«, sagte Hummel. »Das ist nie und nimmer Selbstmord. Vielleicht haben die ein Betäubungsmittel bekommen und dann im Schlaf fleißig die Abgase eingeatmet.«

»Geht das so einfach?«, fragte Zankl. »Ich denke, seit KAT und Rußfiltern geht das nicht mehr?«

»Na ja, wenn die Kiste einen KAT hat, dann fresse ich noch 'nen Besen.«

»Trotzdem, ich hab mal gelesen, dass die Selbstmordmethode heute nicht mehr klappt.«

»Eigentlich nicht. Du musst schon sehr lange die Abgase einatmen, dass es letal wird. Deswegen tippe ich ja auf Betäubungsmittel.«

»Und die sind leider oft nach sehr kurzer Zeit im Körper nicht mehr nachweisbar. Liquid Ecstasy zum Beispiel.«

»Haben wir denn die Todeszeit?«, fragte Dosi.

Mader nickte. »Ungefähr. Laut Gesine heute, früher Morgen.«

»Hat sie denn was festgestellt, also im Labor?«

»Noch hat sie keinen Bericht abgeliefert.«

»Jetzt mal theoretisch«, sagte Zankl. »Das riecht doch nach Rache.«

»So schnell?«, sagte Mader. »Und von wem?«

»Vielleicht bestraft der Puffbesitzer die beiden Jungs, weil sie seine Girls haben sterben lassen. Wir müssen ihn fragen.«

»Mir ist das echt unheimlich«, murmelte Hummel. »Mich würde es nicht wundern, wenn da noch mehr Tote zusammenkommen.«

»Jetzt übertreib, mal nicht«, meinte Dosi. »Was soll das sein? Ein Bandenkrieg?«

»Ich weiß es doch auch nicht.«

»Wer überbringt jetzt den Frauen die schlechte Nachricht?«, fragte Mader.

»Das mache ich«, sagte Dosi.

Mader nickte und sah Hummel und Zankl an. »Und ihr sprecht mit dem Puffbesitzer.«

LE PUFF

Hummel fühlte sich unwohl, als sie auf dem Parkplatz des Puffs in Moosach eintrafen.

»Alles klar?«, fragte Zankl.

»Ungute Erinnerungen. Oder gerade nicht. Ich war so besoffen.«

»Hättest du denn noch einen hochgekriegt?«

»Mann, Zankl! Dein Gelaber geht mir manchmal echt auf den Sack. Wofür hältst du mich?«

»Für Mister Lover-Lover.«

»Ja, genau. Ich sagt dir, die große Blonde hatte solche Dinger ...« Hummel machte mit den Händen melonengroße Kreisbewegungen.

Zankl seufzte. »Du Glückspilz aber auch. Ich bin ja leider verheiratet.«

»Ja, deine arme Frau.«

Sie betraten den Laden in dem unscheinbaren Flachbau. Zwei weibliche Reinigungskräfte mit Kopftuch wischten Tische, und ein Mann polierte gerade den pechschwarzen Estrich. Die Luft roch scharf nach Reinigungsmitteln und Schweiß.

Hinter der Bar tauchte ein bulliger Glatzkopf mit Bomberjacke auf. »Was wollts ihr?«

»Den Chef.«

»Warum?«

»Freund und Helfer. Wir sind angemeldet.«

Der Glatzekopf überlegte kurz, dann verschwand er nach hinten.

Kurz darauf war der Chef da. Ein sonnenverwöhnter Frühsechziger mit Schmerbauch unter dem grellbunten

Hawaiihemd. In seinem lichten Haupthaar steckte eine Pilotensonnenbrille.

»Grüß Gott! Paschinger. Mir gehört der hübsche kleine Club.«

»Das ist schön«, sagte Zankl. »Auch dass Sie nicht länger bei uns bleiben mussten.«

»So seh ich das auch. Ich verstehe ja, dass ihr eure Arbeit machen müsst. Das ist schrecklich mit den Mädels. Menschlich vor allem. Aber auch geschäftlich. Wobei das im Moment nachrangig ist. Sehr tragisch. Was kann ich noch für euch tun?«

»Uns interessiert vor allem eins: Was haben die Frauen überhaupt in dem Laster gemacht?«

»Das frag ich mich auch. Wir haben einen Kleinbus mit allem Komfort, also, wenn es um Geschäftsreisen geht.«

»Geschäftsreisen?«

»Wir machen auch Außentermine. Wenn ein großer Versicherungskonzern zum Jubiläum den Führungskräften etwas Besonderes bieten möchte …«

Zankl unterbrach ihn. »Also, haben Sie noch weitere Informationen zur besagten Nacht für uns?«

»Ich weiß nicht, was da vorgefallen ist. Ich war an dem Abend nicht im Laden. Die Damen sollten nicht verreisen, zumindest zu dem Zeitpunkt nicht.«

»Sie kennen den Saunaclub in Karlsreuth?«

»Ja klar, den betreibt mein Bruder. Sehr erfolgreich. Sorgt für ein hohes Steuereinkommen in der strukturschwachen Region. In Zeiten von Überlast greifen wir uns manchmal unter die Arme. Allerdings ist das schon ein bisschen ein Niveauunterschied. Also von den Kunden. Na ja, auch bei den Mädels. Aber nur ein bisschen.«

»Ganz toll«, sagte Hummel. »Wenn die Damen bei Ihnen durchgenudelt sind, schicken Sie sie ins Hinterland?«

»Man könnte es kaum charmanter ausdrücken. Aber ja, so ist das. Die Damen, um die es hier geht, waren aber noch nicht so weit. Die hätten das Niveau noch lässig ein Jahr lang halten können.«

Hummel schüttelte den Kopf.

»Jetzt tun Sie mal nicht so!«, sagte Paschinger. »Wenn ich richtig unterrichtet bin, waren Sie in besagter Nacht in meinem Club und haben es ganz schön krachen lassen.«

»Wenn das Ihre Mitarbeiter sagen. Und wahrscheinlich haben Sie auch kompromittierende Videoaufnahmen von mir. Beim Bieseln zum Beispiel.«

»So arbeiten wir nicht. Wir sind Dienstleister. Ohne Nachfrage kein Angebot. Und hier gibt es keine heimlichen Videoaufnahmen. Unser Geschäft basiert auf Diskretion. Und ansonsten auf Transparenz. Alle Damen sind steuerlich gemeldet und krankenversichert.«

»Und Sie wissen wirklich nicht, warum die Frauen in dem Laster waren?«, hakte Zankl nach.

»Nein. An dem Abend war ich wie gesagt nicht im Haus.«

OBST UND GEMÜSE

»Boh, ich könnt kotzen«, sagte Hummel auf dem Parkplatz zu Zankl. »Was für ein abgefeimtes, aalglattes Arschloch.«

»Na ja, schon interessant, dass er von dem Transport so gar nichts wusste.«

»Das sagt er nur so.«

»Warum sollte er das machen? Vielleicht wollten die

Ladys flüchten und hatten einen Deal mit den beiden Tschechen. Die sollten sie da rausbringen. In einer Nacht-und-Nebel-Aktion. Ist die Katze aus dem Haus, tanzen die Mäuse. Die Frauen hatten ja alle ihre Sachen dabei. Papiere, Handys, Klamotten.«

Hummel sah ihn skeptisch an. »Du denkst also, die zwei Tschechen wollten sie aus dem Business rausholen?«

»Ja, vielleicht.«

»Dann wechseln wir jetzt ein paar Worte mit dem Chef von dem Fuhrunternehmen, diesem Ibo. Der hat ein Büro am Großmarkt.«

»Macht der in Obst und Gemüse?«

»Vielleicht. Aber nicht zwingend. Das Büro ist in dem großen Kontorhaus. Da sind alle möglichen Firmen drin.«

»He, dann könnten wir ja vorher in der Großmarktgaststätte was essen.«

Hummel sah auf die Uhr. »Für Weißwürste ist es leider schon zu spät.«

»Dafür ist es nie zu spät.«

»Nie nach zwölf.«

»Ja, klar, Mister Bavaria. Und das Bier wird immer noch mit Eisstangen gekühlt.«

»Nur beim Pschorr am Viktualienmarkt. Folklore für die Touris. Nix für mich.«

»Ja, du bist eher der Typ fürs Johannis-Café mit einem gepflegten Nachtclubbesuch hinterher.«

»Ja, wenn ich meine Siebensachen nicht zusammenhabe, bin ich unberechenbar.« Hummel setzte einen irren Blick auf.

Zankl lachte. »Wenn es doch noch Weißwürste gibt, geb ich welche aus.«

BECHEROVKA

Es gab keine Weißwürste mehr, die waren schon seit halb elf aus. Das erfuhren Zankl und Hummel, als sie sich um ein Uhr an einem der wenigen freien Tische im Wirtshaus auf dem Großmarktgelände niederließen.

»Hast du noch mal Glück gehabt mit deiner Einladung«, sagte Hummel.

»Sei mein Gast. Schweinsbraten ist auch okay.«

»Cool, Zankl. Gibt's was zu feiern?«

»Nein, nur so. Das nächste Mal bist du dran.«

Nach dem Essen besuchten sie Ibo. Der Spediteur war schwer getroffen, als er vom Ableben seiner beiden besten Männer hörte. Die Tränen in den Augen versuchte er mit einem halben Wasserglas Becherovka zu trocknen. Was ihm nicht gelang. Er schlug mit der Faust auf den Tisch, ein Bilderrahmen mit einem Familienfoto fiel um. Er stellte seine Familie wieder auf und polterte: »Das ist doch nie und nimmer Selbstmord. Wenn ich rauskrieg, wer das war, den bring ich um, die Drecksau!«

»Sie machen gar nichts. Und wir ermitteln im Moment noch gar nicht.«

»Wieso nicht?«

»Weil es auch Selbstmord sein kann.«

Ibo lachte auf.

»Warum waren Ihre Leute in dem Puff?«, fragte Zankl.

»Das weiß ich nicht.«

»Hatten die beiden Nebenjobs?«

»Ja, natürlich hatten die Nebenjobs. Wie soll man sonst in München überleben? Wenn ein Lastwagen frei war, durften sie sich was dazuverdienen. Umzüge und solche

Sachen. Die beiden haben Geld für ihr Haus in Moosach gebraucht.«

»Und das reicht für die Finanzierung?«

»Ist ja erst angezahlt. Ich hab ihnen auch ein bisschen was geliehen. Die haben sehr viel gearbeitet. Meine besten Männer – was mach ich jetzt ohne die?«

Er beantwortete seine rhetorische Frage mit einem weiteren Becherovka.

»Wann bekomm ich meinen Laster wieder?«

»Das hängt davon ab, was die kriminaltechnischen Untersuchungen ergeben.«

Ibo goss sich noch einen Becherovka ein.

»Eins noch«, sagt Zankl im Gehen.

»Ja?«

»Sie fahren heute nicht mehr Auto.«

»Hä, warum?«

PRIORITÄT

Teamsitzung mit Mader am Nachmittag. Dosi hatte nicht viel Positives zu berichten. Der nochmalige Besuch bei den nun frischgebackenen Witwen war eine Katastrophe gewesen. Sie hatte einen Krankenwagen gerufen, weil eine der Frauen mit Weinkrämpfen und Atemnot zusammengebrochen war. Sie musste Erste Hilfe leisten.

»Ich habe nicht den Eindruck, dass das Kriminelle waren«, sagte Dosi.

Hummel nickte. »Ihr Chef hat gesagt, beide wären ehrliche Malocher. Vielleicht waren die nur Kleinkriminelle, ein paar Gefälligkeiten, nicht so genau nachfragen …«

33

»Um was kümmern wir uns jetzt eigentlich?«, fragte Zankl. »Um die toten Frauen oder um die zwei toten Männer?«

»Um beides«, sagte Mader.

»Ja, aber was hat Priorität?«

»Die Fälle hängen doch zusammen«, meinte Hummel. »Die zwei Fahrer sind gestorben, weil die Frauen ihnen auf der Ladefläche verstorben sind. Da verwette ich meinen Hut drauf.«

»Welchen Hut?«, fragte Gesine, die in diesem Moment das Büro betrat.

»Hast du was Neues für uns?«, fragte Mader. »War es Selbstmord bei den beiden Fahrern?«

»Na ja, den klassischen Selbstmord in der Garage bei laufendem Motor gibt es eigentlich nicht mehr dank Partikelfilter und Katalysatoren. Und der Treibstoff ist generell schadstoffärmer als früher. Aber wenn es lange genug dauert, kann das durchaus gesundheitsschädlich sein, bis hin zum Tod. Bei den beiden Opfern war der Carboxyhämoglobinwert im Blut bedenklich.«

»Was heißt das?«, fragte Dosi.

»Je stärker die Hämoglobinmoleküle mit Kohlenmonoxid versetzt sind, desto schlechter. Damit nimmt die Fähigkeit des Blutes ab, den Körper mit Sauerstoff zu versorgen. Das merkt man kaum. Auch wenn die körperlichen Funktionen noch intakt sind und die Menschen noch atmen können, ersticken sie doch wegen zu wenig Sauerstoff in der Atemluft. Wie gesagt – eigentlich ist es heute kaum noch möglich, sich durch Abgase zu vergiften, aber wenn sie über einen langen Zeitraum eingeatmet werden, kann das durchaus passieren. Zumal der Oldtimer offenbar eine echte

Dreckschleuder ist. Ich geb euch die Ergebnisse, sobald ich mit meiner Analyse durch bin.«

»Was suchst du denn noch?«, fragte Hummel. »Betäubungsmittel?«

»Ja. Freiwillig hält nämlich auch der engagierteste Selbstmörder nicht so lange still.«

1000 EURO

Dosi war unzufrieden, als sie zu Hause eintraf. Sie hatten eigentlich kaum etwas zu den beiden Fällen rausgekriegt. Sie schaute auf die Uhr. Halb sieben. In einer guten halben Stunde würde Fränki heimkommen. Sie setzte Nudelwasser auf und holte eine Fertigtomatensoße aus dem Küchenschrank. Machte sich ein Bier auf. Dachte an die Ehefrauen von heute. Deren Männer nie mehr wieder heimkamen. Furchtbar.

Jetzt hätte sie gern eine geraucht. Tat sie nicht. Sie hatte mit Fränki eine Wette laufen. Wenn er es schaffte, dauerhaft aufzuhören, bekäme er tausend Euro von ihr. Da konnte sie jetzt nicht einfach eine Zigarette aus seinem Altbestand nehmen, aus seinem Versteck hinter den Socken in der Kommode. Wäre ein schlechtes Vorbild, sie als Gelegenheitsraucherin. Sie stand am offenen Küchenfenster, roch das Nudelwasser und die Tomatensoße und sah in den orangefleckigen Abendhimmel.

»Hallo, Schatz, was machst du da?«, sagte Fränki von der Küchentür aus und stellte seine Laptoptasche ab.

»Ich koche. Das riecht man doch.«

»Vergiss die Nudeln, Dosi. Stadionwurst!«

»Was?«

»Sag bloß, du hast es vergessen? Sechzig gegen Wacker. Die Jungs kommen alle.«

»Die Jungs?«

»Und ihre Frauen. Die ganze Gang von *Giesing 82.* Unser Stammtisch.«

»Boh, das ist mir heute zu viel. Ich hatte einen anstrengenden Tag.« Sie sah die Enttäuschung in seinen Augen. »Okay, okay. Aber die Nudeln gibt's vorher noch.«

»Aber ganz schnell. Wir treffen uns im Sixty Lions zum Vorglühen.«

ALLEIN

Hummel verbrachte den Abend allein, obwohl er so gern Beate gesehen hätte. Aber die Ereignisse der letzten Tage beschäftigten ihn zu stark. Klar, er durfte Beate eh nichts von seiner Arbeit erzählen. Aber er fühlte sich wie ein Verräter, dass er mit wildfremden Typen aus dem Johannis-Café in ein Puff gefahren war. Ganz schwache Aktion. Wie der letzte Proll. Als ob er nach ein paar Bier schon sein Gehirn an der Garderobe abgab und ohne jeden Skrupel in den nächsten Sexschuppen reinmarschierte.

Ich muss weniger trinken, dachte er, als er die Wasserperlen an seiner Flasche Tegernseer betrachtete. Andererseits: Man darf die Ursachen für menschliche Schwächen nicht immer außerhalb von einem selbst suchen, also beim Alkohol. Hui, was für ein abstrakter Gedanke! Nein, das Bier kann nichts für meine Schwächen. Hummel trank die Flasche aus und stellte im Internetradio Soul FM ein. Er nahm sich ein neues Bier aus dem Kühlschrank und zündete sich eine Zigarette an. Bettye Lavette sang: *What I don't know won't hurt me ...*

VORURTEILE

Als Dosi im Bett lag, hatte sie einen leichten Fetzen. Stadion ohne Bier, das ging einfach nicht. Es war sehr lustig gewesen. Auch wenn Sechzig – wie so oft – verloren hatte. Sie hatten gesungen, ihre Mannschaft angefeuert, den Schiedsrichter für den Elfmeter ausgepfiffen, den er nach einem vermeintlichen Handspiel im Strafraum von Sechzig vergeben hatte. Sie hatten heiß diskutiert und ihren Frust ertränkt. Die Fälle waren da völlig aus ihrem Kopf verschwunden. Jetzt waren sie wieder da. Begleitet von Fränkis leisem Schnarchen. Sie hatte vor allem die weinenden Ehefrauen im Kopf, das Schluchzen im Ohr, das ihr durch Mark und Bein gegangen war. Der Tod der beiden Lastwagenfahrer hatte sie weit weniger berührt als die Reaktionen ihrer Frauen. Ja, sie hatte Vorurteile, war davon ausgegangen, dass das Typen waren, die für Geld alles taten. Warum hatten die beiden die Prostituierten in ihrem Laster rumgefahren? Wenn die Frauen freiwillig dort eingestiegen waren, dann hatte das doch eine Bedeutung. Hatten sie unbemerkt verschwinden, fliehen wollen?

Dosi dachte an die Laster mit Flüchtlingen, die durch Österreich und Deutschland fuhren, gesteuert von skrupellosen Schleppern, die auch mal einen Laster einfach auf dem Seitenstreifen stehen ließen, wenn ihnen die Leute im Laderaum erstickten. Grausig. War das eigentlich auch

Mord? Ja, klar, das war Vorsatz. »So viel Gewalt«, murmelte sie. Und sie hatte täglich damit zu tun. Zum Glück ging Fränki einem ganz anderen Beruf nach. IT – das wäre nichts für sie. Immer auf irgendwelche Zahlenkolonnen auf dem Bildschirm starren. Tote Materie. Sie lächelte in die Dunkelheit. Das wäre ja doch eine Gemeinsamkeit in ihren Berufen.

Morgen würde sie mit Hummel nach Karlsreuth fahren, um den Bruder des hiesigen Puffbesitzers zu befragen. Zankl sollte in München die Stellung halten. Für sie war der Trip in den Bayerischen Wald fast ein Heimatbesuch. Dass der Brandl da immer noch arbeitet, dachte sie, als Dorfpolizist aus Grafenberg, erstaunlich! Wollte doch eigentlich weg von da, nach München, raus aus der Dorfenge. Wie hieß noch mal seine Band? Kings of Luck? Nein. Kings of Fuck. Genau. Die waren gar nicht schlecht mit ihrer Mischung aus Metal und Hip-Hop. *Hey, i bin da King of Fuck, i mach euch alle platt ...*

BEGEISTERT

Hummel lenkte den Wagen über die kurvige Strecke im hintersten Bayerischen Wald. Vier Kilometer noch bis nach Karlsreuth, wo sich der Saunaclub befand, der Bestimmungsort des Frauentransports aus München.

»Der Besitzer war nicht gerade begeistert, als ich uns angemeldet hab«, sagte Dosi.

»Wir sind ja in Zivil. Da müssen die Kunden keine Angst haben.«

Dosi deutete zu einem Werbeschild am Straßenrand:

Komm im Happy Saunaclub – 17 neue Mädchen. Die Zahl war mehrfach überklebt.

Dosi schüttelte den Kopf. »Können die gleich so ein Digitaldisplay hinmachen. Wie bei der Tankstelle – mit den Tarifen, die sich ständig ändern, vielleicht sogar nach Tageszeit und Nachfrage. Neue Mädchen! Was für ein Dreck! Der Nachschub versiegt nie. Und die Frauen werden weitergereicht. Je nach Nutzungsdauer wird downgegradet.«

»Wie Zankl sagt«, meinte Hummel.

»Marlon auch.«

»Marlon. Unser Marlon?«

»Ich hab ihn angerufen. Wollte eine Fachauskunft. Er ist ja wieder bei der Sitte in Augsburg.«

»War wohl nichts mit der Karriere bei der Mordkommission.«

»Na ja, nachdem sein Vater als Staatssekretär abgestürzt ist, kann er froh sein, einen festen Job zu haben. Aber der wird mittelfristig schon ein besseres Pöstchen finden, da bin ich mir sicher.«

»Ich versteh immer noch nicht, was du an dem findest.«

»Ach, Marlon ist doch ein fescher Mann.«

»Lass mal Fränki nicht wissen, dass du mit Marlon wieder in Kontakt bist.«

»Kontakt wäre sehr übertrieben. Wir haben telefoniert. Außerdem – da steht Fränki drüber.«

»Echt?«

»Nein. Du kennst ihn ja. Aber da läuft nix. Außerdem hab ich Marlon bis heute im Verdacht, dass er damals, als ich den Unfall hatte, mein Motorrad manipuliert hat.«

»Und trotzdem rufst du ihn an?«

»Er ist mir was schuldig. Und er war auch sehr auskunftsbereit. Jedenfalls sagt er, dass die Mädchen aus Bulgarien, Rumänien oder Russland zuerst als Frischware in die Großstadt kommen, also nach München, Nürnberg oder Augsburg. Und wenn sie dann nicht mehr ganz so frisch sind, werden sie in die Provinz verfrachtet. Erst Bayerwald, dann Tschechien oder Polen.«

»Bis sie Gammelfleisch sind.«

»Spinnst du?«

»'tschuldige. Aber das klingt, als würdest du Ware herumschicken. Wenn sie nicht mehr frisch ist, wird sie neu etikettiert. Preisreduziert.«

Dosi nickte nachdenklich.

Sie passierten das Ortschild von Karlsreuth. Riesige Lagerhallen flankierten die Straße, ein Automatencasino, eine Imbissbude auf dem zugehörigen Parkplatz.

Hummel blinkte. »Ich hab Hunger. Lass uns was essen.«

»Ich würde ein Gasthaus bevorzugen«, sagte Dosi.

»Ach komm, so ein ehrliches halbes Hendl ist doch was Reelles.«

»Ja, hier gibt's bestimmt nur glückliche Biohendl. Genau so schaut das hier aus.«

Hummel parkte neben dem Imbisswagen und gähnte herzhaft.

»Ist es bei dir gestern auch spät geworden?«, fragte Dosi.

»Bei mir wird's immer spät. Boh, jetzt einen Kaffee.«

»So, ihr schauts aus, als wärts ihr hungrig«, begrüßte sie die junge – Hummel fielen fast die Augen raus –, bildschöne Dame vom Grill.

»So schaut's aus«, sagte Dosi und grinste über Hummels fassungsloses Gesicht. »Zwei halbe Hendl mit Kartoffelsalat.«

»A Bier dazu?«

Dosi schüttelte den Kopf. »Nein danke, vielleicht trinken wir hinterher noch einen Gourmetkaffee.«

»Obacht, der ist stark.«

»Des packma scho.«

Die Imbissdame war gesprächig. Sie hieß Sabine und war eigentlich Speditionskauffrau. Sie half immer mal wieder am Imbiss ihres Vaters aus, wenn der unter den Folgen von Restalkohol litt. Was leider recht oft vorkomme, wie sie offenherzig erzählte.

Das Hendl schmeckte grauenvoll, trocken, ledrig, aber Hummel lobte es überschwänglich. Er verglich es sogar mit einem indischen Tandoori-Hähnchen, was bei Dosi dann doch Stirnrunzeln hervorrief. Aber klar, wenn Augen so schön funkelten, wollten Worte wohl gewählt sein.

Der Kaffee hielt ganz das, was ihnen versprochen worden war. Er schmeckte wie Batteriesäure. Hummel musste sich zwingen, den Plastikbecher auszutrinken.

»Köstlich!«, sagte er mit einem Zittern in der Stimme.

»Noch einen?«

»Nein danke, ich muss noch fahren.«

»Sag mal, Sabine, kennst du den Happy Saunaclub?«, fragte Dosi.

Die Imbissfrau musterte Dosi misstrauisch.

»Damit jetzt kein falsches Bild entsteht«, sagte Dosi. »Wir sind von der Polizei.«

»Kommt ihr wegen den toten Frauen?«

»Ja.«

»Das ist wirklich schlimm. Sind in dem Laster erstickt wie die Tiere.«

»Nicht erstickt, erfroren.«

»Das ist nicht besser.«

Kurz darauf wussten sie erheblich mehr über den Saunaclub und vor allem über die Auseinandersetzungen im Dorf in Sachen Puff.

»Frag doch mal den Brandl«, schlug Sabine vor. »Der ist unser Dorfsheriff.«

»Stefan Brandl?«

»Ja, kennst du den?«

»Ja. Aber der arbeitet doch in Grafenberg?«

»Die Polizei in Grafenberg ist auch für uns zuständig.«

»Hat Brandl noch seine Disco?«

»Ja, das Toxic ist der einzige Laden in der Gegend, wo du hingehen kannst. Manchmal ist die Musik ein bisschen oldschool, ist aber trotzdem ein guter Laden. Der Brandl wohnt jetzt hier in Karlsreuth.«

»Aha?«

»Er hat die Tochter vom Bürgermeister geheiratet. Seit letztem Jahr haben sie Zwillinge. Und Brandl ist ganz der Hausmann.«

»Kann ich mir nicht wirklich vorstellen. Wo finden wir ihn?«

»Oberöd 4. Ins Dorf und die erste Straße gleich rechts rein. Könnt ihr nicht verfehlen. Ein Riesenhof.«

Als sie wieder im Auto saßen, fragte Hummel: »Was war das denn für eine Geschichte, bei der du mit diesem Brandl zu tun hattest?«

»Das war vor ein paar Jahren«, sagte Dosi. »Eine Geschichte mit einem Großraumpuff im Tschechischen. Die Straubinger Polizei war involviert. Ich war da eher zufällig am Rand beteiligt. Brandl ist ein interessanter Typ: Dorfcop, Discobesitzer, Biker, Cowboystiefelträger, und er spielt in einer Hip-Hop-Metal-Band. Kaum zu glauben, dass der jetzt sesshaft geworden ist.«

»Na ja, vielleicht ist die Bürgermeistertochter so hübsch wie die Imbissdame.«

»Vorsicht, Hummel, das sag ich Beate.«

»Mach das ruhig, vielleicht erwacht dann bei ihr ein bisschen mehr Interesse an mir.«

»So schlimm?«

»Tja, es war schon mal besser. Es ist halt ein ewiges Hin und Her. Mist, jetzt haben wir Sabine gar nicht nach ihrem Nachnamen gefragt.«

»Dazu bietet sich bestimmt noch Gelegenheit.«

»Meinst du?«

»Aber sicher, edler Ritter. Auf dem Land verliert man sich nicht aus den Augen. So, jetzt fahren wir mal ins Puff.«

Wenig später parkten sie hinter einer Sichtschutzwand vor einem Containerbau. Die roten Diodenherzen in den Fensterscheiben blinkten hektisch. Romantisch wie eine Registrierkasse. Auf dem Parkplatz standen viele Autos.

»Frühbucherrabatt«, meinte Hummel.

»Meinst du?«

»Ich kenn mich nicht aus in dem Geschäft.«

Dosi sah ihn zweifelnd an.

»He, ich hab keine Ahnung, wie ich da reingerutscht bin. Ich war vorher noch nie im Puff. Und jetzt sind wir aus beruflichen Gründen hier. Um rauszufinden, wer für den Frauentransport verantwortlich ist.«

Dosi nickte. »Im Bordellbusiness herrschen bestimmt mafiaähnliche Strukturen. Und Bandenkriminalität ist ja eigentlich nicht unser Aufgabenbereich. Mal so generell: Ist das jetzt wirklich Mord? Also das mit den Frauen? Das hab ich mich gestern die ganze Zeit gefragt.«

»Dosi, wer immer die Frauen dazu gebracht hat, in den Laster zu steigen, der hat billigend in Kauf genommen, dass da was passiert. Das ist wie bei den Flüchtlingen. Irgendwelche skrupellosen Typen laden die hinten auf ihren Laster und fahren sie durch Ungarn oder Österreich, und wenn die Leute ersticken, dann lassen sie die Karre einfach am Straßenrand stehen. Das ist Mord.«

»Na, ich weiß nicht, Hummel, ob das dasselbe ist. Ich tippe mal eher auf fahrlässige Tötung.«

»Ach wo. Die behandeln Menschen wie Ware, die nur interessant ist, solange sie Profit abwirft. Wenn das nicht mehr der Fall ist, ist es ihnen egal, was mit den Leuten passiert. Auch ob sie sterben.«

»Warum sind die Frauen da überhaupt eingestiegen? Mit Taschen, Klamotten, Ausweisen. Sollten sie in einer Nacht- und-Nebel-Aktion weggeschafft werden, oder wollten sie fliehen?«

Hummel zuckte mit den Achseln. »Das müssen wir eben rauskriegen. Aber wie?«

»Jetzt schauen wir uns erst mal die Wellnessoase hier an. Du hast uns angemeldet, Hummel?«

»Herr Paschinger erwartet uns. Das ist auch so eine Sache, dieses Familybusiness. Der eine Paschinger betreibt ein Puff in München, der andere eins im Bayerwald. Perfekte Verwertungskette. Es lebe der Mittelstand und seine Familienunternehmen.«

Franz Paschinger sah ganz anders als sein älterer Hawaii-hemd-Bruder aus. Er konnte glatt als BWLer oder Banker durchgehen. Mitte dreißig, teurer Anzug, schlank, dezent gegelte, mittellange dunkle Haare. Fester Händedruck. Geschäftsmann. Dosi und Hummel bekamen eine Führung durch das vorbildlich geführte Haus. Hinter der Containerfassade sah es wie in einem gehobenen Fitnessclub aus, mit Sauna, Duschen. Den Bereich mit den vielen kleinen Zimmern bekamen sie nicht zu sehen. An der Bar saßen ein paar Männer in Business- und Trachtenhemden mit spärlich bekleideten Damen beim intimen Plausch. Aus den Boxen sickerte süßliche Loungemusik. Auf der Bühne war gerade nichts los. Zum Glück, dachte Hummel. Ist schon so peinlich genug.

Franz Paschingers Antwort auf Dosis Frage zur Transportlogistik war unbefriedigend. »Ich hab keine Ahnung, wohin die Damen wollten oder was sie in dem Laster gemacht haben. Soweit ich weiß, hat mein Bruder für Geschäftsreisen einen recht komfortablen Kleinbus.«

»Das war jedenfalls die letzte Reise der Frauen«, sagte Dosi. »Sie wussten also wirklich nichts von dem Transport?«

»Nein. Eine Personalverlagerung war auch erst für nächstes Jahr geplant.«

»Wenn das Haltbarkeitsdatum für München erreicht ist.«

»Wenn Sie es so nennen wollen. Ja, in der Provinz sind die Ansprüche nicht so hoch. Hier ist Notstandsgebiet, verkehrsberuhigte Zone. Da freuen sich die Kunden über jede Anregung.«

»Haben Sie nach dem Vorfall mit den toten Frauen denn jetzt Geschäftseinbußen?«, schaltete sich Hummel ein.

»Das können Sie laut sagen. Was meinen Sie, was hier los ist! Und nicht erst seit der bedauerlichen Sache. Immer wieder gibt es Proteste vonseiten der Dorfbewohner, und dann das ganze Gezeter wegen Zuhälterei, Bandenkriminalität und allem. Das ist doch Unsinn. Das hier ist ein Club mit klaren Spielregeln. Die Damen arbeiten eigenverantwortlich. Ich kann diese selbst ernannten Moralapostel hier draußen nicht mehr hören! Wäre die Nachfrage nicht da, wäre ich schon längst nicht mehr hier. Erst gestern ist der Mob hier wieder mit Transparenten aufgelaufen. Wissen Sie was? Nicht wenige von den Typen kenne ich. Die waren schon mal in meinem Laden. Als Kunden. Ich versteh das einfach nicht. Wenn ich im Glashaus sitz, werf ich doch nicht mit Steinen. Wenn das noch mal passiert, dann stelle ich die Überwachungsvideos vom Parkplatz ins Netz.«

Dosi sah ihn ernst an. »Das lassen Sie fein bleiben, das ist illegal.«

»Das weiß ich selbst. Aber ich versteh die ganze Aufregung nicht. Alles, was ich hier tue, ist legal. Der gesetzliche Rahmen ist genau definiert, und selbstverständlich halte ich mich daran. Ich zahle eine Menge Steuern, die Frauen sind krankenversichert, wir haben regelmäßige Kontrollen vom Gesundheitsamt. Und die Pacht für das Grundstück ist extrem hoch, mal abgesehen von den Instandhaltungskosten für dieses architektonische Schmuckstück. Da verdienen ein paar empörte Dorfbewohner einen Haufen Geld mit uns. Nicht nur der Verpächter – auch Elektriker, Klempner, der Getränkefachhandel, das örtliche Möbelhaus. Wir machen guten Umsatz, bringen einen Haufen Steuereinnahmen in diese gottverlassene Gegend. Und was bekommen wir? Nur Ärger. Wen stört denn das hier draußen? Wir haben sogar diese hohe Sichtschutzwand bauen lassen. Von einem örtlichen Handwerksbetrieb. Wer hierherkommt, weiß genau, was er will und was ihn erwartet. Wir machen keine aggressive Werbung für unsere Dienstleistungen.«

»Wie man's nimmt«, sagte Hummel. »An der Bundesstraße wird schon recht offensiv mit siebzehn neuen Mädchen geworben.«

»Sie werden lachen, das Schild ist nicht von uns. Das ist nur eine von vielen Provokationen. Hier arbeiten keine Mädchen, sondern Frauen. Aus eigenen Stücken, auf eigene Rechnung. Wir stellen nur die Infrastruktur zur Verfügung. Vielleicht können Sie ja dafür sorgen, dass das mit den Anfeindungen aufhört.«

»Dafür sind wir nicht zuständig. Das müssen Sie mit den Kollegen hier vor Ort besprechen. Wir sind von der Mordkommission. Wir untersuchen den Tod der neun Frauen. Also noch mal zurück zum Thema: Sie können sich also keinen Reim darauf machen.«

»Ich vermute mal, die wollten abhauen.«

»Aber warum hierher?«

»Keine Ahnung. Vielleicht weiter, über die Grenze? Und dann passiert das Unglück.«

»Na ja, Unglück ist jetzt schon sehr verharmlosend. Es wäre ein großer Zufall, wenn man versehentlich die Kühlung für einen leeren Laderaum anmacht.«

»Ja, ich verstehe schon. Sie möchten das gerne meinem Bruder und mir in die Schuhe schieben. Aber warum sollten wir das tun? Uns selbst schädigen? Ich weiß ja nicht, wie das in München ist, ob sich da so eine Geschichte aus der Provinz einfach versendet, ob das wirklich jemand mitbekommt. Aber hier habe ich seit dem Unfall hohe Einbußen. In der Zeitung waren sehr spekulative Artikel, und die Leute zerreißen sich das Maul. Das ist schlecht fürs Geschäft. Wir zahlen drauf. Ich und die Damen. Wenn jetzt wegen dem Vorfall und dem Gerede längerfristig weniger Kundschaft kommt, haben wir ein Problem. Normalerweise wär der Parkplatz jetzt komplett besetzt.«

Dosi staunte. »Tatsächlich? Um diese Uhrzeit?«

»Gerade um die Zeit. Abends sind die Herrschaften doch bei ihrer Familie in ihrem Eigenheimglück. Das hier ist so etwas wie ein Schnellimbiss.«

Dosi lachte auf. »Ganz toll. Ein McFick, sehr schön. Einmal Quickie mit großer Cola, bitte!«

Paschinger musterte sie. Dann grinste er müde. »Tut mir leid, für Damen haben wir nichts im Angebot. Außer Sie stehen auf Damen.«

»Ich warne Sie! Wenn wir rausfinden, dass Sie was mit dem Tod der Frauen zu tun haben, dann kriegen wir Sie dermaßen am Arsch, dann tauschen Sie Ihren Armani-Anzug gegen eine Gefängniskluft. Ist das klar?«

HORRORCLOWNS

»Woher wusstest du, dass das ein Armani-Anzug ist?«, fragte Hummel draußen auf dem Parkplatz.

»Das erkenne ich sofort.«

»Echt?«

»Mann, Hummel. Ich hab keine Ahnung. Was für ein blöder Geck hier draußen auf dem Land! Der große Geschäftsmann. Erzählt was von Business und Steuern und Nachfrage und Bedürfnissen und selbstbestimmter Arbeit. Ich lach mich tot.«

»Stimmt. Und die Gesetze lassen das alles zu. Aber wo er nicht ganz unrecht hat – das ist wie Strukturförderung für den ländlichen Raum. Hahaha. Ich könnt kotzen. Und wenn die Frauen dreimal ihren Job freiwillig machen. Statten wir jetzt diesem Brandl einen Besuch ab?«

»In seiner Musterehe«, murmelte Dosi. »Ja, heute kann mich nichts mehr erschüttern.«

Dosi täuschte sich. Sie fanden auf dem großen Hof in Oberöd eine Ehehölle vor, die sie sich nicht schlimmer hätte ausmalen können. An der Seite des dezent aufgequollenen, aber immer noch attraktiven Brandl trafen sie eine bösartige Matrone mit viel zu vielen Rundungen. Die Zwillinge im Gerade-nicht-mehr-Säuglingsalter krochen als laut greinende Horrorclowns über den Laminatboden, auf dem eine XXX-Lutz-Wohnlandschaft wucherte.

Ein Traum, dachte Dosi. Ein Albtraum.

Das Gespräch unter den misstrauischen Blicken seiner Frau dauerte nicht lange.

»Siebzehn Uhr, Kirchenwirt, Oberpolling«, flüsterte ihnen Brandl zum Abschied zu.

Hummel war von der flammenden Angst in den Augen des Mannes irritiert. Neigte seine übergewichtige Ehefrau zu Gewalt? Oder pflegte sie perverse Praktiken? Dominant war sie in jedem Fall. Hölle, Hölle, Hölle!

Als sie sich wenig später im Nachbarort Oberpolling einfanden, zischte Brandl im Wirtshaus erst einmal eine Halbe Bier weg. Er war sichtlich gestresst.

»Brandl, warum bist du so unter Strom?«, fragte Dosi. »Deine Frau?«

»Ja, so einfach ist das. Und doch so kompliziert. Sie ist schrecklich, eine Katastrophe.«

»Warum hast du sie dann geheiratet?«

»Zwangsehe. Sie war schwanger. Sie hat auf der Heirat

bestanden, ihre Eltern auch. Hier auf dem Land kommst du aus so einer Nummer nicht so einfach raus.«

»Aber finanziell ist das doch die Erlösung für dich, oder? Dein Schwiegervater hat ja wohl einen Haufen Geld.«

»Ja, ich arbeite nur noch zum Spaß bei der Polizei. Eigentlich könnte ich daheimsitzen und Däumchen drehen. Aber da sitzt sie ja schon. Die Frau ist böse und vereinnahmt mich komplett. Sie verschlingt alles um sich herum. Nicht nur Essen. Sie saugt alles ein – wie ein schwarzes Loch. Ich hab voll in die Scheiße gelangt. Aber wer hätte das geahnt? Das war anfangs voll die Discomaus – so ein heißer Feger! Und kaum sind zwei Jahre rum, sieht sie aus wie ein Germknödel. Aber na ja, stimmt schon, wenigstens ist der Vater reich.«

»Na, dann passt es ja.«

»Nein. Nichts passt. Aber egal. Wie kann ich euch also helfen?«

Zwei Bier später wussten sie erheblich mehr. Über das gesamte Dorf, die Doppelmoral der Leute, den Kleinkrieg der Stammtischbrüder und Lokalpolitiker mit dem Puffbetreiber, der eigentlich expandieren wollte. Auch über die Videoüberwachung, nicht vonseiten des Puffbesitzers, sondern einer selbst ernannten Bürgerwacht auf der Zufahrtsstraße, die Kunden beim Einfahren auf den Parkplatz des Puffs filmte.

»Warum machst du nichts dagegen?«, fragte Hummel.

»Wo kein Kläger, da kein Richter. Der Puffbesitzer will seine Ruhe, und die Freier haben Angst, wenn da noch mehr Wind gemacht wird. Und ich sag euch eins: Das wahre Problem ist im Moment vor allem, dass die Einheimischen selbst nicht mehr in das Puff gehen können, weil so viel getratscht wird. Nicht alle in der Gegend sind gegen das Puff. Tja, man kann nicht alles haben. Wahrscheinlich werden die tschechischen Läden jetzt stärker frequentiert. Qualität hin oder her.«

»Ja, die Verwertungskette«, seufzte Dosi.

»Jetzt sind jedenfalls Menschen gestorben«, sagte Hummel leise.

Brandl nickte.

»Und was denkst du darüber?«, fragte Dosi Brandl.

»Na ja, ich bin nur ein kleiner Polizist in Grafenberg, kein Mordermittler.«

»Du wolltest doch mal zur Mordkommission, oder nicht?«

»Ach. Ich wollte vieles. Aber das hier, ich weiß nicht. Nein, das kann kein simpler Unfall sein.« Er winkte der Bedienung.

»Drei Bleifrei, bitte!«, klinkte sich Dosi ein.

Brandl stöhnte leise auf.

ORIGINAL 70ER

»Ich weiß nicht, ob das die richtige Wahl war«, sagte Hummel, als er seine Tasche in den ersten Stock des von Dosi gebuchten Hotels trug. Ein Hotel war es eigentlich nicht, maximal eine Pension in einem wenig anmutigen, eternitverschalten Gebäude mit drei Stockwerken, das für die kleine Ortschaft irgendwie überdimensioniert erschien. Für Hummel hatte es das Flair eines Schullandheims, das es früher vielleicht auch einmal gewesen war.

Aber Dosi strahlte und deutete auf die Tulpenblüten-

Milchglasschirme der Wandlampen. »Das ist doch ein richtig geiler Laden!«

»Na ja.«

»He, komm, du bist doch sonst so der Retrotyp. Das ist alles original Siebziger.«

»Alles gut, Dosi. Sehr funky. Hast du schon Pläne für das Abendessen?«

»Du würdest gerne wieder zu dem Imbiss, oder?«

»Wenn du mich so direkt fragst.«

»Ich glaube nicht, dass unsere Dame da immer noch Schicht hat. Aber es stimmt schon: Die war bemerkenswert hübsch. Leider zu jung für dich.«

»Wenn du das sagst. Hier in der Pension ess ich nix. Draußen stand auch Vollpension. Das klingt wie James Bond.«

»Hä?«

»Die haben die Lizenz zum Töten. Hörst du nicht, wie da unten in der Küche andauernd die Mikrowelle plingt?«

»Hummel, ich bin voll guter Hoffnung, dass wir hier im Dorfwirtshaus einen guten Schweinsbraten kriegen.«

Wenig später betraten sie das Wirtshaus neben der Kirche. Optisch mit seinen Hirschgeweihen an der Wand und der trüben Beleuchtung durchaus gemütlich und vielversprechend, geschmacklich aber eher untere Mittelklasse. Der Schweinebraten war *dry aged*, das Duett von Packerlknödel deprimierend und der Beilagensalat der absolute Albtraum. Fand Hummel. Frisch aus der Dose.

»Isst du deinen Salat nicht?«, fragte Dosi.

»Nein, definitiv nicht. Ich bring dieses Essig-Riffelzeugs nicht runter. Wenn du noch was willst, nur zu.«

Dosi verputzte auch Hummels Salat.

»Großartig. Also nicht geschmacklich, eher so ideell.

Kindheitserinnerung – Sellerie, Karotten, Weißkraut, Rote Bete. Wunderbar.«

»Ja, Dosi, ein echtes kulinarisches Highlight.« Hummel trank sein Bier aus.

»Und jetzt fahrma zum Brandl in die Disco, ins Toxic.«

Hummel gähnte. »Ah, ich bin schon ganz schön platt.«

»Nix da. Ich bin gespannt, ob der Brandl da noch selbst auflegt.«

»Den lässt seine Frau doch nicht aus. Woher weißt du denn überhaupt, dass seine Disco heute offen hat?«

»Das Internet weiß alles. Heute steht *Rocks off* auf dem Programm. *Best of 70ties & 80ties*. Früher hat der Brandl vor allem so Wave-Sachen aus den Achtzigern gespielt. Cooles Zeug.«

»Das ist doch vor deiner Zeit?«

»Danke für das Kompliment, aber da gibt's auch gute Sachen. Bist du dabei?«

»Bei coolen Sachen immer. Wer fährt?«

»Wer beim Schnick, Schnack, Schnuck verliert, fährt zurück.«

Hummel verlor. Was ihm eh egal war, da er sich von dem Abend nicht die große Unterhaltung erwartete. Eigentlich ging er nur mit, um Dosi einen Gefallen zu tun und nicht als Langweiler dazustehen. Er überlegte, ob zwischen Dosi und Brandl einmal etwas gelaufen war. Ob sie deswegen unbedingt in seine Disco wollte. Aber dann hätte sie nicht unbedingt auf seiner Begleitung bestanden. Außerdem war Dosi eine treue Seele. Oder? Jetzt fiel ihm wieder Marlon ein, der Polizist von der Sitte aus Augsburg, auf den sie so abgefahren war. Tja, die Hormone. Aber darüber sollte er sich kein Urteil erlauben. Er dachte an die grünen Augen vom Grill. Was für eine Schönheit! Da haut's einem den Schalter raus, konkretisierte er jetzt den Gedanken. Ist das gut, wenn es Bereiche gibt, wo man sich nicht unter Kontrolle hat? Er grübelte. Ihm fiel sein Besuch im Johannis-Café und das unrühmliche Ende auf dem Puffparkplatz im Münchner Norden ein. Das war geistig und moralisch far out gewesen. Nein, prinzipiell war es schon besser, wenn man sich im Griff hatte. Aber hätte er sich nicht so besoffen, würden sie jetzt nicht so viel über die Geschichte mit den toten Prostituierten wissen, und vermutlich würden nicht sie hier ermitteln, sondern die Kollegen aus Regensburg. Und er hätte die schöne Frau am Grill nicht getroffen. Und so weiter. Klar, das alles stand in keinem Kausalzusammenhang, aber trotzdem hing alles zusammen, das Hässliche und das Schöne, der Tod und das Leben.

Das alles ging im durch den Kopf, als er mit Dosi über die kurvige Landstraße zur Disco fuhr.

Dosi parkte den Wagen auf dem großen Parkplatz davor. Viele Autos. Über der Eingangstür glüht der eisblaue Neonschriftzug: *TOXIC*.

»Der Brandl ist schon ein interessanter Typ«, sagte Dosi. »Damals hat er auch noch in einer Band gespielt. Die Kings of Fuck.«

»Aha. Und wie klingen die Kings of Fuck?«

»Wie Donnerhall.«

Die Disco war gesteckt voll. Aus den Boxen dröhnte »The Kiss« von The Cure.

Könnte schlimmer sein, dachte Hummel gut gelaunt und orderte an der Bar zwei Pils.

»Aber du fährst zurück«, sagte Dosi.

»Logisch. Eins geht schon.«

»Maximal zwei.« Sie hob warnend den Zeigefinger und stieß mit Hummel an.

Der nächste Song hatte auch mit Küssen zu tun – »I Was Made for Lovin' You« von Kiss.

Supernummer! Fand Dosi und stürmte auf die Tanzfläche. Hummel musste grinsen. Die dachte sich nix. Als wäre sie hier im Urlaub. Na ja, war ja auch ein Heimspiel für sie. Jetzt entdeckte er Brandl. Der ging mit Kontrollettiblick durchs Lokal und sammelte im Vorbeigehen Gläser und Flaschen ein. Muss ja ein ziemlich ruhiger Posten bei der Polizei hier draußen sein, wenn man für so einen anstrengenden Nebenjob noch Energie und Muße hat, dachte Hummel. Und erstarrte. Die grünen Augen vom Grill! Die langen, schwarzen Haare. Jetzt offen! Enge Jeans, verwaschenes Clash-T-Shirt. Sabine begrüßte den Discobetreiber mit Küsschen, und sofort kochte Eifersucht in Hummel hoch. Er leerte seine Bierflasche mit einem großen Schluck. Iggy Pops »Lust for Life« knallte aus den Boxen. Die Tanzfläche füllte sich noch mehr. Seine Angebetete tanzte neben Dosi. Dosi deutete zu ihm. Seine Traumfrau schaute herüber und winkte. Linkisch hob er die Hand und versank fast vor Scham im Boden. Er lächelte, nein, er grinste. Sollte er auch auf die Tanzfläche? Oder sah das jetzt komisch aus? Er war erleichtert, dass ihm die nächste Nummer die Entscheidung abnahm. Boy George. Nicht seins. Obwohl das jetzt egal gewesen wäre. Eh zu spät. Sabine war nicht mehr auf der Tanzfläche. Wo war sie hin? Dosi tanzte unverdrossen weiter. *Do you really want to hurt me …*

»He!«

Er drehte sich um. Sie! Mit zwei Cognacschwenkern. Sie hielt ihm einen hin.

»Äh?« Irritiert sah er die schwarze Flüssigkeit an.

»Magst du nicht?«

»Ich muss noch … Was ist das?«

»Was wird das schon sein?«

»Rüscherl?«

»Prost!«

Er nahm das Glas, und sie stießen an. Die Cola mit dem billigen Cognac schmeckte furchterregend, löste aber endlich seine Handbremse.

»Du tanzt super«, platzte es aus ihm heraus.

»Was?«

»Du. Auf der Tanzfläche. Wie ein Gummiball.«

Sie lachte. »Was bist du denn für ein Vogel?«

»Hummel.«

»Wie? Hummel?«

»Kein Vogel. Hummel, wie die Biene, also die dicke Biene. Brummbrumm – Hummel.«

Sie lachte wieder.

»Und Hummel ist dein Vorname?«

»Nein, mein Nachname. Ich bin der Klaus.«

»Ich bin die Bine.«

Hummel strahlte. Bine und Hummel – super!

»Gehen wir tanzen?«, fragte Bine.

PERFIDE

Am nächsten Morgen wusste Hummel nicht, wo er war. Er musterte mit schmerzenden Augen und Stechen in den Schläfen die florale Tapete und die erschreckende Inneneinrichtung des Pensionszimmers. Voller Panik griff er neben sich ins Bett. Nein, da war nur die zerwühlte Bettdecke auf der anderen Seite. Zerwühlt? Hatte er so unruhig geschlafen? Oder war da …? Nein, keine Spur, dass noch jemand außer ihm in diesem Bett geschlafen hatte. Mann, was für Gedanken! Hummel schämte sich, dass er eine so treulose Seele war. Er schloss die Augen und sah sich in Brandls Disco mit Bine am Tresen. Immer neue Rüscherl. O welch perfides Gift!

Es donnerte an der Tür. Sie wurde geöffnet, bevor er etwas sagen konnte. Dosi trat mit einem Grinsen breit wie die Autobahn ein.

»Das ist nicht lustig«, stöhnte Hummel.

»Doch, das war sehr lustig.«

»Sicher nicht.«

»Du warst der Hammer.«

»Was hab ich gemacht?«

»Getanzt, als ob dir der Teufel auf den Fersen wär. Wie du bei ›The Message‹ deine Jacke weggeschleudert hast und auf den Knien über die Tanzfläche gerutscht bist, ganz großes Kino. John Travolta ist ein Milchbubi gegen dich.«

»The Message?«

»Grandmaster Flash. Du weißt schon: *Don't push me 'cause I'm close to the edge, I'm trying not to lose my head …*«

Dosis Tanzschritte auf dem Linoleumboden entlockten Hummel ein schmerzhaftes Grinsen.

»Wir haben uns kaputtgelacht«, sagte Dosi.

»Wer ist wir?«

»Bine, Brandl und ich.«

»Ganz toll. O Mann, ist das peinlich. Diese Scheißrüscherl. Was ist mit Bine?«

»Was soll mit ihr sein?«

»Denkt sie jetzt, dass ich ein Säufer bin?«

»Na ja, so blau, wie du warst …«

»Hab ich mich irgendwie ungut verhalten?«

»Nein, voll der Gentleman. Und du hast auch nicht ins Auto gekotzt, als ich dich heimgefahren hab.«

»Tut mir leid. Eigentlich sollte ja ich fahren.«

»Passt schon.«

»War ich sehr peinlich?«

»Nein, megalustig. So kenn ich dich gar nicht. Sonst bist du doch immer der große Grübler. So, jetzt geh dein schlechtes Gewissen duschen, und komm frühstücken.«

GESPENSTISCH

Auf dem Heimweg nach München war Hummel sehr schweigsam. Er starrte nach vorn in die tief stehende Spätnachmittagssonne.

»Is was?«, fragte Dosi.

»Nein, alles gut.«

»Immer noch wegen gestern?«

»Nein. Also nur ein bisschen. Eher die Leute heute. Komisch.«

»Komisch ist nicht das richtige Wort. Eher schrecklich. Die meisten scheint das Schicksal der Prostituierten nicht zu berühren.«

Hummel nickte nachdenklich. Ein merkwürdiger Tag. Sie hatten den ganzen Ort abgeklappert. Mitleid hatte fast niemand mit den Prostituierten gehabt. Und mehrere hatten gesagt, dass es doch gar nicht so schlecht sei, wenn man sich mal ansah, wie es da beim Paschinger zuginge, was das für ein Milieu sei. Vielleicht würde der Laden jetzt ja endlich dichtmachen. Es hatte sich fast so angehört, als hätten sie auf so ein Ereignis nur gewartet. Und in diesem dumpfen, bigotten Umfeld musste Bine leben. Aber was ging ihn das an? Die schöne Bine. Nein, ging gar nicht. Er hatte eine feste Freundin. Die beste und schönste von allen – Beate. Scheiße, er hatte das Ganze irgendwie nicht im Griff. Die blöden Hormone.

»Ich kann dich in Haidhausen absetzen«, sagte Dosi, als sie in Schwabing von der Autobahn abfuhr.

»Nein danke. Münchner Freiheit wäre super.«

Sie sah ihn an und grinste.

Er ging nicht darauf ein. Ja, er würde bei Beate in der Kurfürstenstraße vorbeischauen. Und nein, es gab nichts zu beichten. Er musste Beate nichts erzählen. Es war nichts passiert.

An der Münchner Freiheit stieg er aus und winkte Dosi hinterher. Viertel vor sechs. Wenn er sich beeilte, hatte der Blumenladen an der Leopoldstraße noch offen.

Mit einem großen Strauß Tulpen marschierte er kurz darauf die Franz-Josef-Straße entlang in Richtung Kürfürstenplatz. Vielleicht konnte er Beate in der Blackbox heute ein bisschen zur Hand gehen. Das wäre doch schön.

Würziger Fleischduft zog ihn in eine türkische Imbissbude. Während er auf seinen Döner wartete, sah er auf den Fernseher mit den Nachrichten. N-TV. Zu sehen war das Kaufhaus an der Münchner Freiheit.

Der Dönermann hielt in seiner Arbeit inne, schaute zum Fernseher und wechselte zum Bayerischen Fernsehen. Auch dort Bilder von der Münchner Freiheit.

Da war ich eben, dachte Hummel. Da war doch nix, oder? Ein Anschlag? Bitte nicht!

Er las die Tickernews unter den Bildern: *Terroralarm in Schwabing?* Jetzt war der Pressesprecher der Münchner Polizei auf dem Bildschirm zu sehen. Der Ton am Fernseher ging an: »Die Lage in und um das Kaufhaus an der Münchner Freiheit ist unübersichtlich. Im Kaufhaus sind Schüsse gefallen. Augenzeugen sprechen von einer vermummten Person mit einem Schnellfeuergewehr. Zum jetzigen Zeitpunkt ist es völlig unklar, wie viele Personen sich noch in dem Kaufhaus befinden.«

Das reichte Hummel. Er verließ den Dönerladen. Draußen war es gespenstisch still. Kein Verkehr. Wie von einem Magneten gezogen, rannte er zur Münchner Freiheit und sah schon bald die Einsatzwagen und die Blaulichter. Er probierte Beates Nummer. Sie ging nicht dran. Aber kurz darauf erhielt er eine SMS von ihr.

Bin im Kaufhaus. Bewaffneter Mann.

Bist du in Sicherheit?

Der Handybildschirm wurde schwarz. Ausgerechnet jetzt. Scheißakku! Er musste da hin. Auf der Straße war kein Durchkommen. Er brauchte ewig bis zur U-Bahn-Station. Aus den Zugängen strömten die Leute, kanalisiert von Einsatzkräften der Polizei. Hummel blickte zu dem gläsernen Aufzugschacht hinter der Absperrung. Das könnte gehen. Er drückte sich gegen das Gedränge in die U-Bahn hinunter. U-Bahn-Personal und Polizisten mit gelben Westen dirigierten die Menschenströme. Hummel suchte den Aufzug zur Oberfläche. Die Ordner waren mit den Massen überfordert. Am verlassenen Souvenirstand schnappte sich Hummel eine Baseballcap mit *I love Munich*. Er zog den

Schirm tief ins Gesicht, wartet einen günstigen Moment ab und spurtete zum Lift. Hatte keiner mitbekommen. Er ging in die Hocke, um im Glasschacht nicht sofort gesehen zu werden. Drückte den Knopf zur Oberfläche. Der Lift setzte sich in Bewegung, stoppte, Tür ging auf. Er rannte zum Kaufhauseingang, schaute nicht rechts, nicht links, hörte nichts, achtete nicht auf die Megafonrufe der Polizei.

Als sich die Glastüren hinter ihm schlossen, war es still. Totenstill, dachte Hummel und schob den bösen Gedanken gleich wieder weg. Er atmete tief durch. Seine Waffe hatte er nicht dabei. Wo war der Typ? Wie viele Menschen waren hier? Wo war Beate?

Er sah niemand. Merkwürdige Atmosphäre. Atomschlagmäßig. Kaufhaus ohne Menschen. Die stickige Luft summte, knisterte. Elektrostatik. Hummel brach der Schweiß aus. Gar nicht so sehr Panik, eher die stehende Hitze. Die Glastüren waren erstaunlich dicht. Kaum ein Geräusch von außen. Blaulichter reflektierten in Spiegeln und Glasflächen. Hummel zog den Mützenschirm noch tiefer ins Gesicht. Er wollte vermeiden, dass ihn ein Kollege auf einem der Überwachungsvideos erkannte.

Das Erdgeschoss war menschenleer. Wo? Rolltreppe? Nein! Die Rolltreppen standen. Hummel schlich geduckt durch die Regale. Nahm eine Glastür ins Treppenhaus. Er horchte. Nichts. Treppe hoch. Erster Stock. Nichts. Zweiter Stock. Er spähte in die Verkaufsräume. Da war jemand. Waffe? Konnte er nicht erkennen. Was hielt der Mann da über den Kopf? Handgranate? Die dicke Weste – Sprengstoff? Und wo waren die Leute, die Kunden? Mit wem sprach er da? Hummel öffnete lautlos die Tür und ging in Richtung des Geiselnehmers. Durch die Regale konnte er jetzt Leute erkennen. Alle lagen auf dem Boden. War Beate dabei? Nicht zu sehen. Er musste etwas tun. Musste er? Er arbeitete nicht bei einer Antiterroreinheit. Warum war er da einfach reinmarschiert? Jetzt hörte er die Stimme des Geiselnehmers. Der Mann sprach in sein Handy. Sein Deutsch war akzentfrei. Er forderte die Befreiung politischer Gefangener.

Darauf geht die Polizei doch nie ein, dachte Hummel. Er sah zur Rolltreppe. Ging das? Hatte der Typ denn wirklich Sprengstoff bei sich? Dessen bleiche, schwitzige Gesichtshaut glänzte im Neonlicht. Hummel sah keine Augen hinter den tiefschwarzen Sonnenbrillengläsern. Trotzdem spürte er es – der Typ war am Limit, unberechenbar. Hummel musste ihn von der Gruppe weglocken. Bis zur Rolltreppe waren es etwa fünfzehn Meter. Hummel überlegte kurz, dann huschte er zurück ins Treppenhaus. Einen Stock runter.

Der Geiselnehmer wartete auf den Rückruf der Polizei und sah sich nervös nach allen Seiten um. Die Leute am Boden verhielten sich mucksmäuschenstill. Die Lampen an der Decke summten.

Plötzlich ein Geräusch. Was war das? Die Rolltreppe. Kam da wer?

»Liegen bleiben!«, brüllte der Mann die Geiseln an und ging zur Rolltreppe. Ja, die lief. Er schien sich zu wundern. Was sollte das? Zufall? Oder kam da einer von unten hoch?

Hummel öffnete mit pumpender Lunge die Treppenhaustür und sah den Geiselnehmer jetzt von hinten. Der starrte auf die Rolltreppe, wo ihm jetzt ein großer Stoffteddy entgegenfuhr. Was soll das, fragte er sich. Hummel flog durch den Raum und stieß den Mann mit voller Wucht in den Rücken. Die Granate fiel ihm aus der Hand, und er polterte die Rolltreppe hinunter.

Stille. Dann knallte es dumpf und rauchte. »Raus!«, schrie Hummel und scheuchte die Leute durchs Treppenhaus nach unten. »Raus, raus, raus!« Er trieb sie durchs Erdgeschoss nach draußen. Die Polizei nahm sie entgegen. Bevor Hummel den Einsatzkräften sagen konnte, wo sich der Attentäter befand, stürmte schon das schwer bewaffnete SEK an ihm vorbei. Hoffentlich ist außer dem Typen keiner mehr im Kaufhaus, dachte Hummel und blickte sich ängstlich nach Beate um. Nein, er konnte sie nirgends sehen. Das SEK kam schon wieder aus dem Kaufhaus. Der Festgenommene war mit einer Decke auf dem Kopf verhüllt, die Hände waren auf dem Rücken gefesselt.

Hummel atmete auf. Gefahr gebannt, der Typ war unschädlich. Jetzt musste er schauen, dass er hier wegkam. In dem Trubel hatte keiner gemerkt, dass er nicht zu den Geiseln gehörte. Er tauchte einfach in der Menge der Schaulustigen ab.

Hummel schwirrte der Kopf. Er zog die Kappe vom Kopf und warf sie in einen Mülleimer. Was hatte er da gemacht? Wenn der Typ einen echten Sprengsatz dabeigehabt hätte und nicht bloß eine Blendgranate? Unklug. Kompletter Aussetzer von ihm. Zum Glück war nichts passiert. Aber wer weiß, was der Typ mit den Geiseln gemacht hätte? Beate? Er musste sie unbedingt anrufen. Er bat einen Passanten, ob er schnell einen Anruf machen könne.

Beate meldete sich sofort. »Klaus, wo bist du?«

»Wo bist du, Beate?«

»Ich war in dem Kaufhaus. Ich bin durch einen Lieferantenausgang rausgekommen.«

»Gott sei Dank.«

»Und du, wo bist du?«

»Ich bin in der Franz-Josef-Straße. Es ist alles abgesperrt. Soll ich dich abholen?«

»Nein, lass mal, das dauert noch. Ich muss noch meine Zeugenaussage machen. Kannst du mir einen Riesengefallen tun und die Blackbox aufsperren? Der Schlüssel liegt bei mir zu Hause im Flur auf der Kommode.«

»Ja, klar. Und dir geht es wirklich gut, Beate?«

»Ja, alles in Ordnung. Ich komm dann, so schnell ich kann.«

»Ist der Täter denn außer Gefecht?«

»Ja. Es ist niemand zu Schaden gekommen. Angeblich ist eine Blendgranate explodiert. Irgendein Typ ist ins Kaufhaus und hat die Leute rausgeholt. Ein Held! Wahnsinn, er hat den Täter abgelenkt, die Rolltreppe runtergestoßen und die Leute rausgebracht!«

»Aha.«

»Und dann ist er verschwunden, spurlos.«

»War das nicht leichtsinnig, einfach so da reingehen?«

»He, der Typ hat die Leute da rausgebracht!«

»Ja, gut, dass es vorbei ist. Ich liebe dich.«

»Ich dich auch. Bis später.«

Hummel gab das Handy zurück und grinste. Er war ein Held. Auch wenn er das für sich behalten würde. Und er grinste auch wegen dem Schlüssel. Definitiv ein Vertrauensbeweis. Ihren Wohnungsschlüssel hatte er ja schon. Aber dass er sich um die Blackbox kümmern sollte, das hatte eine andere Qualität. Hatte er noch nie gemacht. Er würde es nicht vermasseln. Er schüttelte den Kopf. Wahnsinn, was für ein Tag! Auf einmal verspürte er einen nagenden Hunger. Der Dönerladen, klar. Und die Blumen! Die hat er dort gelassen.

Die Blumen waren weg. Sollte er dem Imbissbesitzer jetzt einen Vortrag halten? Nein, er war ja schließlich Hals über Kopf aus dem Laden gestürzt. Der Besitzer konnte ihm nicht sagen, wer die Blumen mitgenommen hatte. Komisch, würde er einfach so fremde Blumen mitnehmen? Sollte der Typ doch in der Hölle schmoren. Obwohl, vielleicht freute sich darüber seine Frau, die von ihm möglicherweise ihr ganzes Leben noch nie Blumen bekommen hatte. Und wenn der Typ eine Frau war? Nein. Frauen taten so was nicht. Oder? Hummel schlang den Döner – viel scharf – hinunter, federte ihn mit einem Becher Ayran ab und verließ das Lokal. Halb neun. In einer halben Stunde musste er die Blackbox aufsperren.

In Beates Wohnung nahm er den Schlüssel und trank in der Küche noch ein Glas Wasser. Sah die benutzte Kaffeetasse in der Spüle, lächelte. Vielleicht würden da morgen zwei weitere Tassen stehen. Die Küchenuhr zeigte zehn vor neun. Er musste los.

Die leere, dunkle Kneipe zu betreten war ungewohnt für Hummel. Die Stille. Er machte das Licht an und ging zur Musikanlage. Überflog die CD-Sammlung. Entdeckte ein Album namens *Best of Alex Chilton*. Das kannte er noch gar nicht. Dass Beate so was hatte, überraschte ihn. Oder hatte er ihr die CD geschenkt? Egal. Er legte sie ein und lauschte Chiltons Gitarrenversion von »My Baby Just Cares for Me«. Hummel sang mit und räumte gut gelaunt die Stühle von den Tischen. Dann zapfte er sich ein Bier.

Den ersten Gast kannte er. Peter aus der Senioren-WG im Haus. War laut Beate meistens der Erste hier. Hummel war stolz, dass er genau wusste, was Peter bekam – roten Hauswein und ein großes Glas Leitungswasser.

»Wo ist Beate?«, fragte Peter.

»Kommt etwas später. Sie meinte, ich soll schon mal aufsperren. Sonst steht der Peter auf der Straße und zieht dann vielleicht frustriert ab und kommt nicht wieder.«

»So weit kommt's noch.«

Peter widmete sich seiner Zeitung. Hummel wusste, dass es die Zeitung von gestern war. Hatte Beate ihm mal erzählt. Irgendwie cool, fand Hummel. Nahm das Tempo aus dem ganzen Nachrichtenwahnsinn und war Nulltarif. Allerdings wunderte er sich, wie man bei der Schummerbeleuchtung überhaupt lesen konnte. Entweder Adleraugen, oder Peter tat nur so, als würde er lesen, um nicht von anderen Gästen angelabert zu werden. Im Moment waren sie allerdings nur zu zweit im Lokal.

Als Beate um halb elf endlich eintraf, war der Laden brechend voll. Hummel war klatschnass geschwitzt und kam mit dem Ausschenken kaum hinterher. Beate gab ihm einen Kuss und übernahm das Regiment.

»Wo sind denn Kathi und Max?«, fragte Hummel.

»Haben heute frei.«

»Allein schafft man das nicht.«

»Jetzt hast du ja mich, Klaus. Und ich hab dich.«

»Du bist gut drauf, was?«

»Ja. Das war total verrückt. Wie ich den Typen gesehen hab – also, der hat die ganze Zeit gebrüllt und die Granate durch die Luft geschwenkt –, da hab ich zuerst gedacht: Okay, das war's dann wohl. Wenn ich da lebendig rauskomme, dann ändere ich mein Leben.«

»Aha, und wie?«

»Nicht so schnell aufregen, wenn etwas nicht klappt, aufmerksamer sein, ruhiger.«

»Wie bist du denn rausgekommen?«

»Ich hab den Lieferantenausgang gesehen. Er hat gebrüllt, dass alle zu ihm kommen sollen, aber ich hab mich nach hinten geschlichen. Mit einer jungen Frau und ihren zwei Kindern. Ich hab mir vor Aufregung fast in die Hose gepinkelt.«

»Kein Wunder.«

»Und dann waren wir draußen. Die Polizei hat uns gleich in Empfang genommen. Die haben uns ewig befragt. Auch, ob wir den Typen gesehen haben, der den Geiselnehmer die Rolltreppe runtergestürzt hat.«

»Und? Hast du ihn gesehen?«

»Nein, da war ich ja bereits draußen. Wahnsinn, wie verrückt muss man sein, dass man so was macht. Respekt!«

Hummel nickte und lächelte. »Hauptsache, dir ist nichts passiert und auch sonst niemand.«

UNBEEINDRUCKT

Samstagmorgen. Im Präsidium war wenig los. Dosi winkte Hummel an ihren Schreibtisch. Sie zeigte ihm das Video aus dem Kaufhaus. Ein Schatten huschte durch den Verkaufsraum, schon stürzte der Geiselnehmer die Rolltreppe hinunter.

»Man sieht kein Gesicht, aber die Klamotten kommen mir bekannt vor«, sagte Dosi.

»Ja, schicke Mütze.«

»Nein, der Rest.«

67

Hummel blickte sie treudoof an und sagte: »Tja, die Typen heutzutage tragen alle dasselbe. Lederjacke, Jeans, Turnschuhe.«

Dosi sah ihn zweifelnd an. »Hast du etwa bei Beate übernachtet?«

»Ja. Wieso?«

»Du hast noch dieselben Klamotten wie gestern an.«

»Lederjacke, Jeans, Turnschuhe – wie so viele.« Hummel hängte seine Lederjacke seelenruhig über die Stuhllehne. »Und? Wer ist der Terrorist?«

»Ein IS-Sympathisant. Deutscher. Konvertit.«

»Hatte der echt Sprengstoff dabei?«

»Der Hüftgurt war nur eine Attrappe. Und die Blendgranate war nicht wirklich gefährlich. Aber sie hat das ganze Kaufhaus verräuchert. Und die Sprinkleranlage in Gang gesetzt. Da ist ziemlich viel kaputtgegangen. Bist du gut versichert?«

»Jetzt lass den Scheiß, Dosi. Ich bin gestern Abend direkt in die Blackbox und musste aushelfen. Kathi und Max hatten frei. Frag Beate.«

»Wann macht die Kneipe denn auf?«

»Da muss man eine Menge vorbereiten.«

»Na dann. Weißt du, was ich mir gestern noch überlegt hab zu unserem Fall mit den toten Frauen? Also jetzt mal ganz steile These. Ihr Tod war kein Unfall, sondern Vorsatz. Nur mal theoretisch. Was ist, wenn jemand absichtlich die Kühlung angeschaltet hat?«

»Warum sollte das jemand tun?«

»Rivalisierende Banden. Die bekriegen sich, wollen den Konkurrenten schädigen.«

»Und töten dafür unschuldige Frauen?«

»Ja, vielleicht. Der anonyme Anrufer hat gewusst, was da passiert.«

»Bleibt immer noch die Frage, warum die Frauen da überhaupt eingestiegen sind.«

»Vielleicht eine Falle? Jemand hat ihnen versprochen, sie da rauszubringen.«

Hummel schüttelte den Kopf. »Zu krass. Und Bandenkriminalität ist nicht unser Ressort.«

»Jetzt sei mal nicht so amtlich.«

»Wo ist eigentlich Zankl?«

»In der KTU. Er will mit einem Kriminaltechniker noch mal einen genaueren Blick auf den Kühllaster werfen.«

»Ja, das Problem an der Hypothese ist ja auch, dass die Kühlung noch nicht angewesen sein kann, als die Frauen eingestiegen sind. Die Frauen hätten das gemerkt und wären nicht eingestiegen.«

»Zeitschaltuhr?«

»Ich kenn mich mit so was nicht aus. Wir werden sehen.«

Hummel klemmte sich hinter seinen Computer, studierte die Meldungen vom Vortag über den Geiselnehmer, schaute sich die Pressefotos an. Ein Wunder, dass ihn niemand erkennbar abgelichtet hatte, als er ins Kaufhaus gespurtet war. Die Überwachungskameras zeigten bloß einen Typen mit einer bescheuerten Baseballcap.

Als Dosi und Hummel später in der Kantine waren, setzte sich Zankl zu ihnen an den Tisch. »Keine Spuren am Laster, die uns weiterbringen«, sagte er.

»Hat die Kühlung eine Zeitschaltuhr, oder kann die automatisch angehen?«, fragte Dosi.

»Nein, die muss man manuell anmachen. Also, wenn sie aus ist. Einmal in Betrieb gesetzt, springt sie schon automatisch an, wenn es zu warm wird. Wie beim Kühlschrank. Aber dann ist hinten generell gekühlt.«

»Dann war die Anlage aus, als sie eingestiegen sind«, sagte Dosi. »Wann könnte jemand die Kühlung denn angeschaltet haben? Auf dem Parkplatz noch? Auf der Fahrt?«

»Es wird wohl seinen Grund haben, dass die Fahrer nicht mehr auskunftsfähig sind. Wer die Frauen auf dem Gewissen hat, ist auch für die beiden zuständig.«

»Nicht zwingend. Das mit den Fahrern könnte ja auch ein Racheakt des Puffbesitzers sein.«

»Hummel, du hast sonst keinen gesehen, der sich an dem Laster zu schaffen gemacht hat?«, fragte Zankl.

»Es war stockfinster. Und es ging alles so schnell. Aber klar, es kann schon noch jemand an dem Laster dran gewesen sein, ohne dass ich es mitgekriegt hab. Gesehen hab ich aber niemand.«

Als Hummel am späten Nachmittag das Präsidium verließ, war er alles andere als zufrieden. Er konnte sich nicht an alle Details erinnern. Das war alles sehr verwirrend. Mit schnellen Ergebnissen war da nicht zu rechnen, vor allem jetzt, wo die zwei Hauptzeugen tot waren. Egal, morgen war Pause. Der Sonntag gehörte Beate.

DENKZETTEL

»Du Arschloch, ich hab dir doch gesagt, dass das eine Scheißidee ist.«

»Was hast du? Du fandst das super. Du wolltest den Heinis ebenfalls einen Denkzettel verpassen.«

»Ja, wenn sie das Zeug von München in den Bayerwald

bringen. Dann hätte die Polizei sie hopsgenommen. Hat sie auch. Aber hinten waren weder Drogen noch eine Laborausstattung, nur ein paar Kisten Schnaps. Und neun Frauen. Tot. Neun Frauen!«

»Keine Frauen.«

»Nein?«

»Nutten.«

»He, komm.«

»Das war ein Betriebsunfall.«

»Was hast du denn den Bullen gesagt, als du sie angerufen hast? Dass da Drogen an Bord sind?«

»Na ja, das mit den Frauen auch. Das war eine spontane Idee, wie ich gesehen hab, dass die da hinten einsteigen.«

»Warum sind sie da überhaupt eingestiegen? In einen Laster?«

»Was weiß denn ich.«

»Ich glaube, du verarschst mich.«

»Nein, tu ich nicht. Das war reiner Zufall. Ich dachte nur, wie geil ist das denn. Viel besser als Drogen. Ich hab dir nichts gesagt, weil ich nicht wusste, wie du reagierst.«

»Ganz toll. Und jetzt sind sie tot. Erfroren. Das ist doch kein Zufall. Warum war die Kühlung an? He, sag mir das!«

»Du Arsch, schau lieber, wo du hinbrunzt.«

»Jetzt sag was!«

»Was soll ich sagen? Die Cops machen dem Paschinger jetzt die Hölle heiß. Das dauert nicht lang, dann ist der Schandfleck hier draußen weg. Komm, wir trinken noch einen Whiskey Sour.«

ERREGT

Hummels Handy klingelte.

Beate stöhnte auf. »Mach das Scheißding aus.«

Hummel stand auf, ging zur Garderobe und zog das Handy in seiner Jackentasche. Es hatte zu klingeln aufgehört. Er checkte den verpassten Anruf. Die Nummer kannte er nicht. Auf dem AB war ein Anruf. Er ging in die Küche und hörte den Anruf ab.

Eine erregte Frauenstimme: *Klaus, ich ruf an wegen den toten Frauen, in dem Laster, ich ... Ruf bitte zurück!*

Er kannte die Stimme nicht. Oder? Kurz zögerte er, dann drückt er auf Rückruf.

»Hallo, hier ist Klaus Hummel.«

»Klaus, ich bin's – Bine.«

»Oh, Bine ... He, hallo! Ich versteh dich so schlecht.«

»Ich, ich ... Ich bin in der Disco. Wart mal kurz ...«

»Was ist denn passiert?«, fragte Hummel, als der wummernde Beat nur noch leise zu hören war.

»Ich bin in der Disco. Beim Brandl. Ich war vorhin auf dem Klo. Da hab ich ein Gespräch mitgehört. Von zwei Typen.«

»Zwei Typen auf dem Klo? Was machst du auf dem Männerklo?«

»Frauen war besetzt, da bin ich halt rein. Ich war in einer Kabine. Da hör ich zwei Männer über die toten Frauen in dem Laster sprechen. Die Typen haben was damit zu tun, Hummel!«

»Hast du sie gesehen?«

»Nein, leider nicht. Ich hab gewartet, bis sie das Klo verlassen haben. Erst dann bin ich aus der Kabine raus.«

»Hast du sie in der Disco gesehen?«

»Wie denn? Ich weiß doch nicht, wie die Typen aussehen. Außerdem ist der Laden gerammelt voll. Heute ist *Metal Night*, da ist die Hölle los.«

»Sonntagnacht?

»Ja, klar. Kannst du kommen?«

»Jetzt?«

»Nein, morgen. Ihr ermittelt doch in dem Fall mit den toten Frauen, oder?«

»Ja, das tun wir.«

»Vielleicht finden wir die Typen.«

»Und wie?«

»Äh … Das weiß ich nicht. Kommt ihr?«

»Ja, wir kommen morgen.«

»Gut. Danke. He, das ist schön, deine Stimme zu hören.«

»Äh, ja, danke. Du auch, ich mein, ich auch, also deine Stimme … Bis morgen dann.« Er legte auf.

»Wer war das?«, fragte Beate, die sich in der Küche ein Glas Wasser zapfte.

»Das war dienstlich.«

»So klang das nicht. Und um die Uhrzeit?«

»Es geht um den Tod der neun Frauen in dem Kühllaster. Eine Zeugin.«

»Die dich mitten in der Nacht anruft? An einem Sonntag?«

»Bist du jetzt eifersüchtig oder was?«

»Auf deinen Job? Niemals. Komm wieder ins Bett.«

MILIEU

Montagmorgen. Dosi war krank. Hohes Fieber. Plötzlich. Aus dem Blauen. Sie war frustriert. Ja klar, es war keine gute Idee gewesen, bis spätabends mit Fränki auf dem Balkon zu sitzen. Bei dem vielen Bier hatte sie gar nicht gemerkt, dass es empfindlich kühl geworden war. Fränki hingegen war topfit und um acht Uhr in die Arbeit verschwunden.

»Du gehst heute nicht ins Büro!«, hatte er sie ermahnt.

Nein, kein Gedanke daran. Sie war völlig gerädert. Nachdem sie Mader eine SMS geschickt hatte, war sie wieder ins Bett gestiegen.

Als Mader ihre SMS erhielt, war er gerade mit Bajazzo im Ostpark beim Gassigehen. Er war erstaunt. Daran, dass Dosi schon jemals krank gewesen wäre, konnte er sich nicht erinnern. Die Sonne strahlte müde durch den milchigen Morgendunst, Jogger schnauften wie Dampfloks durch den Park, und ein paar Hundebesitzer mit ihren pfotigen Gefährten machten dasselbe wie Bajazzo und er. Klare Rollenverteilung: Der eine machte sein Geschäft, der andere räumte hinter ihm auf.

Bajazzo beendete endlich sein Business, und Mader zückte sein Tütchen. Jetzt fiel ihm ein, dass seine Schwester ja Geburtstag hatte. Helene. Jahrgang 73. Kaum zu glauben – sie ging lässig für Mitte dreißig durch. Konnte er sie jetzt schon anrufen? Nein. Zu früh. Aber er durfte es auf keinen Fall vergessen. Er ließ das gefüllte Tütchen in einen Mülleimer plumpsen und ging zur anderen Parkseite weiter, um an der Station Michaelibad in die U-Bahn zu steigen und in die Arbeit zu fahren.

TICK ZU LAUT

»Ja, verdammt, ich bin heute Abend pünktlich zurück«, zischte Zankl und zog die Wohnungstür hinter sich zu. Natürlich einen Tick zu laut. Ach Mann, das ging ihm vielleicht auf den Wecker! Ja, er wusste, dass das heute ein wichtiger Termin war. Der Infoabend für die Einschulung von Clarissa. Aber er arbeitete nun mal nicht beim Patentamt oder in einer Versicherung, wo man den Griffel um fünf fallen ließ und ins Privatleben entschwand. Immer diese Vorwürfe von seiner Frau! Nicht zum ersten Mal beschlich ihn der Gedanke, dass Ehe und Familie nicht die schönsten Daseinsformen auf Erden waren. Da hatte Hummel es besser. Beate war Kneipenwirtin und hatte selbst ungewöhnliche Arbeitszeiten. Die machte keinen Druck. Na ja, dafür ging es bei denen aber ständig rauf und runter. Tja. Dosi war auch nicht verheiratet, hatte aber einen eifersüchtigen Freund, der mit Argusaugen über sie wachte. Mader war wahrscheinlich der klügste von ihnen. Ehe hatte er hinter sich. Bajazzo stellte keine dummen Fragen. Klar, es lag nicht unbedingt an der Ehe, sondern daran, wie viel Spielraum man dem anderen zugestand. Und da hatte seine Frau Conny definitiv noch Luft nach oben. Nein, sie hatte ja recht. Er wollte ebenfalls, dass bei Clarissas Einschulung alles klappte, und da musste man sich eben informieren. Wobei er nicht nachvollziehen konnte, warum Conny in sieben Grundschulen vorstellig geworden war, um sich dann am Ende doch für die nächstgelegene – ihre Sprengelschule – zu entscheiden. Erst war Conny begeistert gewesen, dass es dort auch einen Sonderschulzweig gab, doch dann hatte sich gerade der Gedanke an Inklusion als Wider-

haken erwiesen. Ob das denn wirklich gut sei – so niveau-
mäßig für Clarissa? Ja, was dachte sie denn? Dass man die
Lernschwäche der anderen mit der Luft einatmete? Wahnsinn! Nein, er fand es ganz gut, dass Clarissa auch mal sah,
dass es nicht alle Kinder so leicht hatten wie sie. Clarissa
würde in der Schule keine Probleme haben, so neugierig,
wie sie war, da war er sich sicher. Einschulung – wie die Zeit
verging!

Zankl hatte nicht bemerkt, dass er auf seinem Weg in die
Arbeit bereits am Stachus angekommen war. Dort hatte
sich ein Unfall ereignet. Ein Blumenlaster war umgekippt,
und aus der aufgerissenen Seitenverkleidung ergossen sich
Tausende rote Rosen auf den Asphalt. Unwirklich schönes Bild. Der Fahrer war unverletzt und stand mit großen
Augen vor dem roten Meer. Wie schnell war der denn unterwegs gewesen, dass ihm der Laster umgekippt war? Vermutlich würde die fest installierte Blitzanlage darüber Auskunft geben. Zankl sah jetzt auch die fröhlichen Kollegen
von der Verkehrspolizei, die die Fußgänger nicht daran hin-
derten, sich bei den Blumen zu bedienen. Ja, lasst Blumen
sprechen, dachte Zankl und nahm sich eine Rose. Für Dosi.
Conny hat die nicht verdient. Jedenfalls nicht heute.

VOR ORT

»Das wird schwierig, wenn wir den Fall komplett an uns
ziehen«, meinte Mader bei der Teambesprechung.

»Warum denn?«, fragte Hummel, der gerade erläutert
hatte, dass sie unbedingt noch einmal nach Karlsreuth
müssten.

»Weil das fast zweihundert Kilometer von München weg ist.«

»Ich war doch mit Dosi schon mal da.«

»Aber eigentlich sollt ihr hier in München ermitteln.«

»Tun wir ja auch. Die Prostituierten haben hier in München gearbeitet und sind hier in den Laster gestiegen. Aber offenbar gibt es in Karlsreuth eine heiße Spur.«

»Woher hat die Zeugin überhaupt deine Nummer?«, fragte Mader.

»Wir haben unsere Visitenkarten verteilt. Wie wir es immer machen, wenn wir Leute vor Ort befragen. Falls denen noch was einfällt.«

»Ist die Zeugin denn glaubwürdig?«

»Absolut.«

»Okay, Jungs, ihr fahrt hin. Aber morgen seid ihr beide wieder im Büro. Und was ist mit den beiden Fahrern? Neue Erkenntnisse? Was sagt Gesine?«

»Ich geh gleich bei ihr vorbei«, sagte Hummel. »Vielleicht ist sie ja noch an was dran.«

»Da hab ich wenig Hoffnung«, meinte Zankl.

»Na, mal sehen. Kommst du mit?«

»Ja, die Neugier stirbt zuletzt.«

Sie gingen gemeinsam ins Kellergeschoss hinunter. Das Tackern hörten sie schon auf dem Flur. *Tak-tatataka-taktak-tak …*

»Was ist das denn?« Hummel grinste schief und beschleunigte seine Schritte dann doch.

»Ruhig Blut, Hummel!«, mahnte Zankl.

Hummel stieß die Tür zur Pathologie auf. Das Tackern hallte von den Wänden.

»Was zur Hölle …«, sagte Zankl.

Sie sahen Gesine in Ekstase. Stepptanz im Kittel, Rock-schöße flogen, harte Ansätze knallten auf die Steinfliesen. Gesine hatte die Augen geschlossen. Die langen, dunklen Haare klebten ihr an der schweißnassen Stirn. Eine letzte Salve aus ihren Absätzen, dann war es still. Nein, nicht ganz. Hummel schüttelte den Kopf, um das Ohrklingeln loszu-werden. Zankl klatschte.

»Na, die Herren?«, sagte Gesine schwer atmend. »Alles gut?«

»Wow, Gesine, wie ein Maschinengewehr«, sagte Zankl.

»Geil, oder?« Sie schlüpfte aus den Schuhen. »Die sind gerade mit der Post gekommen. Ich musste sie gleich testen.«

»Du kaufst Schuhe, ohne sie vorher anzuprobieren?«, sagte Hummel.

»Niemals. Ich hab sie nur neu besohlen lassen. In Madrid. Hier kann das ja keiner.«

»Wenn du das sagst. Ja, Respekt, das sah richtig professio-nell aus.«

»Ja, vielleicht mach ich eine Revue draus. Titel weiß ich schon: *Da steppt der Tod*. Ja, so könnte das Programm hei-ßen. Hier unten, das wäre doch ein kleiner, feiner Veranstal-tungsort. Was meint ihr, was das auf den Edelstahltischen für einen geilen Sound macht?«

»Davon sind wir überzeugt«, sagte Zankl. »Und? Hast du was für uns? Wie sind die beiden Lasterfahrer jetzt gestor-ben, also im Detail?«

»An den Abgasen. Die müssen die ganze Nacht in den Abgasen gesessen haben. Und das geht nur, wenn du aus-reichend sediert bist. Ich tippe auf K.-o.-Tropfen. Spuren gibt es natürlich nicht. Das Zeug ist ja bereits nach ein paar Stunden nicht mehr nachweisbar.«

»Und wie könnten sie die K.-o.-Tropfen zu sich genommen haben?«

»In ihrem Magen befanden sich Donuts und Kaffee. Habt ihr Pappbecher gefunden, Verpackungsmaterial?«

»Nein.«

»Wie könnte das gelaufen sein?«, fragte Hummel.

»He, Jungs. Ich krieg nur raus, was in den Leuten drin ist. Der Kaffee und die Donuts, das sind die einzigen Spuren. Den Rest müsst ihr erledigen. Ich glaube, dass ihnen jemand die Sachen vorbeigebracht hat, so von wegen: He, Leute, schaut mal, was ich euch von Dunkin' Donuts mitgebracht hab. Die zwei freuen sich wie Schnitzel, genießen Gebäck und Kaffee und entschlummern sanft. Der edle Spender kommt später zurück, checkt, ob die Typen auch wirklich schnarchen, und verfrachtet sie ins Auto. Er startet den Achtzylinder, nimmt die Becher und die Donuttüte mit und verlässt die Garage. Und schon sind die beiden Jungs auf ihrer letzten Fahrt. Die ziemlich lange dauert. Wie gesagt, mit den sauberen Kraftstoffen heute ist das nicht so einfach wie früher. Aber wenn es lange genug dauert, dann geht auch das. Also die Theorie funktioniert natürlich nur, wenn der Täter sehr genau über die Gewohnheiten der beiden Jungs Bescheid wusste, also, dass sie gern da in der Werkstatt sind, um an ihrem Oldtimer rumzuschrauben.«

»Nicht schlecht, Gesine«, sagte Zankl. »Gute Theorie.«

»Kommt vom Steppen. Macht die Birne frei. Solltet ihr auch mal probieren. Ich schreib euch den Bericht. Aber nur die Fakten. Das mit den K.-o.-Tropfen ist nur Mutmaßung.«

»Aber keine schlechte«, sagte nun auch Hummel.

Draußen im Hof sagte Zankl: »Vielleicht sollte ich mir auch so Steppschuhe kaufen.«

»Echt jetzt, Zankl?«

»Ja, im Ernst, das hilft bestimmt auch gegen Aggressionen.«

»Hast du welche?«

»Ja, und wie. Ich kann dich jetzt schon warnen. Wenn wir heute Abend nicht pünktlich von unserem Bayerwaldausflug zurück sind, werde ich unangenehm. Dann bekomm ich nämlich richtig Stress.«

»Wir nehmen die Aussage von Sabine auf und fahren gleich zurück. Wir müssen dann eh erst überlegen, wie wir weiter vorgehen. Bine hat die Männer schließlich nicht gesehen.«

»Bine? Das klingt ziemlich vertraut.«

»Auf dem Land ist man nicht so förmlich.«

IRGENDWAS SÜSSES

»Boh, spinn ich?«, rutschte es Zankl heraus, als sie an dem Imbisswagen in Karlsreuth hielten.

»Was denn?«, fragte Hummel.

»Komm, tu nicht so. Das ist die schönste Frau, die ich je gesehen hab.«

»Zankl, das sag ich Conny.«

»Und die steht hier an einem Scheißimbiss!«

»Ja, das Schöne und Hässliche liegen manchmal eng beieinander.«

»Das kannst du laut sagen.«

»Was willst du?«, fragte Hummel.

»Einen Kaffee und was Süßes.«

»Ja, klar.«

»Haha. Irgendein Teilchen.«

Hummel holte zwei Kaffee und ein großes Stück Streuselkuchen.

»Bine kommt gleich.«

»Das ist echt deine Zeugin?«

»Ja, sie hat mich gestern Nacht angerufen.«

»Die dürfte mich auch mitten in der Nacht anrufen.«

»Beate war nicht begeistert.«

»Verständlich.«

Nicht einmal Bines breiter O-Ton Süd vermochte Zankls Begeisterung zu bremsen. Hummel musste grinsen, weil er seinen Chauvi-Freund noch nie von der charmanten Seite erlebt hatte. *Flöti-flöti, jaja, ganz wunderbarer Kaffee, schön kräftig, und das Wetter, ja, der Kuchen ist ein Gedicht …*

Inhaltlich kamen sie leider nicht viel weiter, weil Bine die Typen in der Disco nur gehört, aber nicht gesehen hatte.

»Würdest du denn die Stimmen wiedererkennen?«, fragte Zankl.

»Vielleicht. Ja, könnte sein. Aber wo und wann denn? Ich kann ja nicht immer am Männerklo vom Toxic rumhängen und warten, ob die beiden Jungs da wieder auftauchen. Oder soll ich im Wirtshaus sitzen und warten, ob ich da ihre Stimmen höre?«

»Na ja, wenn du ihre Stimmen nicht erkannt hast, dann kennst du die Typen auch nicht«, meinte Hummel. »Das ist doch schon was.«

»Wie meinst du das?«

»Du kennst doch vermutlich alle Typen hier im Ort.«

»Was soll denn das heißen?«

»Äh, nichts. Außer dass die zwei vermutlich nicht aus der Ortschaft hier sind. Weil hier ja jeder jeden kennt.«

Sie überlegte kurz. »Ja, vermutlich.«

»Dann können wir die jungen Männer hier im Ort schon mal weglassen. Wäre es sinnvoll, Brandl zu fragen, ob ihm gestern zwei Typen aufgefallen sind?«

»Vielleicht. Der eine war jedenfalls ziemlich besoffen. So weinerlich.«

»Wir sprechen mit Brandl.«

»Sagt mir Bescheid, wenn ihr was hört.«

Zankl sah ihr versonnen hinterher, als sie zu dem Imbisswagen zurückschwebte.

»Hör auf zu träumen, Zankl. Wir fahren zu Brandl.«

»Jetzt tu nicht so, als ob dich das kaltlässt. Was für eine Schönheit!«

»Da hast du durchaus recht. Jetzt komm endlich.«

Sie fanden Brandl nicht in seiner Dienststelle vor. Er hatte sich krankgemeldet.

»Dann statten wir ihm eben einen Hausbesuch ab«, sagte Hummel.

Zu Hause war Brandl ebenfalls nicht anzutreffen. Seine Frau wies die beiden darauf hin, dass ihr Mann im Dienst sei, was sie natürlich nicht im Geringsten anzweifelten.

»Der Schlingel«, sagt Zankl hinterher. »Aber egal. Dann fahren wir jetzt zurück nach München. Ich steh bei Conny im Wort.«

»Lass uns noch schnell bei der Disco vorbeifahren. Vielleicht ist Brandl ja da.«

»Aber nur kurz!«

Brandls Auto stand hinter der Disco und war erst zu sehen, nachdem sie eine Runde über den großen, leeren Parkplatz gedreht hatten. Die wummernde Musik konnten sie bereits durch die geschlossene Eingangstür der Diskothek hören.

»Na ja, wegen Kopfschmerzen bleibt er jedenfalls nicht dem Dienst fern.«

Die Eingangstür war nicht verschlossen. Sie betraten die Disco. »Boys Don't Cry« von The Cure schallte ihnen entgegen. Begleitet von einer Wand aus Trockeneis und Stroboskopblitzen. Brandl wand sich selbstvergessen auf der Tanzfläche.

Hummel und Zankl gesellten sich dazu. Die Musik, die Lichtblitze, der kalte Geruch von Trockeneis. Drei tanzende Männer im Nebel. Eine ganze LP-Seite lang.

Nach knapp zwanzig Minuten war Schluss. Die drei erstarrten auf der Tanzfläche.

»Manchmal brauch ich das einfach«, sagte Brandl. »Musik, Dunkelheit, Alleinsein.«

Hummel nickte. »Auf der Dienststelle haben sie gesagt, du bist krank.«

»Ich hab eher Schluss gemacht. Meine Frau macht mich krank. Tu dies, tu das, warum kommst du so spät heim? Wo gehst du noch hin?«

Hummel grinste. »Das ist übrigens mein Kollege Zankl.«

»Hallo. Stefan Brandl. Was führt euch hierher?«

»Wir sind wegen Bine hier«, sagte Hummel.

»Die schöne Bine.« Brandl schnalzte mit der Zunge. »Tja.«

»Sie hat gesagt, dass sie hier in der Disco zwei Typen gehört hat, die etwas über die toten Prostituierten wussten.«

»Wie – gehört? Hat sie die Typen nicht gesehen?«

»Nein, sie war auf dem Männerklo. In einer Kabine.«

»Um dort was zu tun?«

»Um zu bieseln, tipp ich mal.«

»Ja, vor dem Mädelsklo ist immer eine Schlange.«

»Sind dir gestern zwei Typen aufgefallen, die nicht aus Karlsreuth sind?«

»Hier kommen Leute aus dem ganzen Land her.«

»Ja, aber viele kennst du doch bestimmt. Zwei Typen. Einer war ziemlich blau.«

»Na ja, es war bumsvoll. Aber ja, da waren zwei Typen, die waren ein bisschen komisch. Der mit Vollbart war so heulsusig, hatte offenbar seinen Moralischen. Der andere hat ihn dann irgendwann rausgebracht.«

»Beschreibung?«

»Boh, kann ich nicht sagen, Hummel. Doch. Der eine mit dem rötlichen Vollbart, kräftige Statur. Der andere dunkle, kurze Haare. Eher schmal. Ähnliche Klamotten. Wie viele Männer hier. Jeans, Hardrock-T-Shirts.«

»Und du kennst die nicht?«

»Nein. Wobei, der mit dem Bart kam mir irgendwie bekannt vor. Hm. Vielleicht ist mir doch was aufgefallen. Ich war draußen beim Rauchen, da ist ein Auto mit quietschenden Reifen weggefahren.«

»Und da saßen die drin?«

»Ich hab sie nicht gesehen, nur so ein Gefühl. Sie sind ja kurz vorher aus dem Laden raus.«

»Nummernschild?«

»Keine Ahnung. Aber eine auffällige Karre. Ein ziemlich schicker Audi A5 Coupé. Schwarz. Fetter Sound, eine ziemliche Granate.«

»Okay, das sollte nicht sonderlich schwer sein. So viele wird es in der Gegend nicht geben. Gut, sehr gut, Brandl. Das hilft uns wirklich weiter.«

»Wir müssen los«, meinte Zankl und tippte auf seine Armbanduhr.

»Halt, einen Moment noch!« Brandl verschwand in Richtung Bar und brachte drei Bier mit. Dann ging er ans DJ-Pult, drehte die Platte um und machte die Discokugel an. Nebelmaschine und Boxen fauchten.

HAPPY HENDL

Die Auskunft von den Kollegen bekamen sie schnell. Im näheren Umkreis gab es nur zwei schwarze A5. Der eine gehörte einem Pfarrer. Sie lachten bei der Vorstellung, wie der in der Disco die Soutane fliegen ließ und hinterher in der Karosse nach Hause in seine Kemenate heizte. Vielleicht nicht allein? Der andere Audi war auf den Besitzer eines Hühnerzuchtbetriebs in Plassing zugelassen, einem Ort zehn Kilometer östlich im Wald.

»Scheiße!«, sagte Zankl, als sein Blick auf die Uhr fiel. Wir müssen jetzt wirklich los! Der Elterninfoabend.«

»Wann ist der?«

»Halb sechs.«

»Vergiss es. In einer Stunde schaffen wir es nicht nach München. Soll ich Conny kurz anrufen?«

»Lass mal, das mach ich schon selber. Verdammt noch mal!«

Das Telefonat dauerte etwas länger und hatte einige Windungen.

»Jaja, mir geht's gut, Hummel auch. Mach dir keine Sorgen. Bis später.« Zankl steckte sein Handy wieder weg.

»He, war das mit dem Auffahrunfall nicht ein bisschen dick aufgetragen?«, sagte Hummel.

»Ach, hier im Bayerwald fahren doch alle wie die Henker.

Jedenfalls erwartet sie mich jetzt nicht mehr zu dem Infoabend. Aber zu spät darf es trotzdem nicht werden. Conny will um neun Uhr noch zu ihrem Spanisch-Stammtisch.«

»Zankl, Zankl, ich weiß nicht, ob ich das gut finde. Lügen haben kurze Beine.«

»Notlügen nicht. Brandl macht das, ich mach das. Und du vermutlich auch.«

»Ich? Wie kommst du auf die Idee?«

»Ich hab mir das Video aus dem Kaufhaus an der Münchner Freiheit angesehen.«

»Ich auch. Und?«

»Nichts und.«

HAPPY HENDL verkündete das große Schild an der Bundesstraße, als sie bei der Adresse des Halters von der Straße abbogen. Zu beiden Seiten der Straße befanden sich niedrige, lang gestreckte Hallen.

»Ein Hühner-KZ«, murmelte Hummel.

»Über so was macht man keine Witze.«

»Ja, da hast du recht. Trotzdem nicht schön. Um Qualität geht's da sicher nicht.«

»Kennst du *Brust oder Keule* von Louis de Funès?«

»Ja. Visionärer Film. Hier leben definitiv keine glücklichen Hendl.«

Hinter kastenförmigen Wirtschaftsgebäuden tauchte jetzt ein stattlicher Hof auf. Hell erleuchtet. Vor dem Wohnhaus mehrere große Autos: ein Jeep, ein Mercedes-Geländewagen, ein Hummer, ein Quad. Aber kein Audi A5.

Kaum hatten sie ihren zierlichen Golf im Schatten der fetten Schlitten geparkt, erschien ein stattlicher, vierschrötiger Mann in Wachsjacke und dreckverspritzten Gummistiefeln.

»Ah, der Hühnerbaron«, sagte Zankl leise.

»Es war das Hendl, nicht die Nachtigall«, raunte Hummel.

»Wer sind Sie?«, fragte der Gutsherr.

»Polizei.« Hummel zeigte seinen Ausweis. »Guten Abend.«

»Was gibt's?«

»Sind Sie Franz-Josef Greindl?«

»Ja?«

»Sie sind der Halter eines schwarzen Audis mit dem Kennzeichen FRG-AX 217?«

»Ja, ich bin der Halter. Aber mein Sohn Andreas fährt den Wagen. Ist er wieder in eine Radarfalle gerauscht?«

»Das würden wir gern selbst mit ihm besprechen.«

»Er ist nicht da.«

»Wo finden wir ihn?«

»In München bei der Arbeit. Das hoffe ich zumindest.«

»Das Auto ist hier angemeldet.«

»Ich hab's bezahlt.«

»Können Sie uns seine Telefonnummer geben?«

»Kommen Sie rein. Die Nummer ist in meinem Handy.«

»War Ihr Sohn gestern hier?«

»Ich weiß es nicht. Eigentlich kommt er nur am Wochenende heim. Aber manchmal schaut er auch unter der Woche vorbei.«

Das Haus war entgegen den protzigen Autos durchaus geschmackvoll eingerichtet. Mit leichtem Ethno-Touch. An den Wänden hingen asiatische Holzmasken. Der Hühnerbaron suchte sein Handy, fand es aber nicht.

»Sina, weißt du, wo mein Handy ist?«, rief er in Richtung Küche.

Eine asiatische Schönheit kam heraus und lächelte breit.

»Wir wollen nicht stören«, sagte Zankl.

»Die Herren sind von der Polizei. Andi ist mal wieder zu schnell gefahren.«

Zankl nickte zustimmend.

»Sina, ich find mein Handy nicht. Da ist Andis Handynummer drin. Ich kann mir die langen Nummern nicht merken.«

Die Frau ging zur Treppe und rief nach oben in den ersten Stock: »Kinder, habts ihr dem Papa sein Handy? Der braucht's.«

Hummel grinste. Lupenreines Bairisch.

Ein kleiner Junge mit dunklen, dichten Haaren tauchte auf der Treppe auf und überreichte seiner Mama das Handy. Die gab es an ihren Mann weiter, der dem Jungen zärtlich über den Kopf strich, bevor der wieder nach oben huschte. Greindl diktierte Hummel die Nummer, der es gleich selbst probierte. Er erreichte nur die Mailbox und bat um Rückruf.

»Könnten Sie uns auch seine Münchner Adresse geben?«, sagte Zankl.

»Pilgersheimer Straße 12.«

»Danke, das war's auch schon. Falls er sich rührt, sagen Sie ihm bitte, dass er sich bei uns meldet.« Hummel reichte ihm seine Visitenkarte.

Im Auto sagte Zankl: »Das ist eine vielfältige Gegend. Interessante Typen, interessante Lebensmodelle.«

»Nein. Das ist wie überall. Offenbar hast du Vorurteile gegenüber dem Bayerischen Wald.«

»Ja, vielleicht. Aber ich kann mich nicht erinnern, vorher schon mal an einem Nachmittag in einer leeren Disco getanzt zu haben. Du etwa?«

UNFALL

»Mein Vater hat angerufen«, sagte Andreas Greindl ins Telefon. »Die Bullen suchen mich. Hörst du, Robert?«

»Ich hab doch gesagt, dass das schiefgeht.«

»Wie kommen die jetzt auf mich?«

»Vielleicht geht es ja um was ganz anderes. Was waren denn das für Bullen?«

»Leider nicht Verkehrspolizei. Mein alter Herr sagt, dass auf der Visitenkarte Mordkommission steht.«

»Mordkommission? Scheiße! Mordkommission. Wenn die uns das mit den Frauen anhängen? Das war doch ein Unfall.«

»Klar war das ein Unfall.«

»Und wenn die das auch anders sehen?«

»Wir müssen den Ball flach halten, Robert. Ich ruf dich an, wenn sie bei mir waren und ich weiß, was die wirklich wollen.«

»Und ich?«

»Von dir hat keiner gesprochen. Wenn sich die Bullen bei dir melden sollten, dann haben wir an dem Abend beide dasselbe gemacht. Wie besprochen – wir waren auf dem Festival. Den ganzen Abend.«

Greindl legte das Handy weg, ging in die Küche und machte sich ein Bier auf. Er überlegte angestrengt, ob sie irgendwelche Spuren hinterlassen hatten. Nein, hatten sie nicht. Er hatte Handschuhe angehabt, und er hatte ein Alibi. Das Festival im Backstage. Wenn er nicht gerade eine rote Ampel überfahren hatte und geblitzt worden war, konnte keine Sau wissen, dass sie zwischendrin mal eine Stunde nicht in der Halle gewesen waren.

LEUCHTPUNKTE

Mader hielt vor dem Haus in der Pilgersheimer Straße. Er hätte jetzt ganz gern Dosi dabeigehabt. Leider war sie krank. Er sah noch einmal auf seine Notiz, die er sich beim Telefonat mit Hummel gemacht hatte. Hausnummer 12.

»Bajazzo, wenn der Typ Stress macht, krallst du ihn dir.«
Bajazzo sah ihn treuherzig an.

Mader stieg aus, klingelte, wartete. Nichts passierte. Niemand zu Hause? Er klingelte noch einmal. Wieder nichts.

Jetzt öffnete sich die Haustür. Ein junger Mann mit Baseballcap trat nach draußen.

»Herr Greindl?«

Der Mann sagte nichts, sah Mader aber einen Moment zu lange an.

»Mader, Kriminalpolizei.«

»Äh, ja?«

»Sind Sie Herr Greindl?«

»Ja? Was wollen Sie?«

»Mich mit Ihnen unterhalten.«

»Ich wollte gerade los.«

»Wohin?«

»Was geht Sie das an?«

»Fahren Sie einen schwarzen Audi A5?«

»Ja, wieso? War ich zu schnell?«

»Kriminalpolizei.«

»Was wollen Sie? Brauch ich einen Anwalt?«

»Das weiß ich nicht. Wo waren Sie denn gestern?«

»In München. Bei der Arbeit.«

»Nachts auch?«

»Nein, ich arbeite in der Regel tagsüber.«

»Ich meine, waren Sie nachts auch in München?«

»Nein, da war ich auf dem Land. In einer Disco.«

»Wie heißt die Disco?«

»Das Toxic in Grafenberg.«

»Das sind fast zweihundert Kilometer von hier.«

»Sie kennen sich ja gut aus im Bayerwald.«

»Ein bisschen weit für ein paar Stunden Discobesuch.«

»Sagen Sie das nicht. Ich schaff die Strecke in anderthalb Stunden.«

»Sind Sie oft in der Disco?«

»Gelegentlich. Früher wäre ich da nie hingegangen, da haben die immer Wave und Indie gespielt. Ich bin eher so der Hardrocker. Seit die aber am Sonntag die *Metal Night* haben, fahr ich ab und zu hin.«

»Waren Sie allein unterwegs?«

Greindl sah ihn misstrauisch an.

»Können wir das drinnen besprechen?«, fragte Mader.

»Wenn es sein muss.«

Mader folgte ihm in den zweiten Stock.

»Setzen Sie sich«, sagte Greindl, nachdem er Mader ins Wohnzimmer geführt hatte. Er deutete zu dem dunkelblauen Zweiersofa und verschwand in die Küche. Kurz darauf kehrte er mit einer Schale Wasser zurück und stellte sie Bajazzo aufs Parkett. Bajazzo trank nicht gleich, sondern sah Mader fragend an. Er nickte. Bajazzo stürzte sich auf das Wasser.

Greindl lächelte. »Wir hatten immer Hunde auf dem Hof. Ich hatte auch mal einen Dackel. Xaver. Der ist immer noch da. Er ist inzwischen vierzehn, der alte Herr. Also, was wollen Sie wissen?«

»Waren Sie gestern alleine in der Landdisco?«

»Nein, es war gesteckt voll.«

»Ich meine, sind Sie alleine dorthin gegangen?«

»Nein, ein Bekannter von mir war dabei.«

»Name, Adresse?«

»Moment! Worum geht es hier eigentlich?«

»Um neun tote Frauen. Prostituierte. Sie wurden in einem Laster gefunden, der kurz vor Karlsreuth von der Polizei kontrolliert wurde.«

»Ich hab keine Ahnung, wovon Sie reden.«

»Das glaub ich nicht. Die ganze Gegend dort spricht von nix anderem. Aber egal. Mit wem waren Sie gestern Abend unterwegs?«

»Mit Robert Weinzierl, einem alten Schulfreund.«

»Haben Sie mit ihm über den Tod der Frauen gesprochen?«

»Bis eben wusste ich noch nicht einmal, dass dort etwas passiert ist. Ich komm eher selten da raus.«

»Gut, das erfahren wir schon noch.«

»Was?«

»Ob Sie über den Fall gesprochen haben. Wir haben einen Zeugen, der Sie bei einer Gegenüberstellung unschwer wiedererkennen wird.«

»Na dann ist ja alles gut.«

»Nichts ist gut. Laut dem Zeugen hat es den Anschein, dass Sie etwas mit dem Tod der Frauen zu tun haben.«

Greindl sah Mader mit kühlem Blick an. »Wir beenden das Gespräch jetzt. Wenn es noch was gibt, sprechen Sie bitte mit meinem Anwalt. Gehen Sie jetzt.«

»Ich erwarte Sie morgen um zehn Uhr im Präsidium zur Vernehmung.« Mader legte seine Visitenkarte auf den Couchtisch. »Das ist kein Wunsch, sondern eine offizielle Vorladung. Gerne mit Ihrem Anwalt.«

Als Mader auf der Straße stand, musste er grinsen. Er hatte das wie ein blutiger Anfänger gemacht. Einfach so rausplatzen, gleich in die Vollen gehen. Absichtlich. Damit hatte der Typ nicht gerechnet. Das hatte ihn nervös gemacht. Das Gespräch morgen würde Zankl führen. Der war gut in so was. Sollte er mal zeigen, was seine Fortbildungen in Vernehmungstechnik gebracht hatten.

Mader ging zu seinem unscheinbaren Dienstwagen hinüber, einem grauen 3er-BMW älteren Baujahrs. Er ließ Bajazzo in den Fußraum auf der Beifahrerseite klettern und stieg dann selbst ein.

Nein, er war kein Anfänger. Er wartete. Es dauerte nicht lange, bis Greindl das Haus verließ und in den schwarzen A5 hüpfte. Wo würde der jetzt hinfahren? Unauffällig scherte Mader aus und folgte dem Audi. Altstadtring, Schwabing, Autobahn. Hinter der Abfahrt bei Neufahrn gab es keine Geschwindigkeitsbeschränkung, und er war chancenlos. Die Rückleuchten des Audis verschwanden im weichen Abendlicht.

Mader fuhr am nächsten Parkplatz raus und wählte Hummels Handynummer.

»Hallo, Hummel, wo seid ihr?«

»Auf dem Rückweg von Karlsreuth. Kurz vor Deggendorf.«

»Greindl ist unterwegs nach Hause.«

»Hast du mit ihm gesprochen?«

»Erst war er ganz cool. Aber dann nicht mehr so. Ich hab ihn für morgen vorgeladen.«

»Und jetzt?«

»Er ist offenbar auf dem Weg in seine alte Heimat. Würde mich nicht wundern, wenn er die zweite Person von gestern

Abend besucht, um sich vor dem Termin morgen mit ihr abzustimmen.«

»Das kann man doch auch telefonisch.«

»Hm, offenbar will er das *face to face* machen. Könnt ihr euch an ihn dranhängen?«

»Wir sollen ihn vorläufig festnehmen?«

»Nein, natürlich nicht. Schaut einfach, was er macht, mit wem er sich trifft.«

»Okay, wir versuchen unser Glück. Wir melden uns.«

Mader schüttelte den Kopf. Eigentlich fand seine Ermittlungsarbeit vor allem am Schreibtisch statt. Aber es fühlte sich gar nicht so schlecht an, mal wieder rauszukommen. Er schaute in den sich pink färbenden Abendhimmel, sah die Leuchtpunkte des nächsten Flugzeugs, das im Landeanflug auf den Münchner Flughafen war. Man hörte die Maschinen kaum, weil über allem das beständige Rauschen der Autobahn lag. Er schaute zu den großen Höfen jenseits des Rastplatzzauns hinüber. Ob die Menschen, die auf den Höfen lebten, den Sound der Autos überhaupt noch wahrnahmen? Das Donnern der Flugzeuge bei Start und Landung? Er ließ Bajazzo aus dem Wagen. Der Dackel stürzte sich sofort auf die Wiese, um sein Geschäft zu erledigen.

Ein Reisebus mit Hamburger Kennzeichen rollte an Mader vorbei und hielt bei den Toiletten. Wie Lemminge strömten die Senioren aus dem Doppeldeckerbus. Vor den Toiletten bildeten sich sofort zwei Schlangen. Panik lag in der Luft, Dringlichkeit. Mader musste lachen. Nein, das war nicht komisch. Wahrscheinlich hatte der Busfahrer die letzten vier Stunden nicht angehalten.

KEINE AHNUNG

»Conny lässt sich scheiden«, murmelte Zankl.

»Ach komm, das sagt sie nur so.«

»Sie hat gar nichts gesagt. Ich sag das. Sie hat einfach aufgelegt. Das muss sich ändern.«

»Ja, das ist unhöflich, einfach aufzulegen.«

»Sehr witzig.«

»Willst du jetzt nur noch Innendienst machen?«, fragte Hummel. »Damit du pünktlich heimkommst?«

»Zur Hölle, nein! Trotzdem. Dieser Infotermin in der Schule ist schon geplatzt. Sie kann ja Angelo nicht allein bei Clarissa lassen. Und jetzt kommt sie nicht mal zu ihrem Stammtisch. Ganz große Scheiße ist das.«

»Kann Clarissa nicht auf Angelo aufpassen?«

»O Mann, du hast überhaupt keine Ahnung von Kindern.«

»Nein, hab ich nicht. Aber von Frauen. Sag ihr was Nettes.«

»Hä?«

»Na, zum Frühstück. Dass du sie liebst.«

»Hä?«

»Mach's einfach. Schau, was passiert.«

Hummel fuhr kurz hinter der Autobahnabfahrt rechts ran. »Da wären wir wieder. Hier muss Greindl durch, wenn er aus München kommt.« Er stieg aus und steckte sich eine Zigarette an. Atmete tief die gut gedüngte Luft ein. »*Every day has a new flavour*«, stellte er fest.

Zankl schüttelte den Kopf. »Ich vermute, das stinkt immer gleich, jeden Tag. Nach Kuhscheiße. Sonst ist es hier ja ganz schön. Also, die herbe Schönheit. Nicht so geleckt wie unser Oberbayern.«

Hummel nickte. Ja, so sah er das auch.

Es war erstaunlich still. Kaum Autos. Sonnenuntergang. Die Höhenzüge des Bayerischen Walds verschwammen im roten Licht.

Den heiseren Rennauspuff hörten sie gleich.

Zankl nickte anerkennend. »Von Neufahrn gerade mal fünfzig Minuten, nicht schlecht.«

»Dann schauen wir mal, wohin Don Bolido zu später Stunde noch will.«

Sie folgten dem Audi durch die anbrechende Dunkelheit. Hinter Kirchberg, einer kleinen Ortschaft mit ein paar Bauernhöfen und einer kleinen Kirche, sahen sie, wie der Wagen die Auffahrt zu einem Weiler hochfuhr.

»Er fährt jedenfalls nicht zu seinem Herrn Papa«, sagte Hummel.

Er stellte den Wagen am Straßenrand ab, und sie machten sich zu Fuß auf den Weg zu dem Hof. Das Hoflicht warf ein paar spärliche Lux auf rostige Landmaschinen, die schon lange nicht mehr in Betrieb waren. Sie schlichen im Schatten an der Hauswand entlang zu dem einzigen erleuchteten Fenster. Hummel schaute vorsichtig am Fensterstock vorbei durch die schmutzige Scheibe in die schäbige Küche. Auf der Arbeitsplatte standen viele leere Bierflaschen, ein paar schmutzige Töpfe. Den säuerlichen Geruch dazu konnte er sich gut vorstellen. Jetzt betraten zwei Männer die Küche, setzten sich und machten sich jeweils ein Bier auf. Redeten.

Lippenlesen müsste man können, dachte Hummel, weil draußen von dem Gespräch kein Wort zu verstehen war.

»Und?«, sagte Zankl. »Was ist?«

»Man hört keinen Ton«, flüsterte Hummel.

»Was hat Mader gesagt? Was sollen wir machen?«

»Nur schauen, was er tut. Er hat Greindl für morgen vorgeladen. Wenn der andere die Nummer zwei ist, dann sind wir schon einen guten Schritt weiter.«

»Wir wissen noch nicht mal, ob Greindl die Nummer eins ist.«

»Na ja, das ist doch mehr als wahrscheinlich. Wir nehmen morgen das Verhör auf Band auf und spielen es Bine vor, dann kann sie uns sagen, ob er es ist.«

»Spinnst du, wir können sie doch nicht unsere Vernehmungsbänder anhören lassen. Wenn das einer mitkriegt!«

»Seit wann bist du so amtlich, Zankl?«

»Das wäre, als würden wir Externe in unsere Vernehmungsprotokolle schauen lassen.«

»Ja, du hast ja recht. Ach, ich glaub, ich hab eine Idee …«

DAS GANZE PROGRAMM

»Bah, du schaust ja gar nicht fit aus«, begrüßte Zankl Hummel am Morgen im Vernehmungsraum.

»Schlaf du mal auf dem Sofa. Und dann hatte ich noch Streit mit Beate.«

»Wegen Bine?«

»Sechster Sinn.«

»Wie du das sagst.«

»Was sag ich wie?«

»Das klingt bei dir nach Sex.«

»Hä?«

»Sexter Sinn.«

»Ach. Wie spät?«

»Zehn vor zehn.«

»Und wenn er nicht kommt?«

»Er kommt«, sagte Mader, der gerade den Raum betrat. »Und er hat sicher seinen Anwalt dabei.«

»Wir lassen ihn ein bisschen warten«, sagte Hummel.

»Warum?«

»Siehst du dann. Kommt Dosi eigentlich noch?«

Mader schüttelte den Kopf. »Immer noch Grippe. Ich hab ihr gesagt, dass sie heute noch zu Hause bleiben soll.«

»Der Typ von dem Hof heißt übrigens Robert Weinzierl«, sagte Zankl.

Mader nickte. »Das ist der Typ, der laut Greindl mit ihm zusammen in der Disco war.«

»Ist er in unserer Datenbank?«, fragte Hummel.

»Nein. Aber unter der Adresse ist noch eine Person gemeldet. Christiane Weinzierl. Offenbar seine Schwester. Und die haben wir im Computer.«

»Lass mich raten – Drogen?«

»Drogen, Ladendiebstahl, Einbruch. Das ganze Programm. Beschaffungskriminalität. Auch Verdacht auf illegale Prostitution.«

Die Tür öffnete sich. Ein uniformierter Beamter kam herein.

»Meier, was gibt's?«, fragte Mader.

»Da sitzen drei Leute vor eurer Tür. Ich glaub, ihr habts einen Termin.«

Mader sah seine Mitarbeiter an. »Wieso drei?«

Meier stand immer noch an der Tür und lächelte versonnen. »Die Frau, die ist echt top. Eine Schönheit. Top, absolut top!«

»Also, kann mich mal einer aufklären?«, sagte Mader.

»Später«, sagte Hummel. »Ich schick den Greindl und seinen Anwalt zu Zankl rein.«

»Was wird das hier?«, fragte Mader.

»Mader, ich erklär es dir gleich«, sagte Hummel.

Draußen bat er Greindl und seinen Anwalt in den Vernehmungsraum hinein und schloss die Tür von außen. Er lächelte Bine an. »Und? Was meinst du?«

»Ja, das ist einer von den Typen.«

»Sicher?«

»Ganz sicher. Dieselbe Stimme.«

»Komm mit nach nebenan. Da kriegst du einen Kaffee. Nicht so gut wie bei dir, aber auch nicht ganz schlecht.«

Im Büro führte Hummel ein kurzes Telefonat mit Zankl im Nebenraum, um ihm das Urteil seiner Zeugin mitzuteilen. Dann machte er sich an der Kaffeemaschine zu schaffen.

»Mit wem hast du heute Morgen telefoniert?«, fragte Sabine. »Mit deiner Freundin?«

»Ja. Beate hat einen sechsten Sinn dafür, wenn attraktive Frauen in meiner Nähe sind.«

»Wie du das sagst …«

»Sorry, sollte ein Kompliment sein.«

»Nein, ich meine sechster Sinn. Das klingt bei dir wie sexter Sinn.«

»Au!« Hummel hatte sich Kaffee über die Hand gegossen. Er sprang zum Waschbecken und ließ kaltes Wasser über die Hand laufen. »Verdammt, war das heiß!«

Sabine lachte schallend. Hummel auch. Dann probierte Sabine vorsichtig den Kaffee.

»Puh, der ist fast so gut wie meiner. Der weckt Tote auf. Kann ich brauchen.«

»Hast du gut geschlafen? War das Bett okay?«

»Alles gut. Daran lag es nicht. Ich konnte nicht schlafen, weil ich so aufgeregt war, ob das wirklich der Typ ist. Und ja, er ist es. Glaubst du, er hat was mit dem Tod der Frauen zu tun?«

»Ich weiß es nicht. Zankl befragt ihn. Der ist ziemlich gut in so was. Hat der Typ denn mit seinem Anwalt irgendwas bequatscht?«

»Nur ganz allgemeine Sachen. Kein Wunder, wenn ich danebensitze. Brauchst du mich denn noch?«

»Ja!«

»Äh, ja?«

»Nein, entschuldige. Also dienstlich nicht. Fährst du denn gleich zurück? Wir können dich auch heimbringen.«

»Lass mal. Ich nehm den Zug. Aber erst heute Abend. Ich will noch ein bisschen in die Stadt. Wenn ich schon mal da bin. Kann ich meine Sachen so lange noch in deiner Wohnung lassen?«

»Natürlich. Wollen wir uns vielleicht zum Mittagessen treffen?«

»Gerne. Dann kannst du mir auch sagen, wie das mit dem Verhör gelaufen ist.«

»Darüber darf ich nicht reden.«

»Ach komm.«

»Nein, ehrlich.«

»Na ja, dann. Also, wo wollen wir uns treffen?«

»Stadtcafé, dreizehn Uhr?«

»Wo ist das?«

»Sankt-Jakobs-Platz, paar Meter vom Viktualienmarkt.«

»Find ich. Bis dann.« Sie gab ihm einen Kuss auf die Wange.

Hummel wurde knallrot und starrte auf die Tür, die sich gerade hinter ihr schloss. Die Frau brachte ihn um den Verstand. Gut, dass sie heute Abend wieder weg war. Nein, natürlich nicht. Doch, natürlich schon. Er räumte die Kaffeetasse weg. Sie hatte nur daran genippt.

ALLE KARTEN

»Und, Zankl, was sagt er?«, fragte Hummel, als Zankl von der Vernehmung kam.

»Nichts. Also nichts, was uns weiterhilft.«

»Alibi?«

»Für wann?«

»Die Nacht, wo die Frauen in den Laster gestiegen sind.«

»Dreimal darfst du raten, wer ihm ein Alibi gibt.«

»Der andere Heini aus der Disco.«

»Bingo. Die beiden waren auf einem Metal-Festival im Backstage.«

»Na toll. Tausend Zeugen und doch keiner. Wer soll das merken, wenn die beiden für ein, zwei Stunden verschwinden?«

»Na ja, er hat eine Eintrittskarte und einen Zeugen, den wir noch überprüfen werden. Aber klar, der wird das bestätigen. Im Zweifel für den Angeklagten.«

»Angeklagt ist er ja nicht. Hast du ihn mit Bines Aussage konfrontiert?«

»Nein.«

»Aber sie hat ihn doch erkannt!«

»Sollen wir gleich alle Karten auf den Tisch legen?«

»Nein, natürlich nicht. Also, was machen wir jetzt?«

»Wir werden ihn im Auge behalten. So ganz sicher fühlt er sich nicht. Sonst wäre er nicht gleich mit seinem Anwalt angetanzt.«

»Das heißt, wir beschatten ihn?«

Mader stand in der Durchgangstür zu seinem Büro und winkte ab. »Wir können da keine Riesenaktion fahren, nicht auf eine einzelne Zeugenaussage hin.«

»Aber es geht um neun tote Frauen«, sagte Hummel.

»Und die beiden Lasterfahrer soll er auch noch umgebracht haben?«

»Können wir nicht sagen«, meinte Zankl. »Ja, vielleicht. Das ist ein komplexer Fall. Wir haben noch gar nicht richtig mit der Ermittlung angefangen. Vielleicht geht es da noch um ganz andere Dinge.«

»Um was für andere Dinge denn?«, fragte Mader.

»Die Schwester von dem zweiten Typen ist wegen Drogenvergehen und Beschaffungskriminalität mehrfach vorbestraft. Und es bestand Verdacht auf Prostitution. Der Bayerwald ist eine Drehscheibe für synthetische Drogen. Tschechische Gangs bringen das Zeug über die Grenze und vertreiben es da oder bringen es weiter in die Großstädte.«

»Und was soll das mit den Prostituierten zu tun haben?«

»Vielleicht haben die Paschingers noch mehr Einnahmequellen als nur die Puffs.«

»Und die Geschäfte wickeln sie dann mit dem Getränkelaster ab?«

»Ja, vielleicht haben die beiden Jungs nicht nur Schnaps transportiert. Von Tschechien nach Oberbayern.«

»Crystal?«

»Zum Beispiel.«

»Menschen?«

»Offenbar.«

»Und der Bruder übt Rache, weil seine Schwester drogenabhängig ist und sich prostituiert hat?«

»Vielleicht.«

»Jungs, das ist mir zu vage. Bringt mir was Handfestes!«

WEGGEBLASEN

Dosi brummte der Kopf. Sie bemühte sich, eine Tasse Fencheltee hinunterzuwürgen. Bäh, der grausige Tee verätzte ihren rauen Hals. Sie konnte auch nicht länger im Bett liegen. Sie spürte jeden Wirbel, jede Rippe. Sie stand ächzend auf und schlüpfte in ihre Klamotten. Sie musste aus der Wohnung raus. Hier fiel ihr die Decke auf den Kopf. Von der Kommode im Gang nahm sie sich den dünnen Baumwollschal und wickelte ihren entzündeten Hals ein.

Vor der Tür atmete sie tief durch. Die klare Sommerluft. Wunderbar. Es ging ihr augenblicklich besser. Sie blinzelte in die Baumkronen. Komisch, als wären Halsschmerzen und Kopfweh wie weggeblasen, nur noch eine verschwommene Erinnerung. Sie staunte. Wie schnell das ging. Eben noch das heulende Elend und jetzt schon wieder fast gesund. Kein Zweifel, die frische Luft bekam ihr. Sie könnte glatt ins Büro gehen. Nein, würde sie nicht machen, Mader hatte ausdrücklich gesagt, dass sie heute zu Hause bleiben solle.

Sie unternahm einen Spaziergang. Machte sie eh viel zu selten. Sie überquerte die Tegernseer Landstraße und steuerte den Nockherberg an. Sie mochte die Gegend. Ja,

Giesing würde sie inzwischen als ihre Hood bezeichnen, obwohl ihre eigene Wohnung am anderen Ende der Stadt lag. In der Landsberger Straße war sie seit Ewigkeiten nicht mehr gewesen. Sie war mehr oder weniger fest bei Fränki eingezogen. Klar, sie liebte Fränki, aber deswegen gab sie noch lange nicht ihre Wohnung auf. Man konnte ja nie wissen.

Sie hatte das ehemalige Frauengefängnis in der Au erreicht. Das wurde gerade zu einem Luxuswohntempel umgebaut. Passte zu München. Leider. Auf der Brachfläche davor posierte ein großer, dunkelhäutiger Mann in einem sandfarbenen Kamelhaarmantel – oder war es eine große Frau? -- vor einem der vergitterten Erdgeschossfenster und schoss mit Fernauslöser Fotos von sich. Auf einem Stativ war ein großer Fotoapparat mit langem Objektiv angebracht. Profiwerkzeug. Was machte der Typ da? Modefotos? Profi-Selfies? Dosi schaute den tänzerischen Posen fasziniert zu. Die grellrot geschminkten Lippen – doch eine Frau? Jetzt winkte sie oder er. Dosi winkte zurück und lachte. Sie ging weiter. Die Schallplattenzentrale in der Ohlmüllerstraße hatte noch zu. Schade. Über die Isarbrücke. Sah die vielen Müßiggänger auf den Uferwiesen. Musste ja nicht jeder immerzu arbeiten. In der Fraunhoferstraße flanierte sie an den Antiquitätengeschäften vorbei und studierte die Auslagen.

Als sie das Wirtshaus im Fraunhofer erreichte, wechselte sie die Straßenseite und bog in die Jahnstraße ein. Sie steuerte den Plattenladen Optimal an. Da war sie ewig nicht mehr drin gewesen. Die hatten schon geöffnet. Sie könnte für Fränki irgendeine obskure Platte mit Musik aus den Fünfzigern oder Sechzigern kaufen. Fränki freute sich über sonderbare Fundstücke immer wie ein kleines Kind. Das mochte sie an Fränki – er war kein nerdiger Sammler, der ständig auf der Jagd nach Raritäten war, sondern er hatte auch Spaß mit einer schrabbeligen Hörzu-Platte mit schmalzigen Songs aus den Sechzigern. Na ja, so was hatten die hier eher nicht. Egal. Sie betrat den Laden und sah sich um. Erstaunlich viel los. Müssten die Jungs und Mädels nicht arbeiten oder studieren? Gut so. Fleiß wurde überschätzt. Aus den Boxen kam Hip-Hop. Sie suchte das Plattenfach mit den Rock-'n'-Roll-Sachen und blätterte. Den Sampler *Garage Punk Unknowns Vol. 2* hatte Fränki vermutlich noch nicht. Sie fand bei den Secondhand-Scheiben auch eine Best-of-Platte von Tony Joe White. Von dem hatte ihr Fränki mal einen Song vorgespielt. Ziemlich cool, wie Elvis in tiefergelegt. Ja, da wird er sich freuen, dachte sie, als sie mit ihrer Plattentüte draußen vor dem Haus stand. Sie ging weiter zur Hans-Sachs-Straße und sah in die Schaufenster der Buchläden und Boutiquen. Bei einem Schokoladenladen kaufte sie sich ein Eis. Als sie in das Fenster der benachbarten Boutique schaute, fiel ihr fast das Eis aus der Hand. Das war doch Sabine, die Dame vom Grill aus Karlsreuth! Hatte die in München eine Zwillingsschwester? Dosi sah, wie sie sich in dem Laden gerade in ein enges, zitronengelbes Top zwängte und ihren Blick auffing. Beiderseitiges Staunen. Bine strahlte und winkte ihr. Dosi winkte zurück und betrat den Laden.

»Mit dem Eis bleibst schön draußen«, pulverte die Ladenbesitzerin Dosi an.

Dosi hob die Augenbrauen und zückte mit der Tütenhand ihren Polizeiausweis.

»Ich bin im Einsatz.«

»Das Eis?«

»Tarnung.«

»Aber …« Irritiert musterte die Dame den Polizeiausweis und die Tüte mit dem Aufdruck des Plattenladens.

»Haben Sie den Mann gesehen, der draußen gerade vorbeigegangen ist?«, fragte Dosi scharf.

»Nein, welchen Mann?«

»Ja, das ist immer das Problem, dass die Leute nicht aufmerksam sind.«

»Hören Sie mal!«

Dosi beachtete die Ladenbesitzerin nicht weiter und ging auf Sabine zu. »Entschuldigung, haben Sie den Mann gerade eben gesehen?«

»Regenmantel, Sonnenbrille, Sombrero?«

»Genau. Hatte er einen Koffer bei sich?«

»Ja, einen lindgrünen Samsonite.«

»Verdammt! Das ist schlecht. Sehr schlecht. Gut, dass Sie aufgepasst haben.« Dosi wandte sich an die Boutiquenbesitzerin. »Sehen Sie, das nenne ich aufmerksam.« Sie drehte sich wieder zu Sabine. »Wenn Sie mir bitte aufs Revier folgen wollen. Wir nehmen Ihre Aussage auf, und mit ein bisschen Glück haben wir den Typen bald.«

»Was hat der Mann denn verbrochen?«, fragte die Ladenbesitzerin.

»Vierfacher Mord. Nicht schön. Gar nicht schön. Eigentlich sitzt er in der Geschlossenen in Haar, aber offenbar ist er in den Kostümfundus einer Faschingsgesellschaft im Bürgerpark Oberföhring eingebrochen. Daher auch der merkwürdige Hut. Unter seinen Opfern war auch die Besitzerin einer Secondhandboutique in Schwabing. Der Typ hat definitiv einen Dachschaden.«

»Und da lassen Sie ihn einfach so vorbeimarschieren?«, sagte die Boutiquebesitzerin nervös.

»Natürlich. Eingreifen wäre zu riskant. Der Typ ist gemeingefährlich. Außerdem wissen wir nicht, was in dem Koffer ist. Das ist ein Job für die Kollegen vom Sondereinsatzkommando.« Sie wandte sich wieder an Sabine. »Kommen Sie jetzt bitte mit?«

»Jetzt gleich?«

»Jawohl, jetzt gleich.«

Sabine streifte ihr Sweatshirt über und nahm ihre Tasche.

An der nächsten Hausecke schütteten sich die beiden aus vor Lachen.

»Was machst du hier?«, fragte Dosi.

»Was machst du hier?«, entgegnete Sabine. »Musst du nicht arbeiten?«

»Nein, ich bin krank.«

Sabine sah Dosi erstaunt an. Dosi musste wieder lachen. Sabine auch. Dann erzählte sie, warum sie in München war. Dosi hörte interessiert zu.

»Da seid ihr ja echt weitergekommen«, meinte sie, als Sabine fertig war. »Ich kann's kaum erwarten, dass ich morgen wieder im Dienst bin. Wann musst du zurück?«

»Heute Abend.«

»Hast du vielleicht Lust, dass wir zusammen noch was essen gehen?«

»Ich hab schon eine Verabredung.«

»He, he!«

»Nicht, was du denkst. Geh doch einfach mit.«

»Echt?«

»Nur eine Freundin.«

»Na dann. Gerne.«

»Stadtcafé. Das ist nicht weit, oder?«

»Nein, überhaupt nicht.«

Sie gingen in Richtung Viktualienmarkt. Plötzlich lachte Sabine auf.

»Ist was?«, fragte Dosi irritiert.

Sabine lupfte ihr Sweatshirt. Darunter war das zitronengelbe Top.

»Jetzt muss ich dich festnehmen«, sagte Dosi.

»Das war keine Absicht. Du bist schuld. Du kommst da rein und machst so einen Wind.«

»Ja, geschickt eingefädelt. Wir sind ein gutes Team.«

»Ich bring's zurück.«

»Zu der Zimtzicke? Nur über meine Leiche. Untersteh dich. Die merkt doch gar nicht, dass der Fetzen fehlt.«

Sabine grinste. »Jetzt sind wir Komplizinnen. Vom gesparten Geld lad ich dich zum Mittagessen ein. Schweigegeld.«

»Das ist ein Wort.«

Im Innenhof des Stadtcafés fanden sie einen schönen Tisch im Schatten und lasen die Speisekarte.

»Deine Verabredung verspätet sich?«, sagte Dosi.

Sabine schaute auf die Uhr. »Offenbar. Du weißt ja, wie Frauen sind. Stehen ewig vor dem Spiegel. Komm, wir bestellen schon was, zumindest die Getränke. Was nimmst du?«

»Aperol Spritz.«

»Sehr gut. Bin ich dabei.«

Dosi grinste. Sie fühlte sich prächtig. Kerngesund. Kein Gedanke mehr an die durchwachte Nacht, die Schweißausbrüche und die Gliederschmerzen. Sie sah Sabine ins

Gesicht. Ihre leuchtenden Augen, das Strahlen. Sabine erwiderte ihren Blick und sah auch die plötzliche Irritation in Dosis Augen.

»Ist was, Dosi?«

Dosi starrte über den Hof zu Hummel, der in der einen Hand einen kleinen Blumenstrauß hielt und sich suchend umschaute. Jetzt bemerkte er Dosi und ließ den Blumenstrauß sofort hinter dem Rücken verschwinden. Keine Fluchtmöglichkeit. Er kam zu ihnen.

»Dosi, was machst du denn hier?«

»Hummel, was machst denn du hier?«

Sabine drehte sich um und strahlte Hummel an.

»Klaus, Überraschung!«

»Das kannst du laut sagen.«

»Das ist also deine Freundin«, sagte Dosi zu Sabine und runzelte die Stirn.

Sabine grinste breit und lachte.

Dosi schüttelte den Kopf und sah Hummel an. »Jetzt schau nicht so blöd, und setz dich zu uns.«

Er zögerte und fummelte hinter seinem Rücken herum.

»Was hast du denn da?«, fragte Sabine.

»Ja, was hast du denn da?«, hakte Dosi nach.

Hummel zauberte zwei halbe Blumensträuße hervor.

Sabine war platt und Dosi auch.

»Hummel, du hast es echt drauf«, murmelte Dosi.

SACHER

Mader war mit Bajazzo im Alten Botanischen Garten. Gassi-Time. Er ließ sich die Vernehmung vom Morgen noch einmal durch den Kopf gehen. Er hatte es sich alles durch den halbdurchlässigen Spiegel angesehen. Zankl war echt gut. Sehr präzise. Aber der Typ war eiskalt. Ein harter junger Mann. Wenn er etwas mit dem Tod der Frauen zu tun hatte, dann spaltete er das ab. Den Anwalt hätte er sich jedenfalls sparen können. Das Ganze hatte der selbst im Griff gehabt. Aber die Aussage der Zeugin war laut Zankl und Hummel absolut zuverlässig. Trotzdem – eine Frau auf dem Männerklo in einer Disco, während vor der Tür die Musik wummert, das zerpflückte ihnen jeder Anwalt. Zu Recht. Sonst hatten sie nichts. Ein Motiv schon gar nicht. Was hätte der Typ für einen Grund, die Frauen erfrieren zu lassen? Nein, für ihn roch das nach einer Bandengeschichte. Die Frauen stammten allesamt aus Osteuropa. Hatte die Russenmafia etwas damit zu tun? Wollte sie ein Exempel statuieren? Das wäre dann ein paar Schuhnummern zu groß für sie. Das war auch Dr. Günthers Einschätzung. Der plädierte dafür, die ganze Geschichte an das LKA abzugeben. Ja, damit hatte Mader keine Probleme, allerdings waren sich seine Jungs sicher, dass da etwas anderes dahintersteckte. Was war mit dem zweiten Mann und seiner Drogenschwester? Brachten die sie weiter? Und Greindl? Zankl und Hummel wollten ihn beschatten. Greindl war Elektroingenieur bei Black & White, einer Hightechfirma hinter dem Ostbahnhof. Sollte er der Beschattung zustimmen? Noch mehr Überstunden? Aber wenn die Burschen es wollten. Motiviert waren sie jedenfalls.

»Hallo, Herr Mader!«

Er drehte sich um. Dr. Günther. Ausgerechnet!

»Hallo, Dr. Günther, sagen Sie bloß, Sie gehen immer noch in das schreckliche Kaufhauscafé?«

»Schrecklich ist keine angemessene ästhetische Kategorie für diesen Ort.«

»Wie würden Sie dann die Atmosphäre, das Ambiente dort beschreiben?«

»Das Café hat keine Atmosphäre, ist gesichtslos, neutral. Ein guter Ort, bei sich selbst zu sein. Dieses eigenartige Gefühl des Trubels und des Stillstands zugleich, da kommt man zu sich. Man konzentriert sich auf das Wesentliche.«

»Auf sich selbst.«

»Genau. Kennen Sie das?«

»Natürlich. Ich wohne in Neuperlach.«

»Sie sind ein kluger Kopf, Mader. Kommen Sie, ich gebe eine Sachertorte aus. Natürlich keine ganze, aber ein Stück. Ich will etwas mit Ihnen besprechen.«

Mader zögerte.

Dr. Günther grinste. »Jetzt schauen Sie nicht so verzweifelt.«

STATISTIK

Als Mader wieder in seinem Büro war, schloss er die Durchgangstür zum Großraumbüro seines Teams. Den Rededurchfall seines Chefs musste er erst einmal allein verdauen. Eigentlich könnte er ja zufrieden sein. Viel Lob für ihre hervorragende Aufklärungsstatistik. Na ja, als Reservat für eigensinnige Menschen hatte Günther sein Team bezeichnet. Nicht zwingend schmeichelhaft. Womit er aber nicht unrecht hatte. Es waren alle Individualisten. Wozu Günthers jetziges Ansinnen allerdings nicht so recht passte. Er wollte, dass seine Abteilung an dem EU-Projekt Future-Pol teilnahm, einem internationalen Programm zur Qualitätssicherung und Weiterentwicklung der Polizeiarbeit.

»Warum gerade wir?«, hatte er gefragt.

»Weil Sie eine hervorragende Aufklärungsquote haben, weil Sie ein interessantes Team haben und weil es nicht schaden kann, wenn Sie mal ein paar größere Zusammenhänge kennenlernen und ein bisschen netzwerken.«

Netzwerken! Er war mit seinem Team und mit Gesine und schließlich Dr. Günther bestens bedient. Völlig ausreichendes Netzwerk. Hatte er so natürlich nicht gesagt, sondern stattdessen nur resigniert genickt.

Günther war noch nicht fertig gewesen. »Bereiten Sie bitte für den Kick-off in zwei Wochen einen knackigen Impulsvortrag über die Zukunft der Verbrechensbekämpfung in Zeiten von Big Data vor, und dann schauen wir mal, was passiert. Sie werden mich doch nicht enttäuschen?«

Mader hätte kotzen können. Wegen der schrecklichen Sachertorte allemal. Bestimmt kriegte er von dem klebrigen Zeug Verstopfung.

Hummel steckte den Kopf zur Tür herein.

»Alles klar, Chef?«

»Nichts ist klar.«

»Oh.«

»Ich habe nachgedacht. Ja, ich glaube ebenfalls, dass es dieser Greindl war. Heften Sie sich an seine Fersen.«

»Wird Dr. Günther nicht nachfragen, ob wir wirklich was gegen ihn in der Hand haben?«

»Günther wird nicht fragen. Der frisst mir aus der Hand. Momentan.«

»Respekt«, sagte Hummel und schloss die Tür.

Hummel, du hast keine Ahnung, dachte Mader. Von der Lage, in der ich stecke. Kleiner Impulsvortrag. Dass ich nicht lache! Zum Kick-off einer Strategiegruppe. Was für ein Scheißdreck!

»Mader ist schlecht drauf?«, fragte Zankl und biss in einen Apfel.

Hummel sah aus dem offenen Fenster in den Innenhof. »Wie man's nimmt. Zumindest meint er, dass Günther uns wegen der Beschattung keine Steine in den Weg legt. Das ist doch schon mal was.«

»Allerdings. Ich dachte, Mader wollte den Fall ans LKA loswerden. Umso besser. Wie lange wird Greindl heute arbeiten?«

»Ich glaube, vor fünf brauchen wir uns da nicht blicken zu lassen.«

DETAIL

Zankl und Hummel standen an der Ampfingstraße im Münchner Osten. Sie hatten das Parkhaus von Black & White im Blick.

»Und wenn er woanders parkt?«, sagte Zankl.

»Glaub ich nicht. Das ist das Parkhaus der Firma. Der lässt seinen schicken Sport-Audi doch nicht an der Straße stehen.«

»Du kennst dich hier jedenfalls gut aus.«

»Ich wohne ja nur ein paar Meter weiter auf der anderen Seite vom Ostbahnhof.« Hummel schaute in den Rückspiegel.

»Was ist?«, fragte Zankl.

»Hast du Hunger? Wurstsemmel?«

»Wenn du mich so direkt fragst.«

»Du behältst die Ausfahrt im Auge. Ich bin gleich wieder da.« Hummel stieg aus.

Zankl machte das Autoradio an und hörte die Nachrichten auf B5.

Hummel war kurz darauf zurück und reichte Zankl eine Papiertüte. »Leberkäs und Salami.«

»Warst du beim Edeka an der Ecke?«

»Schau ich nach Edeka aus?«

»Nein, du kaufst nur beim Vogl-Metzger in der Steinstraße. Ich weiß Bescheid. Aber so schnell warst du kaum in Haidhausen drüben.«

»Da hinten bei der Bushaltestelle steht so ein Verkaufswagen. Eine Metzgerei aus Niederbayern, die haben echt gute Sachen. Und günstiger als Edeka.«

»Hummel, du hast ein Auge fürs Detail. An dir ist ein Schriftsteller verloren gegangen.«

»Sehr witzig!«

»Sei nicht so empfindlich. Du ärgerst dich immer noch über die Sache mit deinem Koautor?«

»Von wegen Koautor, der Typ war maximal ein Strohmann, ein Marketingtrick.«

»Scheiß auf den Strohmann, schreib doch einfach ein neues Buch, ganz allein.«

»Ja, das mach ich auch. Irgendwann. Wenn ich Zeit hab. Einen Liebesroman.«

»Echt?«

»Ja, über eine unglückliche Liebe.«

»He, he, he, Hummel – du bist in die schöne Sabine verknallt.«

»Nur ein bisschen.«

»Boh, die Wurstsemmel ist echt gut. Was kriegst du?«

»Nix. Du hast ja am Großmarkt einen ausgegeben.«

»Guter Deal für dich. Sag mal, ist Sabine eigentlich wieder nach Hause gefahren?«

»Ich glaube, sie wollte noch shoppen gehen.«

»Achtung, da kommt er!«

Der A5 schoss aus dem Parkhaus. Zankl steckte die angebissene Semmel in die Tüte, startete den Wagen, scherte aus der Parklücke aus und hängte sich an den Audi. Was nicht einfach war. Nicht nur weil ein paar Autos zwischen ihnen waren, sondern auch weil der Fahrer ständig von einer Spur zur anderen wechselte und jeden freien Meter nutzte.

»Solche Piloten liebe ich«, sagte Zankl. »Auf dem Heimweg wertvolle Sekunden gutmachen wollen.«

Hummel deutete auf einen grauen 5er-BMW. »Täusch ich mich, oder klebt der an Greindl dran?«

Der BMW wechselte ähnlich rasant die Fahrspuren. Greindl bretterte bei Gelb über eine Kreuzung, der BMW bei Dunkelgelb, und Zankl trat auch aufs Gas. Die Blitzanlage zwinkerte.

»Bitte recht freundlich«, murmelte Hummel.

»Du bist mein Zeuge, dass wir im Einsatz sind.«

»Aber klar doch.«

»Warum hat der es so eilig?«

Sie sahen, dass der Audi an der Auffahrt zur Salzburger Autobahn blinkte.

»Meinst du, der BMW folgt ihm?«, sagte Hummel.

»Sieht ganz so aus. Der war über alle Spurwechsel an ihm dran.«

Zankl hatte Mühe dranzubleiben, weil Greindl auf der Autobahn richtig Gas gab. Der BMW ebenfalls.

»Wenn die noch schneller fahren, sind wir raus.« Zankl trat das Pedal durch.

Wenige Kilometer später verschwanden die beiden Wagen auf der freien Strecke.

»Sollen wir die Kollegen von der Autobahnpolizei informieren?«, fragte Hummel.

»Lass stecken. Aber den Halter von dem BMW lassen wir uns mal durchgeben. M-MM 666.«

STAD

Dosi hatte mit Sabine einen lustigen Nachmittag verbracht. Shopping. Dann waren sie noch im Augustiner-Biergarten in der Arnulfstraße gewesen. Jetzt waren sie dezent alkoholisiert in Dosis verwaister Wohnung in der Landsberger Straße eingetroffen. Die Unordnung und die Wollmäuse auf dem Parkett waren Dosi ein bisschen peinlich, aber Sabine zeigte sich begeistert und genoss die Aussicht auf die Großstadtdächer jenseits der tosenden Ausfallstraße.

»Mei, bei uns daheim ist es immer so stad, da ist abends absolut nix los.«

»Na ja, ein bisschen weniger Action und Lärm wären mir manchmal ganz lieb. Wie gesagt, wenn es dir gefällt, dann kannst du gerne ein paar Tage hierbleiben.«

»Echt? Du brauchst die Wohnung nicht?«

»Solange ich mich mit Fränki vertrag, brauch ich sie nicht.«

»Cool. Ich mag das, wenn die Leute sich vertragen. Ich hab immer Streit mit meinen Freunden.«

»Aha. Warum?«

»Ich weiß auch nicht. Die sind immer erst nett, aber mit der Zeit werden sie besitzergreifend und eifersüchtig. Zurzeit hab ich keinen Freund. Also, gerade nicht mehr. Hat geknallt. Ganz frisch.«

»Das tut mir leid.«

»Woher denn. Ohne Typ ist auch mal ganz schön.«

»Mit Hummel läuft da aber nichts, oder?«

»Spinnst du? Klaus hat eine Freundin! Wofür hältst du mich?«

Für die verdammt attraktivste Frau, die ich kenne, dachte Dosi. Klar, dass ihre Freunde eifersüchtig sind, wenn andere Männer sie anstarren. Tja, Schönheit kann auch eine Last sein. Den Stress möchte ich nicht haben. Haha.

»Und das ist wirklich okay für dich, wenn ich ein paar Tage bleibe?«

»Alles gut, Bine. Falls du Klamotten brauchst, schau einfach in den Schrank. Allerdings habe ich meine Zweifel, ob dir davon was passt.«

AUFS LAND

Die Autonummer hatten Zankl und Hummel bereits checken lassen. Der Wagen war auf ein Unternehmen namens Safe-Money gemeldet, ein Inkassobüro.

»Sieht aus, als hätte Herr Greindl Außenstände«, sagte

Zankl, als sie im Auto vor Greindls Haus auf seine Rückkehr warteten.

»Mann, der Verkehrslärm nervt«, sagte Hummel und deutete auf die Wagenkolonne auf der Plinganserstraße. »Hast du schon mal überlegt, aufs Land zu ziehen?«

»Aufs Land? Nein. Aber Conny träumt von einem Haus mit Garten im S-Bahn-Bereich. Das ich ihr nicht bieten kann. Und will. So richtig aufs Land? Nein, auf keinen Fall.«

»Ach, ich weiß nicht.«

»Echt, Hummel, schlag dir das mit Sabine aus dem Kopf. Willst du denn auf einem Parkplatz im Imbisswagen stehen? Darf's noch ein halbes Hendl sein, ein Kaffee?«

»Hör auf, Zankl!«

Zankl hob den Kopf. »Da kommt ja unser kleiner Ausreißer.«

Der Audi hielt an der Tiefgarageneinfahrt. Die Seiten waren mit Lehm bespritzt.

»Rallye Monte Carlo«, murmelte Zankl.

Der Wagen verschwand in der Tiefgarage.

»Gehen wir rein?«, fragte Hummel.

»Aber so was von. Bin gespannt, was er uns erzählt.«

Sie warteten noch kurz, dann stiegen sie aus und klingelten. Nichts rührte sich. Sie klingelten ein zweites, ein drittes Mal.

»Scheiße, der macht nicht auf«, sagte Hummel.

Nach einer Weile öffnete sich die Haustür. Zwei junge Typen kamen ihnen entgegen. Lächelten freundlich und hielten ihnen die Tür auf.

Hummel inspizierte das Klingelbrett. »Im zweiten Stock.«

Sie gingen hoch und klingelten. Wieder rührte sich nichts.

»Mann, langsam geht mir das auf den Sack«, zischte Zankl. Er pochte heftig an die Tür. »Herr Greindl, hier ist die Polizei, machen Sie auf! Wir wissen, dass Sie zu Hause sind.«

Jetzt drehte sich ein Schlüssel im Schloss. Die Tür öffnete sich. Greindl hatte ein blaues Auge.

»Was ist passiert?«, fragte Zankl. »Die zwei Typen?«

Greindl antwortete nicht.

Hummel schaute aus dem Treppenhausfenster. Auf dem Gehweg war niemand zu sehen.

»Was wollten die beiden?«, fragte Zankl.

»Ich weiß es nicht.«

»Waren das die Männer aus dem grauen BMW, der Ihnen gefolgt ist?«

»Welcher BMW?«

»Ihre angebliche Ahnungslosigkeit nervt. Sie leben gefährlich, Herr Greindl. Sie haben gerade erst eine Tracht Prügel eingesteckt. Wir haben die Typen von Safe-Money gesehen. Das war bestimmt nur eine Warnung. Eine ausgerutschte Hand. Das war noch gar nichts. Also, worum geht es? Geld? Spielschulden?«

»Was geht Sie das an? Beschatten Sie mich?«

»Wenn Sie so direkt fragen – ja. Wo waren Sie vorhin nach der Arbeit? Auf der Autobahn konnten wir leider nicht mit Ihnen mithalten. Können wir reinkommen?«

Greindl ließ sie eintreten. In der Wohnung waren die Spuren eines Kampfes unschwer zu erkennen.

»Was war los?«, nahm Zankl den Faden wieder auf.

»Eigentlich wollte ich nach Salzburg ins Casino. Aber dann habe ich gemerkt, dass die Typen an mir dran sind. Es gab eine kleine Verfolgungsjagd.«

»Die Sie für sich entschieden haben.«

»Könnte man so sagen.«

»Was aber nichts gebracht hat, weil die Typen wussten, wo Sie wohnen. Und Sie erwartet haben. Bestimmt hat ein netter Nachbar sie reingelassen.«

»Sind Sie fertig?«

»Ja, was die Geldeintreiber betrifft. Die andere Geschichte mit den toten Frauen, da hätten wir schon noch eine Frage.«

»Wenden Sie sich an meinen Anwalt.«

»Es geht gar nicht um Sie.«

»Sondern?«

»Um die drogenabhängige Schwester Ihres Freundes Robert Weinzierl.«

»Was ist mit Christiane?«

»Ja, also … Nein, das gehört tatsächlich nicht hierher. Komm, Hummel. Wir gehen.«

Greindl sah sie irritiert an, aber Zankl und Hummel verließen wortlos die Wohnung.

»Was war das denn für eine Aktion?«, fragte Hummel draußen auf der Straße. »Fabulierst da rum?«

»Ach, so eine spontane Eingebung. Und es sieht ganz so aus, als wär das ein Treffer gewesen. Die Schwester seines Freundes spielt eine Rolle.«

»Und welche, wenn ich fragen darf?«

»Das weiß ich noch nicht. Außer dass wir uns das noch anschauen müssen. Und die beiden toten Lasterfahrer – wir sollten noch genauer herausbekommen, was die so alles getrieben haben.«

»Du meinst, ob sie Drogen transportiert haben. Für diesen Ibo?«

»Nicht unbedingt für Ibo. Ich tipp eher mal, dass die irgendwelche Nummern auf eigene Kappe gedreht haben. Ich glaub, in dem Fall kommt einiges zusammen – organisierte Kriminalität, persönliche Motive wie Schulden oder die Drogenabhängigkeit und Prostitution eines geliebten Menschen, vielleicht ein tödlicher Unfall.«

»Was meinst du mit tödlichem Unfall?«, fragte Hummel.

»Die Sache mit der Kühlung.«

»Das wird sich ohne die Lasterfahrer nicht mehr klären lassen.«

»Ach, wir werden sehen. Boh, ich will jetzt ein Bier.«

»Wir beschatten Greindl nicht weiter?«

»Nein, für heute ist der bedient. Der geht nicht mehr vor die Tür. Lass uns auf ein Bier gehen.«

»Und für Conny ist das okay?«

»Klar, die denkt, ich mache Nachtschicht.«

»Dann fahren wir noch auf einen Absacker in die Blackbox.«

»Ich denk, Beate ist sauer auf dich.«

»Nur ein bisschen eifersüchtig. Aber das ist gar nicht schlecht. Dann weiß ich zumindest, dass sie mich liebt. Also, es ist ja irgendwie gut, wenn ihr nicht alles so selbstverständlich erscheint. Also mit mir.«

Zankl musste an seine Frau Conny denken und nickte. Ja, diese Erkenntnis würde auch Conny nicht schaden. Vielleicht würde sie dann nicht immer so viel an ihm herumnörgeln.

In der Blackbox begrüßte Hummel Beate mit einem innigen Kuss. Er hat ja auch etwas gutzumachen. Wie konnte er nur Augen für eine andere Frau haben? Gut, dass

Sabine wieder in den Bayerischen Wald zurückgekehrt war.

»Die anderen sind da drüben«, sagte Beate.

»Welche anderen?«

Jetzt sah er Dosi und Fränki. Und Sabine. An dem Stehtisch beim Flipper.

»Na, super«, murmelte Hummel. Lautlos.

HUNDEMÜDE

Brandl wischte den Tresen im Toxic und sah auf die Uhr. Zwanzig nach drei. Er war hundemüde. Aber es zog ihn einfach nicht nach Hause. Nicht mal die Kinder. Schlimm genug. Er hatte nichts gegen Kinder, aber in seinem Fall waren sie vor allem Susis Faustpfand, ihn an diese spießbürgerliche Existenz zu fesseln. Plötzlich kam ihm ein ganz komischer Gedanke. Was, wenn das gar nicht seine Kinder waren? Vor ein paar Jahren war Susi noch sagenhaft schön gewesen, ein wirklich heißer Feger. Sie hätte jeden haben können. Sie hatte vielleicht auch jeden gehabt. Nein, das war unfair. Aber er war definitiv nicht der Einzige. Ja, was für ein komischer Gedanke. Komisch? So fernliegend auch nicht. Warum war ihm der Gedanke noch nie gekommen? Er wusste es. Weil er eitel war. Er hatte keinen Zweifel daran gehabt, dass nur er die schärfste Braut im gesamten Landkreis geschwängert haben konnte. Da gab's kein Vertun. Und dann noch Zwillinge – Siegestrophäen in Stereo. Und er hatte beweisen wollen, ein cool rocking Daddy zu sein. War er nicht, das wusste er jetzt. Er war ein Pantoffelheld, Sklave seiner fast verblassten Triebe. Ja – was, wenn

122

die Zwillinge gar nicht seine Kinder waren? Sollte er sich ein paar Flunsen Haupthaar von den Kindern besorgen und einen DNA-Test machen lassen? Er war sich nicht sicher. Das roch nach Verrat. Wenn es tatsächlich nicht seine Kinder waren – was dann? Alles stehen und liegen lassen, zum Anwalt rennen, die Scheidung einreichen? Ja klar! Nein. Oder? Doch. Vielleicht.

Ein Geräusch! Der Kühlschrank? Das Alter ließ einen schreckhaft werden. Oder die Klimaanlage? Nein, die war aus. Er löschte das Licht und horchte. Ein Brummen. Kam das von draußen? Das Fenster im Büro war gekippt. Er sah auf den Parkplatz hinaus. Nichts zu sehen. Aber das Geräusch kam eindeutig von dort. Es klang wie ein hubraumstarker Wagen im Leerlauf. Er spurtete über die Tanzfläche zur Eingangstür, sperrte ab und lehnte sich schwer atmend an die Tür. Rücken schweißnass. Scheiße, was war mit ihm los? Warum die Panik? Wovor hatte er Angst? Er drehte sich um und lugte aus dem Guckloch. Nichts. Schwarze Nacht. Kein Auto auf dem Parkplatz. Na ja, soweit er sehen konnte. Plötzlich gleißendes Licht. Brannte in den Augen. Er knallte das Fensterchen zu. Jemand hatte von außen seine Handylampe vor das Guckloch gehalten. Was zum Teufel war da los?

»Du Arsch, du hast heute bei uns rumgelungert«, sagte jetzt jemand aus der Garderobennische.

»Was?«

»Du hast genau verstanden, was ich gesagt hab. Also?«

Jetzt erkannte Brandl die Stimme. »Das ist mein Laden, Paschinger.«

»Und?«

»Raus! Oder …«

123

»Oder was? Sonst holst du die Polizei? Haha, ich lach mich tot.«

»Was willst du?«

»Die Geschäfte sind schon so schwierig genug. Du hast bei uns nichts verloren.«

»Hau ab, sonst vergess ich mich!«

»Wir wissen, wo du wohnst, wie deine zwei kleinen Kinder heißen, was deine Frau macht. Haben wir uns verstanden?«

Brandl sagte nichts.

»Ob wir uns verstanden haben?«

»Ja, wir haben uns verstanden.«

»Das ist schön. Und jetzt sperr auf. Ich muss hier raus. Hat dir schon mal jemand gesagt, dass es in deinem Laden stinkt? Nach Schweiß und Pisse. Schlimmer als im letzten Puff. Und mit so was kenn ich mich aus. Hygiene ist das Zauberwort. Einen schönen Restabend noch.«

Brandl sperrte auf und ließ den Puffbesitzer raus. Kurz darauf brüllte draußen ein Automotor auf. Ein schwerer Geländewagen verschwand ohne Licht vom Parkplatz.

Brandl atmete durch. Sein T-Shirt war völlig durchnässt. Kalter Angstschweiß. Er schwankte zur Bar, holte Wodka aus dem Kühlschrank und nahm einen großen Schluck direkt aus der Flasche. Dachte angestrengt nach. Wollte angestrengt nachdenken. Ging nicht. Die Gedanken schossen wie in einem Teilchenbeschleuniger durch seinen Schädel. Haltlos, sinnlos. Ja, er war heute Nachmittag in Paschingers Saunaclub gewesen. War reingegangen, hatte ein grotesk überteuertes Bier an der Bar getrunken und ein bisschen Konversation mit den Damen gemacht. Sie nach den toten Münchner Kolleginnen gefragt. Hatte er wirklich Kolleginnen gesagt? Er konnte sich nicht mehr genau erinnern. Aber klar, er hatte da rumgeschnüffelt. Und genauso klar war, dass es der Chef der Damen erfahren hatte. Aber warum war Paschinger so angespitzt? Warum drohte er ihm und seiner Familie?

Zeit, den Laden zuzusperren. Brandl holte seine Lederjacke und den Helm und verließ die Disco. Als er die Kawa vom Hauptständer schob, merkte er, dass in den Reifen keine Luft war. Na toll!

FEIN

Hummel sah Beates schönes Gesicht im Mondlicht. Ihre feinen Züge, der zarte Flaum auf ihren Wangen, ihr blondes Haar wie ein gemalter Wasserfall, der matte Glanz auf den Lidern ihrer geschlossenen Augen. Die Welt war voller Schönheit. Er dachte auch an Sabine. Sein Bauch hatte ihm gestern sofort signalisiert, dass es Ärger geben würde. Mit Beate. Aber auf sein Bauchgefühl war offenbar kein Verlass mehr. Zum Glück. Kein Ärger. Das Gegenteil war der Fall. Die beiden Frauen verstanden sich bestens. So ein lustiger Abend in der Blackbox. Und interessante Neuigkeiten. Sabine hatte jetzt einen Job, vorübergehend zumindest. Als Bedienung in der Blackbox. Und wohnte so lange in Dosis alter Wohnung. Eigentlich zu viel des Guten. Ihm wäre es fast lieber, wenn Sabine in den Bayerwald zurückfahren würde. Wobei – sie konnte tun, was sie wollte. Beate war die Frau seines Lebens, seiner Träume, schon immer! Also fast immer. Nach so vielem Hin und Her waren sie jetzt schon ziemlich lange ein Paar. Schon ein paarmal hatte er überlegt, um ihre Hand anzuhalten. Aber er wusste, dass sie das spießig fand. War es ja auch. Sie brauchten ihre Gefühle nicht zu verbeamten. Beate drehte sich um. Er sah ihre erstaunlich kräftigen Schultern und wollte ihren Nacken küssen.

GETÄUSCHT

Brandls Kawasaki röhrte über die Bundesstraße. Dank Reifenpilot. So geht das, ihr Deppen, dachte Brandl. Wobei er seinen Arsch darauf verwettet hätte, dass die alte Dose mit dem Dichtungsschaum nicht mehr einsatzfähig war. War sie aber. Wenn Paschinger meinte, dass er so schnell aufgab, hatte er sich geschnitten. Der Fahrtwind machte Brandl munter. Er hielt den Motor im mittleren Drehzahlbereich, sodass sich der Turbolader gerade noch nicht zuschaltete. Keine Kunststücke jetzt! Er schaltete noch einen Gang hoch, die Drehzahl fiel ab. Die Maschine flüsterte nur noch. Jetzt sah er das blinkende Licht, den geschwungenen Schriftzug *Happy Saunaclub*. Er machte den Scheinwerfer aus, legte den Leerlauf ein und ließ die Maschine ausrollen, schaltete den Motor aus. Er stellte die Kawa hinter einer der benachbarten Werkshallen ab und stieg eine Feuerleiter hoch, um von dem Hallendach auf das Gelände des Saunaclubs schauen zu können. Am Horizont war bereits ein feiner rosa Streifen Morgenlicht zu sehen. Das Handy in seiner Jackentasche brummte. Er sah aufs Display. Seine Frau. Er machte das Handy aus.

Jetzt fuhr ein Lieferwagen auf das Puffgelände. Frühe oder späte Kundschaft? Nein, der Wagen fuhr nach hinten durch. Der Fahrer kletterte heraus und öffnete die Seitentür. Der Beifahrer holte einen Rollwagen und machte sich daran, Kisten aus dem Laderaum auf dem Wagen zu stapeln. Das sind doch nie und nimmer Getränke oder Erdnüsse, dachte Brandl.

Schließlich rollten die beiden die Kisten zum Hintereingang hinein.

»Jetzt krieg ich euch am Arsch«, murmelte Brandl. Aber wie? Die Kollegen anrufen? Zu dieser Zeit? Und wenn doch einfach Gläser oder Schnapsflaschen in den Kisten waren? Wäre peinlich. Er brauchte Gewissheit und überschlug die Entfernung. Wie schnell schaff ich die hundert Meter Luftlinie? Die Hintertür steht immer noch offen. Jetzt oder nie! Er kletterte die Feuerleiter hinunter, rannte zur Sichtschutzwand, hangelte sich darüber, sprang in den Hinterhof und huschte in den Hintereingang. Kein Licht. In dem dunklen Gang schlug er sich das rechte Schienbein an. Das Licht ging an. Stimmen. Rechts stand eine Tür offen. Er humpelte hinein.

»Welcher Depp hat die Tür offen gelassen?«, waren die letzten Worte, die Brandl zu hören bekam. Dann fiel die schwere Metalltür zu.

Stille. Brandl horchte. Nichts. Doch, ein Summen. Ihn fröstelte. Fuck, das war der Kühlraum!

Gedämpft hörte er von draußen vertraute Geräusche – klirrende Flaschen, rollende Alufässer. Leergut wurde weggebracht. Sollte er sich bemerkbar machen? Nein, wie sollte er das erklären? Da gab's nichts zu erklären. Kurz nachdem man ihn so nachdrücklich gewarnt hatte. Dreck! Er machte seine Handylampe an. Ja, ein Kühlraum. Bierkisten, Cola, Weißwein. Er sah den großen Stapel Kartons. Waren das die

Kisten aus dem Transporter? Nein, die waren kleiner gewesen. Er sah auf sein Handy. Kein Empfang. Eh klar. Er beleuchtete die Tür. Man konnte sie nicht von innen öffnen. Schon gar nicht, wenn von außen der Riegel vorgelegt war, wie er es von seiner Disco her kannte. Scheiße! Er leuchtete die Wände ab. Kein Fenster. Ganz toll. Uhrzeit? Halb sechs. Vermutlich machten die jetzt langsam Schluss hier. In ein paar Stunden würden die Reinigungsleute kommen, und irgendwann würde jemand die Kühlschränke an der Bar auffüllen. So lange muss er sich wach und vor allem warm halten. Was tun? Bewegung! Auf und ab gehen. Er sah im Handylicht das Regal mit den Schnapsflaschen. Ein Schluck Obstler wäre nicht schlecht. Aber Schnaps hielt nicht warm. Eher das Gegenteil war der Fall. Alkohol verengte die Gefäße. Oder war das beim Rauchen so? Jetzt einen klaren Kopf behalten!

Er begann mit Gymnastikübungen und schlug sich mit den flachen Händen an den Brustkorb. Wollte die Zeit zum Nachdenken nutzen. Ging nicht. Er war ausschließlich darauf konzentriert, nicht zu frieren. Er hatte Durst und musste pinkeln. Er fand einen Kasten Mineralwasser, öffnete eine Flasche, trank. Den Rest schüttete er weg, und dann pinkelte er im Handylicht in die Flasche. Naturtrüb, dachte er und stellte die Flasche zurück in den Kasten. Scheißkälte! Ihm war schon ganz schummerig, als er endlich hörte, wie draußen der Riegel umgelegt wurde. Schnell stellte er sich neben den Türstock. Licht an. Ein Mann kam rückwärts mit einem Stapel Bierkästen auf einer Sackkarre herein. Der Mann drehte sich um.

»Brandl!«

»Schmidl!«

»Was machst du denn hier?«

Brandl hielt sich den Zeigefinger an die Lippen. Schmidl, der Bierfahrer der Grafenberger Brauerei, der auch seine Disco mit Bier belieferte, sah ihn immer noch verständnislos an.

»Ich ermittle«, zischte Brandl.

Schmidl nickte dämlich.

»Du sagst kein Wort, ist das klar?«

Schmidl nickte wieder.

RAND UND BAND

Hummel stand auf und trank in der Küche ein Glas Wasser. Er traute sich nicht, Kaffee zu machen, weil Beate sonst bestimmt aufwachte. Seine Klamotten waren im Bad. Er kleidete sich dort an, schrieb *Ich liebe dich!* auf den Einkaufsblock am Kühlschrank und zog dann die Wohnungstür leise hinter sich zu.

Draußen empfing ihn ein gellendes Pfeifkonzert. Die Vögel waren außer Rand und Band und konnten den Sommertag kaum erwarten. Der Himmel hatte noch ein fahles Silberblau, die Sonne klemmte bereits weiß am Horizont. Das letzte Bier sorgte in Hummels Kopf immer noch für ein sanftes Stechen. Die Uhr in einem Parkomaten zeigte 6 Uhr 28. Er ging die Hohenzollernstraße hinauf, überquerte die Leopoldstraße und tauchte in das satte Grün des Englischen Gartens ein. Was für ein Bühnenbild! Über den weiten Wiesen schwebte ein mattweißer Teppich, der Eisbach dampfte. Zwei Schwäne durchpflügten das Himmelblau und landeten zischend auf dem Kleinhesseloher

See. *Surfin' Birds.* Im Park nur ein paar Hundebesitzer auf
Kackatour. Ob Mader schon mit Bajazzo durch den Ostpark tigerte? An einem Baum am Ufer des Eisbachs lagen
zwei Bierleichen in ihre Schlafsäcke gemümmelt, umringt
von leeren Flaschen. Kurz vor dem Haus der Kunst machte
eine nackte alte Dame im Bodendunst Tai-Chi – eine mys-
tische Erscheinung. Nicht meine Sportart, dachte Hummel
und bedauerte, dass sich beim Kiosk Fräulein Grüneis noch
nichts rührte. Ein starker Kaffee wäre jetzt gut. Er ging
weiter durchs Lehel und über den Kabelsteg zum Müllerschen Volksbad. Die Isar führte wenig Wasser. Im Isarkies
ein leerer Bierkasten, ein paar Bierflaschen, Einweggrills.
Bei den Museumslichtspielen ging er den Berg hoch in die
Rablstraße, wo die Mühlenbäckerei bereits geöffnet hatte.
Er kaufte sich zwei Croissants und eine SZ. Die Glocke
von Sankt Wolfgang schlug zweimal. Er sah nach oben.
Die Kirchturmuhr zeigte halb acht. Merkwürdige Zeit
heimzukommen, dachte er sich, als er zu Hause eintraf.
Die Rollos waren oben, und die Morgensonne zeigte er-
barmungslos den Staubfilm auf Möbeln und Parkett. Es
sah aus, als hätte jemand die Zeit angehalten. Lebte da jemand? Ja, er. Und zwei Tage zuvor war Besuch hier gewesen. Auf dem Sofa stand noch Sabines Tasche. Ja, die würde
er nachher mit ins Präsidium nehmen. Auf der Tasche lag
ein zusammengefalteter grüner Pullover. Er hob ihn hoch
und roch daran. Ein Hauch von Parfüm. Oder Weichspü-
ler. Apfel? Vielleicht. Er legte den Pulli vorsichtig aufs
Sofa. Er setzte in der Küche die Bialetti auf den Herd und
ging duschen.

Als er aus dem Bad kam, roch es scharf. Nach Kaffee, der
durch den Ausguss des Alukännchens auf die Herdplatte

gespritzt war. Er nahm die Kanne vom Herd und drehte ihn aus. Goss den pechschwarzen Kaffee in eine Tasse und trank. Schwarz, stark, bitter. In seinem Kopf knisterte es. Er spürte es. Zurzeit war er hypersensibel, nahm alles sehr genau wahr, was in ihm vorging. Er wusste, woher das kam. Aber er war kein Idiot. Man konnte Gefühle auch anerkennen, ohne sie auszuleben. Er schüttelte den Kopf. Was für ein Schmarrn!

TURNSCHUH

Als Hummel das Büro im Präsidium betrat, saß Dosi schon am Schreibtisch.

»Guten Morgen, Dosi.«

»Und? Alles klar?«

»Alles easy, bisschen Kopfweh, aber nur ein bisschen. Hier ist Sabines Tasche.«

Dosi nickte. »Bine kommt heute Nachmittag rein und holt sie ab. Wirklich alles fit bei dir?«

»Wie ein Turnschuh. Brandl hat mich heute Morgen schon angerufen.«

»Was wollte er?«

»Erzähl ich, wenn Zankl da ist. Mader ist schon drüben?«

»Glaub nicht. Kaffee?«

»Danke, nein. Ich hatte schon einen.«

»Also, ich nehm einen«, sagte Zankl, der gerade eintraf.

»Milch und Zucker, der Herr?«

»Mit Grappa, bitte. Boh, das letzte Bier gestern Abend war irgendwie schlecht gewesen. Conny hat mir heute Morgen so einen Einlauf gegeben. Hat gemeint, so scheiße wie ich ausschau, brauch ich Clarissa nicht zum Kindergarten zu bringen. Weil die sonst meinen, der Herr Papa ist ein Alki. O Mann!«

»Tja, man schaut halt nicht jeden Tag wie aus dem Ei gepellt aus.«

»Du sagst es, Hummel.«

»Dafür bist du jetzt der Pinball-Wizard«, sagte Dosi. »Was meinst du, wie mir Fränki noch in den Ohren gelegen hat, weil du am Schluss beim Flippern gewonnen hast. Na ja, Fränki hatte ja schon ziemlich Schlagseite. Sonst hättest du keine Chance gehabt.«

»Sag Fränki, dass er auch mal von Eiertanz in Killermodus umschalten muss. Ich hab ihn eiskalt erledigt.«

»Guten Morgen«, rief jetzt Mader von nebenan. »In zehn Minuten eiskalte Besprechung.«

Wenig später waren alle von Brandls Anruf unterrichtet. Und von Paschingers Besuch in der Disco.

Mader nickte nachdenklich. »Was heißt das jetzt?«

»Dass sich Paschinger von Brandl gestört fühlt.«

»Nicht nur das«, sagte Mader. »Brandl macht riskante Sachen. Das ist doch sonst eher dein Job, Hummel.«

»Was soll das denn heißen?«

»Nichts. Brandl sollte in dem Fall nicht auf eigene Faust ermitteln. Nicht dass wir ihn plötzlich irgendwo im Bayerwald verscharrt finden.«

»Ich red mit Brandl«, sagte Dosi.

»Gut. Und weiter – wie steht die Sache mit dem Tod der neun Frauen? Irgendwelche Fortschritte?«

»Das Motiv«, sagte Dosi. »Wir brauchen das Motiv, und das finden wir nur da draußen.«

»Und was ist mit Greindl?«, sagte Zankl.

»Na ja, der ist auch aus der Gegend. Habt ihr denn die Sache mit der Drogenschwester von Greindls Freund schon weiterverfolgt?«

»Wann denn? Wir wissen es ja erst seit gestern.«

»Dann mal los«, sagte Mader. »Fahrt noch mal da raus. Alle drei. Macht es konzentriert und knackig. Ich will Ergebnisse. Ich halt hier die Stellung. Ich meld mich, wenn ich euch hier brauch.«

RUHE

»Komisch, was hat Mader denn?«, sagte Dosi. »Er hat doch sonst immer Panik, dass Günther ihm eins auf die Finger gibt, wenn wir außerhalb von München ermitteln.«

»Günther lässt ihn momentan in Ruhe«, sagte Hummel.

»Sieht ganz so aus. Gut so.«

»Dann gehen wir es an«, meinte Zankl. »Wir besuchen diesen Robert Weinzierl und seine Schwester.«

»Kündigen wir uns an?«

»Auf keinen Fall! Vielleicht ist seine Bude voller Drogen. Wir zeigen uns dann von unserer verständnisvollen Seite …«

»Zankl, mein Style ist das nicht«, sagte Dosi.

»Dosi, meiner schon. Wir müssen ein bisschen Druck machen, Panik versprühen. Sonst reagieren die doch nicht. Ich kenn diese Typen …«

»Na klar, du Psychopath. Was ist mit dem Saunaclub – checken wir den auch auf Drogen?«

»Das ist der Job der Polizei vor Ort«, sagte Hummel. »Und ich weiß nicht, ob das nach den Ereignissen der letzten Nacht wirklich gut kommt. Also für Brandl. Die haben ihn ja offenbar im Visier. Nicht dass ihm was Ernstes passiert.«

»Zuerst kümmern wir uns aber um den Spezl von Greindl«, sagte Zankl. »Bestimmt hat Greindl ihn schon gewarnt, dass wir auch auf ihn ein Auge haben.«

HONK

Mader saß konzentriert am Schreibtisch und machte sich Notizen. Dienstlich und irgendwie nicht dienstlich. Nicht zum aktuellen Fall, sondern zu Günthers Spezialauftrag. *Neue Perspektiven für die Polizeiarbeit von morgen.* Mit den von Günther genannten Schlüsselbegriffen konnte er wenig anfangen: *Digitalisierung, Big Data, Gesichtserkennung, statistische Gefahrenprognose.* Ihn interessierte dieses ganze Zukunftsgedöns einfach nicht besonders. Dazu konnte er keinen klugen Beitrag leisten. Er machte sich eine Mindmap mit ein paar Pfeilen zu seinen eher klassischen Begriffen: *Schreibtisch, PC, Polizist, Opfer, Täter, Tatort …*

Sein Handy klingelte. Er sah den Namen auf dem Display. *Helene.* O Mann! Er hatte sie nicht zum Geburtstag angerufen! Einfach vergessen. Ich bin echt der letzte Honk, dachte er frustriert. »Ja, äh, hallo? Helene?«

»Karl-Maria?«

»Du, das tut mir entsetzlich leid, also …«

»Äh, ist es gerade schlecht? Hast du keine Zeit?«

»Nein. Äh, ja … Also ich hab …«, stammelte er. »Es tut mir so leid, dass ich den Geburtstag vergessen hab.«

»Welchen Geburtstag?«

»Deinen. Gerade wusste ich es noch, also, äh, gestern …
Ich hatte mir fest vorgenommen, dich anzurufen, aber dann
war wieder so viel los. Ich hab's irgendwie vergessen. Wirklich, das ist mir so was von peinlich. Das musst du mir
glauben.«

»Jetzt krieg dich ein, Karl. Ich hab erst am 12. September
Geburtstag. Das ist in einem Monat.«

»Nicht August?«

»Nicht August.«

»Oh.«

»Sag mal, alles gut bei dir?«

»Ich werde senil«, sagte er ohne Ironie.

»Jetzt jammre nicht rum. Ich bin mit den Mädels in der
Stadt.«

»Aha?«

»Nicht in Regensburg, in München.«

»Ist dein Mann auch dabei?«

»Nein, der ist auf Recherchetour in Österreich. Nur die
Mädchen und ich.«

»Und euer Hund?«

»Bomba ist auch in Österreich.«

»Die Mädchen müssen nicht in die Schule?«

»Karl-Maria, wir schreiben heute den 13. August. Es sind
Schulferien.«

»Äh, ach so, klar.«

»Die Mädels möchten gern sehen, wie du arbeitest. Geht
das?«

»Also, na ja, äh, klar geht das. Ich freu mich.«

»Wir sind in zehn Minuten bei dir.«

»So schnell?«

»Passt es nicht?«

»Doch, äh, ja, gut, bis gleich. Ich hol euch an der Pforte ab.«

Hektisch räumte Mader seinen Schreibtisch auf. Er ordnete Mappenstapel und schüttelte Bajazzos Bodenkissen aus, was zu einem heftigen Niesanfall seinerseits führte. Bajazzo musterte ihn verwundert. Mader riss das Fenster auf und atmete durch. Dann stürmte er in den Flur und das Treppenhaus hinunter.

»Mader, Moment!« Dr. Günther wollte ihn auf der Treppe stoppen. Was ihm nicht gelang.

»Keine Zeit, keine Zeit«, schnaufte Mader.

Dr. Günther sah ihm besorgt hinterher.

Mader traf gleichzeitig mit Helene und ihren Töchtern Louisa und Franzi an der Pforte ein. Mader umarmte Helene hektisch.

»Wirklich alles gut bei dir?«, fragte sie.

»Alles wunderbar. Ich freu mich so.« Er schüttelte den Mädchen die Hand. »Toll, dass ihr da seid.«

»Wo ist der Schießstand?«, fragte Louisa.

»Wo sind die Zellen?«, fragte Franzi.

»Äh, hier sind vor allem Büros, also nicht nur, aber vor allem.«

Enttäuschung machte sich im Gesicht der Mädchen breit.

»Okay, okay, ich zeig euch den Schießstand und die Arrestzellen.«

»Jetzt gleich?«, fragte Louisa.

»Bitte, bitte!«, sagte Franzi.

»Wer kann da schon nein sagen?«, meinte Mader und führte sie ins Untergeschoss. Durch eine Panzerglasscheibe beobachteten sie eine Schützin, die auf einen Pappkameraden schoss.

»Los, knall ihm die Eier weg!«, zischte Louisa.

Helene stieß ihre Tochter an. »Louisa!«

»Hast du schon mal wen erschossen?«, fragte Franzi.

Mader überlegte kurz, dann nickte er.

»Und wie ist das?«, fragte Louisa.

»Es fühlt sich nicht gut an«, sagte Mader. »Es war Notwehr. Trotzdem, das ist nichts, worauf ich stolz bin.«

»Wo ist denn deine Waffe?«, fragte Franzi.

»Oben im Büro, eingesperrt.«

»Können wir die sehen?«

»Hallo, Karl-Maria!«

Mader drehte sich um. »Gesine. Oh, hallo.«

Gesine musterte Helene. »Ah, wir haben uns doch schon mal gesehen. Gesine Fleischer, Rechtsmedizin.«

Louisa schlug sich die Hände vors Gesicht. »Geil! Ich fass es nicht!«

Alle sahen die zwölfjährige Louisa an.

»Sie schneiden Menschen auf?«, fragte sie Gesine.

»Louisa!«

»Doch, ja, da liegst du völlig richtig.«

»Wir haben in der Schule schon mal einen Frosch obduziert.«

»Das heißt seziert«, meldete sich Franzi.

»Das ist doch egal. Jedenfalls war das voll komisch. Und eklig. Plötzlich haben die Beine noch gezuckt. – Ist das spannend bei Menschen, also das Aufschneiden?«

Gesine nickte. »Ja, das ist sehr spannend. Auch wenn der Körper still zu sein scheint, so erzählt er doch alles, was er erlebt hat.«

»Können Sie uns eine Leiche zeigen?«

»Nein, ich zeig euch keine Leiche. Aber meinen Arbeitsplatz und ein paar Kühlfächer dürft ihr sehen. Von außen.«

137

»Geil! Mama, dürfen wir?«

»Ja, aber fasst bitte nichts an, was ihr nicht anfassen sollt.«

Kopfschüttelnd sah Helene ihren Töchtern hinterher, wie sie mit Gesine in den unterirdischen Gängen verschwanden. Mader ging mit ihr nach oben in sein Büro.

»Die Mädchen stehen auf das ganze Zeug – Profiler, Pathologen, Bodyfarm«, erklärte Helene.

»Sind sie dafür nicht ein bisschen jung?«, fragte Mader.

»Louisa vielleicht. Aber was die große Schwester interessiert, findet auch sie super. So, jetzt sag, wie geht es dir? Muss ich mir Sorgen machen? Hast du Stress?«

»Mir geht's gut. Vor allem wenn ich dich sehe. Leider viel zu selten.«

»Na ja, Karl-Maria, nach Regensburg, das ist keine Weltreise. Du kannst uns immer besuchen kommen. Wenn du deinen Allerwertesten mal aus München rauskriegen würdest.«

»Ja, klar. Weißt du eigentlich, dass ich vor einem Jahr eine Beförderung nach Regensburg ausgeschlagen habe? Hätte ich damals schon von dir gewusst, hätte ich es vielleicht gemacht. Dann hätte ich jetzt mehr Zeit für euch.«

»Karl, da würdest du genauso viel arbeiten, vielleicht noch mehr, weil du mehr Verantwortung hättest.«

»Ja, vielleicht wär das so. Theorie und Praxis eben. Und du? Wie geht es dir? Wie geht es Reinhard?«

»Wir lassen uns scheiden.«

»Was?! Spinnst du?«

»Wir lassen uns scheiden, wenn ich nicht bald meine Arbeitsstunden reduziere. Franzi ist jetzt vierzehn, eine schwierige Zeit. Das kriegt Reinhard nicht allein hin.«

»Was hat Franzi denn?«

»Pubertät, mein Lieber, eine schlimme Krankheit.«

»Verstehe. Aber das geht ja vorbei. Also, mit Reinhard ist alles gut?«

»Ja, das hoff ich doch. Auch dass er sich keine Jüngere sucht.«

»Jetzt hör doch auf!«

»Ach, ich denk mir manchmal, dass ich zu wenig bei meinen Lieben bin. Aber ich mag meinen Job. Und wahrscheinlich wäre ich unleidig, wenn ich zu viel Zeit zu Hause verbringen würde.«

Es klopfte. Ein Polizist steckte den Kopf zur Tür herein. »'tschuldigung, Herr Mader, aber Sie gehen nicht ans Telefon.«

»Ich hab auf die Kollegen umgestellt.«

»Aber die sind nicht im Haus.«

»Oh. Ja, das stimmt. Was gibt es denn?«

»Da draußen ist eine Dame, die etwas abholen will, eine Tasche.«

»Ach ja, schicken Sie sie rein. Hummel hat mir Bescheid gesagt.«

Eine sommerlich gekleidete Frau trat ein, zitronenfarbenes Top unter kurzer Jeansjacke. »Hallo, Sie müssen Herr Mader sein. Ich bin Sabine.«

»Hallo, Sabine, kommen Sie rein.«

»Hallo, Frau Mader.«

Helene lachte herzhaft. »Danke, aber ich bin nur die Schwester.«

»Oh, verzeihen Sie. Nicht dass Sie denken … Also wegen dem Alter …«

»Meine Liebe, Alter ist etwas Relatives. Aber ich nehm es

mal als Kompliment, dass Sie mich für die Frau dieses Mannes halten.«

»Aus, Schluss!«, stöhnte Mader, und die Frauen lachten.

»Und Sie sind?«, fragte Helene.

»Äh …«

»Sie ist Zeugin in einem aktuellen Fall«, sagte Mader. »Sabine, Ihre Tasche steht drüben bei Hummel im Büro. Warten Sie.«

Er holte die Tasche und gab sie ihr.

»Und was haben Sie jetzt vor?«, fragte er. »Wieder nach Hause?«

»Nicht gleich. Ich komme für ein paar Tage bei Dosi unter. Bisschen Großstadtluft, das ist mal was anderes.«

»Schön. Es wird Ihnen in München gefallen, da bin ich mir sicher.«

»Ich auch. So, ich muss dann mal.«

Als Sabine weg war, sagte Helene: »Wow, lauter attraktive Frauen um dich herum. Du bist ja ein richtiger Hahn im Korb.«

»Na ja, da sind auch noch meine Kollegen Hummel und Zankl.«

»Und wo sind deine Kollegen jetzt alle?«

»Unterwegs. Gute Polizisten arbeiten halt nicht nur am Schreibtisch.«

Sie sah auf die Uhr. »Oh, so spät schon. Ich muss los, ich hab noch eine Verabredung.«

»Und die Mädchen?«

»Wollen ein bisschen die Stadt unsicher machen. Und an die Isar. Ich gebe ihnen schnell Bescheid, dass ich jetzt losgehe.«

»Du kannst ruhig gehen. Ich sag ihnen, dass du schon

weg bist, wenn sie von Gesine zurückkommen. Wann und wo wollt ihr euch dann wieder treffen?«

»Ich ruf sie auf dem Handy an.«

»Sag ich ihnen. Vielleicht haben sie ja Lust, Bajazzo mit an die Isar zu nehmen.«

PARANOIA

»Gehen wir da einfach rein?«, fragte Hummel im Innenhof des Weilers.

Zankl sah ihn irritiert an. »Wie meinst du das?«

»Na ja, man hört ja immer wieder so Geschichten, dass diese Drogentypen Paranoia kriegen und durchdrehen, wenn man sie überrascht.«

Dosi schüttelte den Kopf. »Männer vielleicht. Es geht um eine Frau.«

»Hast du 'ne Ahnung«, murmelte Zankl. »Ihr zwei sichert, ich klingle.«

Zankl ging über den Hof zur Haustür. Im Vorbeigehen sah er in die verdreckte Küche.

Er klingelte. Nichts passierte. Er drückte gegen die Tür. Zu. Er überlegte.

Ein markerschütternder Schrei zerschnitt die Stille.

Zankl zog die Waffe und warf sich gegen die Tür. Die Tür gab nicht nach. Er ging ein paar Meter zurück, schlug mit dem Ellbogen das Küchenfenster ein und öffnete das Fenster. »Polizei! Was ist da los? Wer ist da?«

Wieder ein gellender Schrei.

Er stieg ein und ließ Dosi und Hummel dann zur Haustür herein.

Noch ein Schrei.

Zankl deutete nach oben. »Ich geh rauf.«

Hummel bezog neben der Treppe Stellung, die Waffe im Anschlag. Dosi folgte Zankl nach oben. Auch sie hatten die Waffen gezogen.

Jetzt flog unten die Haustür auf. Robert Weinzierl stürzte herein. Hummel sprang auf, zwang ihn zu Boden und drückte ihm den Lauf seiner Waffe ins Genick.

»Ganz ruhig! Keine Bewegung!«

Dosi und Zankl standen auf dem oberen Treppenabsatz. Zögerten noch. Hinter einer verschlossenen Zimmertür wieder ein lauter Schrei. Zankl deutete auf die Türklinke. Dosi nickte. Zankl trat die Tür auf und sprang in das Zimmer. Dosi zielte in die Mitte des Raums.

Ein Bett. Darin eine Frau mit schmerzverzerrtem Gesicht. Mund wie eine klaffende Wunde, braune Zahnstümpfe, die Haut im Gesicht zerkratzt und blutig. Die Frau war ans Bett gefesselt.

»Was ist hier los?«, sagte Dosi leise.

»Ich hab keine Ahnung«, meinte Zankl geschockt.

»Los, Zankl, wir binden sie los.«

»Nein, die schlägt doch alles kurz und klein.« Zankl ging zur Tür und schaute die Treppe hinunter. »Hummel, alles okay bei dir?«

»Alles im Griff. Und bei euch?«

»Lasst meine Schwester in Ruhe!«, brüllte der Mann am Boden.

»Was soll das hier oben?«, fragte Zankl. »Warum ist sie gefesselt?«

»Sie ist auf Entzug!«

»Klar. Und du lässt sie hier alleine.«

»Ich war in der Apotheke. Lasst mich zu ihr!«

»Robert!«, schrie die Frau.

»Hummel, lass ihn hoch«, sagte Dosi.

Hummel stieg von dem Mann herunter. Der stürmte sofort die Treppe hoch und stürzte zu seiner Schwester ans Bett. »Chrissie, ich bin da, ich bin bei dir. Beruhig dich. Du kriegst gleich deine Medizin. Chrissie …«

Er gab ihr eine kleine, braune Flasche, aus der sie gierig trank. Er riss sie ihr wieder weg.

Die Frau sank ins Kissen. Schloss die Augen. Ihre Gesichtszüge entspannten sich. Die drei ungebetenen Gäste sahen staunend die Verwandlung. Das Zombiemonster wurde zu einer jungen Frau voller Anmut. Die Kratzer im Gesicht betonten noch ihre Verletzbarkeit. Ihr Bruder hielt ihr schönes Gesicht in Händen. Tränen liefen über ihre Wangen in seine Handflächen. So viel Intimität. Dosi und Zankl drehten sich peinlich berührt weg, Hummel starrte auf die junge Frau. Auch in seine Augen traten Tränen.

Sie gingen aus dem Zimmer und ließen die Geschwister allein.

»Sie hat den Teufel im Leib«, murmelte Zankl.

»Die ist fast noch ein Kind«, meinte Dosi.

Hummel sagte gar nichts. Sein Blick wanderte durch die schmutzige Küche. Verkrustete Teller, ein überquellender Aschenbecher, dunkle Flecken am Boden und die Scherben von dem eingeschlagenen Fenster.

Sie warteten. Das Haus lag ganz still da. Als auf einmal die Treppenstufen knarrten, zuckten sie zusammen. Robert kam in die Küche, ging zielstrebig zum Kühlschrank und holte sich eine Flasche Bier. Er öffnete sie und nahm einen endlosen Schluck. »Polizei?«, fragte er schließlich.

»So ist es. Sie sind Robert Weinzierl?«

»Ja. Und das da oben, dieses Crystal-Monster, das ist meine Schwester Christiane. Sie ist neunzehn. Und wenn sie Pech hat, dann erlebt sie ihren zwanzigsten Geburtstag nicht mehr. Diese Scheißdrogen. Es ist so leicht dranzukommen. Sie verkaufen das Zeug in der Disco schon an Fünfzehnjährige, den billigsten, härtesten Dreck.«

»Ihre Schwester ist vorbestraft.«

»Jugendstrafen. Wie nennt man das noch mal – Beschaffungskriminalität? Sind Sie deswegen hier?«

»Sie haben Sie ans Bett fixiert.«

»Ich musste einkaufen, Medikamente holen. Wenn ich sie nicht festbinde, dann ist sie weg, unterwegs, verschwindet in einem dunklen Loch und raucht diesen Dreck, schmeißt Pillen ein, schnupft das Zeug, spritzt es sich.«

»Aber Sie können sie doch nicht einfach festbinden ...« Dosi brach ab.

»O doch, kann ich. Das ist mit ihr abgesprochen. Ich werde sie von dem Zeug loskriegen.«

»So geht das nicht. Sie braucht einen Arzt. Sie muss in eine Klinik.«

»Dass ich nicht lache. Was glauben Sie, was wir schon probiert haben? Sie ist getürmt. Wir müssen das selbst schaffen. Es muss da drinnen passieren.« Er tippte sich mit dem Zeigefinger an die Stirn. »Sie muss mit ihren Instinkten brechen, der Versuchung widerstehen, nach dem Dreck zu greifen. Die Scheiße muss aus ihrem Körper raus, aber im ersten Schritt muss die Scheiße aus ihrem Kopf raus.«

Dosi sah ihn ernst an. »Und Sie machen das hier ganz allein, in Eigenregie?«

»Nein, wir machen das zu zweit – sie und ich. Und jetzt will ich von Ihnen wissen, was Sie hier machen. Warum Sie das Küchenfenster einschmeißen und in unser Haus einbrechen.«

»Wir haben Schreie gehört«, sagte Zankl vage.

Robert lachte auf. »Ihr Auto hat eine Münchner Nummer. Also, was wollen Sie hier?«

»Wir sind von der Kriminalpolizei. Mordkommission. Wir ermitteln im Mordfall mit den neun Prostituierten.«

»Mordfall, sagen Sie?«

»Sie haben davon gehört?«

»Sie meinen die neun Frauen, die in dem Laster erfroren sind?«

»Falls Sie sich fragen, warum wir uns auf den langen Weg von München hierher gemacht haben – die Frauen sind dort in den Laster gestiegen.«

»Warum? Also, ich meine, warum steigt jemand freiwillig auf die Ladefläche eines Lasters?«

»Das wissen wir nicht. Kennen Sie Andreas Greindl?«

»Ja, wir sind befreundet. Warum?«

»Er kennt auch Ihre Schwester?«

»Ja, er kennt sie, natürlich.«

»Ist er der Freund Ihrer Schwester? Oder war er es?«

»Nein, er ist so was wie der große Bruder.«

»Sind nicht Sie das?«

Er überlegte, dann sagte er leise: »Nein, ich bin kein guter Bruder. Zumindest war ich es nicht. Nach dem Tod unserer Eltern bin ich von dem Erbe auf Weltreise gegangen. Obwohl ich damals schon wusste, dass Christiane mit Drogen angefangen hatte. Ich wollte es nicht sehen, es war mir egal, ich war nur mit mir beschäftigt. Und als ich nach einem

Jahr von meiner Reise zurückkam, hab ich sie kaum wiedererkannt. Sie war immer so schön gewesen.«

»Wo waren Sie letzten Sonntag?«, fragte Zankl.

»Ist das der Tag, als das mit den Frauen passiert ist?«

»Beantworten Sie bitte meine Frage.«

»An dem Abend war ich in München auf einem Festival im Backstage.«

»Den ganzen Abend?«

»Ja, es ging bis spät.«

»Und Ihre Schwester? Wer hat auf sie aufgepasst?«

Robert lachte auf. »Der liebe Gott, hoff ich mal. Meinen Sie, dass sie seit Wochen hier ans Bett gefesselt ist? Das machen wir erst seit gestern. Vor ein paar Tagen war sie noch frei und wild hier in der Gegend unterwegs, und ich hatte keine Ahnung, wo sie ist. Was Sie da oben sehen, ist Tag zwei unserer Therapie.«

Zankl war noch nicht fertig. »Erzählen Sie genau, was in jener Nacht in München los war. Wer war dabei, in welcher Reihenfolge haben die Bands gespielt, wie war das Wetter, wann und wie sind Sie hingefahren, wie und wann sind Sie heimgefahren, was haben Sie getrunken? Alle Details.«

ELEND

Bedrückt sahen die drei dem Krankenwagen hinterher, den Dosi gerufen hatte. Robert war mit seiner Schwester mitgefahren.

»Das war ganz schön krass«, sagte Dosi.

Hummel nickte. »Das kannst du laut sagen. Elend.«

»Er sorgt sich wirklich um seine Schwester.«

»Habt ihr das Foto von ihr im Flur gesehen?«, fragte Zankl.

»Eine blühende Schönheit«, sagte Dosi. »Kaum zu glauben, dass das dieselbe Frau sein soll wie die in dem Bett oben.«

»Und sein Alibi?«, sagte Hummel.

»Ist perfekt«, meinte Zankl. »In allen Details dasselbe wie bei Greindl. Zu perfekt. Natürlich haben die beiden sich abgesprochen.«

»Nehmen wir mal an, dass das mit der Kühlung kein Unfall war«, überlegte Dosi. »Wenn also nicht die beiden Fahrer so doof waren und das Ding versehentlich angeschaltet haben, dann bedeutet das vielleicht, dass die Frauen ihrem Mörder auf dem Leim gegangen sind, dass er ihnen eine Falle gestellt hat, ja? Stellt euch vor, jemand bietet den Frauen an, sie bei Nacht und Nebel aus dem Puff in München rauszubringen. Weil er weiß, dass sie da wegwollen. Weil sie eben nicht freiwillig dort arbeiten. Sie nehmen das Angebot an und gehen in die Falle.«

»Und die Fahrer?«, sagte Zankl. »Die wissen nichts davon?«

»Oder stellen keine Fragen. Brauchen Geld. Für ihr Haus. Machen alles für Geld.«

»Nur können wir sie eben nicht mehr fragen, wer sie beauftragt hat.«

»Der Tod der Fahrer ist die Konsequenz. Jemand muss ja schuld sein, jemand muss für den Verrat bezahlen.«

Hummel grübelte. »Ja, es ist möglich, dass jemand die Kühlung gerade erst angeschaltet hat, bevor ich auf den Parkplatz kam und die Fahrer noch in dem Puff waren. Vielleicht sogar, als ich schon in der Koje war. Ich war ja ziemlich blau.«

»Theoretisch alles schön und gut«, meinte Dosi. »Aber kein Motiv weit und breit. Diese Grenzlandthemen – Drogen, Prostitution, Schmuggel –, ich krieg das nicht zusammen.«

Zankl zuckte mit den Achseln. »Ich finde, dass wir jetzt schon einen guten Schritt weiter sind. Langsam bekommen wir eine Ahnung, was da eigentlich los ist.«

»Und was ist mit diesem Robert?«, fragte Hummel. Lassen wir den jetzt einfach in Ruhe?«

»Der haut nicht ab«, sagte Dosi. »Der muss sich um seine Schwester kümmern. Ich ruf Brandl an, dann kann er uns beim Essen noch mal genau seine Erlebnisse der letzten Nacht erzählen.«

KARRIERE

Sie sprachen mit Brandl, befragten ihn nach Andreas Greindl und Robert Weinzierl. Greindl kannte er nur flüchtig. Klar, der alte Greindl mit der Hühnerfabrik war da draußen eine bekannte Persönlichkeit. Über seinen Sohn wusste er nicht richtig Bescheid. Außer dass er offenbar einer von den Typen war, die Sabine hier auf dem Klo belauscht hatte, und dass ihm der Audi A5 gehörte. Den Zweiten kannte er auch kaum, dafür aber seine Schwester Christiane und ihre Drogenkarriere. »Wahnsinn, ein so hübsches, fröhliches Mädchen. Die ist da ganz früh reingerutscht. Nach dem Unfall der Eltern hat sie den Halt verloren. Vielleicht war das der Grund für die Drogen.«

»War sie auch mal bei dir in der Disco?«, fragte Dosi.

»Fast jeder aus der Gegend ist mal bei mir in der Disco.

Wenn du jung bist und der Weg nach München zu weit ist oder du nicht nach Deggendorf oder Straubing fahren willst, dann gehst du ins Toxic. Ob du jetzt Wave magst oder nicht. Außerdem haben wir ja inzwischen ein breites Programm – Metal, Electro, Hip-Hop. Ist ja alles nicht mehr so eng wie früher.«

Dosi legte die Stirn in Falten. »Du hast von ihrem Drogenproblem gewusst und …«

»Was, und? Und einfach zugeschaut? Willst du etwa das sagen? Nein, hab ich nicht, ich bin Polizist. In meinem Laden gibt es keine Drogen. Aber wenn die Kids schon bedröhnt bei mir auftauchen, was soll ich denn machen? Sie schimpfen? Du, du, du, das macht man nicht? Und hey, die eigentliche Droge hier draußen heißt schon immer Alkohol.«

»Jetzt fühl dich doch nicht gleich angegriffen, Brandl. Woher kommen denn die Drogen hier draußen? Also, wie sehen die Strukturen im Drogengeschäft aus?«

»Da ist alles dabei. Da brauen irgendwelche Einzelgänger ihr ganz eigenes Süppchen in ihren Kellerlabors. Und dann gibt es Highend-Labors irgendwo im Grenzland oder in Tschechien. Die produzieren Riesenmengen und verbreiten das Zeug deutschlandweit.«

»Und wie funktioniert der Vertrieb?«

»Da müsst ihr die Leute vom Zoll fragen. Wir normale Polizisten haben es in erster Linie mit den Usern zu tun. He, Dosi, die Chrissie, das ist ein trauriger Fall, aber ich bin nicht bei der Drogenfahndung. Ihr doch auch nicht.«

»Und wie kommt es, dass du den Bruder nicht erkannt hast?«, sagte Dosi.

»Der Robert war lange weg. Irgendwo in der Welt unterwegs. Das war damals seine Reaktion auf den Tod der Eltern. Jetzt ist er offenbar zurück. Mit dem Vollbart hab ich ihn nicht erkannt.«

Dosi nickte. »Okay, fassen wir zusammen. Wir haben die Zeugin vom Discoklo, wir haben damit zwei Verdächtige für den Mord an den Prostituierten, einer hat Probleme mit Schuldeneintreibern, der andere hat eine drogenabhängige Schwester. Da kommt man schon auf Gedanken. War das mit den Prostituierten eine Racheaktion an einem Drogenkurier?«

»Und die beiden Tschechen?«, sagte Hummel.

»Willfährige Helfer und lästige Zeugen.«

»Paschinger?«, warf Brandl ein.

»Du sagst doch, dass der Typ am frühen Morgen irgendwelche merkwürdigen Lieferungen in seinen Laden bekommt.«

Brandl nickte. »Ja, aber am Ende sind dann vielleicht doch nur Getränke in den Kisten. Wir müssten es halt überprüfen.«

Zankl schüttelte den Kopf. »Dafür kriegen wir niemals einen Durchsuchungsbeschluss. Da müssen wir schon mehr in der Hand haben als einen bloßen Verdacht.«

Brandls Handy klingelte. Sein Gesicht verfinsterte sich beim Zuhören. Er legte auf und zischte: »Ich muss zu meinem Laden. Es brennt. Die Feuerwehr ist schon da.«

Als sie beim Toxic eintrafen, war der Brand bereits gelöscht. Der Schaden war überschaubar. Als Brandherd wurde ein Mülleimer am Eingang identifiziert.

»Hast du hier Videoüberwachung?«, fragte Hummel.

»So weit kommt's noch«, sagte Brandl. »He, das ist kein

Zufall. Ich war heute Nacht der Letzte auf dem Grundstück. Da hat nix geschmurkelt.«

»Was glaubst du? Eine weitere Warnung?«

»Kann schon sein.«

»Sollen wir den Paschinger nach seinem Alibi fragen?«

»Vergiss es.«

Irgendwo schlug eine Kirchenglocke. Zankl sah auf seine Armbanduhr.

»Wir müssen los, oder?«, fragte Dosi.

»Ich zumindest.«

»Okay, Brandl. Wenn du was hörst oder siehst, halt uns auf dem Laufenden. Und hab ein Auge auf Christiane und ihren Bruder.«

Brandl hob die Hand zum Gruß und ging zu den Feuerwehrleuten.

»Hm, ziemlich viel los hier im idyllischen Bayerwald«, sagte Hummel, als sie im Auto saßen. »Drogen, ein zwielichtiger Puffbesitzer, Brandstiftung in der Disco. Sind wir weitergekommen?«

»Nicht so richtig«, meinte Dosi.

FAHNDUNG

»Beruhig dich, Helene«, sagte Mader eindringlich. »Sie sind nicht aus der Welt. Sie wollten beim Müllerschen Volksbad an die Isar.«

»Warum?«

»Weil ich es ihnen empfohlen habe. Weil es da so schön ist. Vielleicht ist einfach der Akku vom Handy leer.«

»Klar, bei allen beiden!«, schnaubte Helene.

»Bajazzo ist bei ihnen.«

»Ganz toll, ein Dackel passt auf zwei Mädchen auf. Da bin ich ja vollkommen beruhigt.«

Mader wollte noch etwas erwidern, sparte es sich dann aber doch.

»Ich hätte sie nicht allein gehen lassen dürfen. Kannst du sie in die Fahndung geben?«

»Helene, die beiden sind gerade mal eine Stunde überfällig.«

»Es wird bald dunkel.«

»Vielleicht haben sie die Handys absichtlich ausgemacht?«

»Warum das denn?«

»Um nicht gestört zu werden.«

»Von mir? Ich überwache sie doch nicht!«

»So hab ich das nicht gemeint.«

»Sondern?«

»Ach, ich weiß es auch nicht. In der Pubertät macht man doch manchmal Sachen, die nicht ganz logisch sind. Wir geben ihnen noch eine Stunde, dann informieren wir die Kollegen.«

»Warum nicht jetzt gleich?«

»Weil ich nicht glaube, dass etwas passiert ist. Zwei Mädchen und ein Hund. Tagsüber in München. Vielleicht liegen sie auf der Kiesbank beim Muffatwerk und hören vor lauter Isarrauschen ihre Handys nicht.«

»Dann gehen wir jetzt dahin.«

»Äh?«

»Ja, sollen wir denn ewig hier rumsitzen? Wenn du sie schon nicht zur Fahndung ausschreibst.«

»Okay, dann machen wir das. Wenn sie dort nicht sind und es dunkel wird, dann informiere ich die Kollegen.«

ERFAHRUNG

Beate stand in der Blackbox hinter dem Tresen und erklärte Sabine die Abläufe. »Also, ich sperr den Laden gegen neun Uhr auf. Als Erster kommt immer der Peter, der kriegt sein Glas roten Hauswein und ein großes Glas Leitungswasser dazu. Sonst trinkt hier keiner Wein. Bedienen brauchst du nicht, die Leute holen sich ihr Bier am Tresen. Du schenkst Bier aus und sammelst immer mal wieder Gläser ein. Ab zehn wird es hier richtig voll. Aber du hast ja Gastroerfahrung.«

»Essen gibt's nicht?«

»Salzstangen und Erdnüsse.«

»Da kenn ich ein gutes Rezept.«

»Ja, mit Salz.«

»Currywurst und Pommes wären doch nicht schlecht.«

»Ich hab keine Küche, und ich mach auch keine auf.«

»Schade eigentlich.«

GROSSE WELLE

Mader platzte gleich der Kopf. Helenes Hysterie machte ihn kirre. Ja klar, es waren ihre Töchter. Aber er glaubte einfach nicht, dass ihnen etwas passiert war. In München, am helllichten Tag. Aber er hütete sich, das zu sagen. Hoffentlich fanden sie die drei, bevor er die große Welle machen musste. Was hieß schon große Welle? Er konnte maximal die Streifenkollegen informieren.

Maders Handy klingelte. Er sah Hummels Namen auf dem Display. »Hallo, Hummel. Was gibt's?«

153

»Wir sind auf dem Rückweg vom Bayerwald. Sollen wir noch ins Präsidium kommen?«

»Nein, ich bin schon weg.«

»Jetzt schon? Ist was passiert?«

»Ja, wir haben ein Problem. Meine Nichten sind mit Bajazzo allein in München unterwegs, und sie gehen nicht an ihre Handys.«

»Deine Nichten?«

»Ja, meine Schwester ist zu Besuch. Die Mädchen wollten eine Runde raus, an die Isar. Wir machen uns Sorgen.«

»Wo bist du jetzt?«

»Wir sind gleich am Müllerschen Volksbad.«

»Dann müsst ihr isarabwärts suchen.«

»Wieso?«

»Weil aufwärts alles voller Menschen ist. Da kann nichts passieren. Da finden die immer wen zum Telefonieren. Ihr geht runter in Richtung Wehr. Wir kommen vom Ostring und gehen isaraufwärts.«

»Wo seid ihr denn gerade?«

»Kurz vor Neufahrn. Zwei Mädchen und Bajazzo?«

»Ja, zwölf und vierzehn Jahre, beide blond.«

»Okay. Bis später.«

»Deine Kollegen?«, fragte Helene.

»Ja. Wir probieren es von oben, die von unten. Wenn es dunkel wird, geben wir die Suchmeldung raus.«

Helene sagte nichts. Sie war bedrückt. Sie verstand ihren Bruder ja. Er konnte nicht gleich die ganze Polizei wild machen. Vielleicht war ja auch gar nichts passiert. Hoffentlich! Vielleicht hatten Louisa und Franzi einfach die Zeit vergessen, und ihre Handys waren im Flugmodus.

Dasselbe hoffte Mader. Die fröhliche Stimmung in den

154

Maximiliansanlagen und auf dem Uferweg kam ihm sonderbar vor. Was nicht an der allgemeinen Stimmung lag, sondern an seiner und der seiner Schwester.

FLUGMODUS

»Das ergibt doch keinen Sinn!«, murrte Zankl, als ihm Hummel erklärte, was er gerade mit Mader vereinbart hatte.

»Zankl, stell dir vor, es wären deine Kinder.«

»Seit wann hat Mader überhaupt eine Schwester?«

»Halbschwester. Er hat es mir mal erzählt. Eine Professorin in Regensburg.«

»Hat er also doch ein Privatleben jenseits von Bajazzo.«

»Offenbar.«

»Aber warum haben die Mädels ihre Handys nicht an?«, fragte Dosi.

»Vielleicht Flugmodus. Ich mach das oft.«

»Warum das denn?«, sagte Zankl erstaunt.

»Weil ich nicht angerufen werden will.«

»Du, als Polizist?«

»Na ja, man ist ja auch mal privat. Oder man will einfach nichts von der Welt wissen.«

»Aha?«

»Keiner weiß, wo ich bin, keine Funkzelle ortet mich. Das find ich irgendwie beruhigend. Solltest du auch mal probieren.«

»Vielleicht. In einem anderen Leben. Aber klar, du hast keine Kinder.«

»Apropos Kinder«, sagte Dosi. »In einer halben Stunde ist es dunkel, dann sehen wir nichts mehr.«

155

Sie gingen vom Parkplatz am Poschinger Weiher isaraufwärts.

Zehn Minuten später rief Hummel Mader an. Der hatte nichts Neues zu berichten. Hummel hörte deutlich die Beunruhigung in Maders Stimme.

»Scheiße, das klingt nicht gut«, meinte er anschließend zu Dosi und Zankl.

Dosi pfiff gellend auf den Fingern.

»Was wird das?«, fragte Zankl.

»Na ja, Bajazzo hat feine Ohren.«

»Und er erkennt dich am Pfeifen?«

»Natürlich. Wer geht denn meistens mittags mit ihm Gassi?«

»Mader?«

»Wenn der Chef mal wieder keine Zeit hat, dann macht das seine charmante Assistentin.«

»Mir kommen die Tränen«, sagte Zankl. »Du und Assistentin? Dass ich nicht lache. Das verweigert dein Gencode. Du willst beim Gassigehen wahrscheinlich nette Singlemänner mit Hund kennenlernen.«

»Ganz genau, du Schlaukopf.«

Sie gingen weiter. Es wurde schnell dunkler und merklich kühler. Immer wieder pfiff Dosi.

Hummels Handy klingelte. Mader. Er wollte das Ganze abblasen und die Kollegen informieren. In dem Moment fegte ein Schatten aus dem Gebüsch auf Dosi zu. Bajazzo!

»Bajazzo. Ja, fein, mein Guter. Hast du mein Pfeifen gehört?« Dosi tätschelte seinen Kopf.

»Mader, Bajazzo ist da«, vermeldete Hummel am Handy.

»Und die Mädchen?«

»Sind bestimmt auch gleich hier.«

»Wo seid ihr?«

»Wir sind etwas unterhalb vom Oberföhringer Wehr. Ich meld mich gleich noch mal.«

Sie liefen Bajazzo hinterher, bis sie die beiden Mädchen tatsächlich fanden. Barfuß, hochgekrempelte Hosen, bibbernd. Sie sahen sie mit großen Augen im fahlen Abendlicht an.

»Keine Angst, sagte Hummel. »Wir sind Kollegen von Mader.«

»Mader?«, sagte Louisa misstrauisch.

»Karl-Maria, euer Onkel. Er und eure Mama suchen euch schon überall.«

Kurz darauf wussten sie Bescheid, was passiert war. Die drei hatten sich nach einem langen Spaziergang auf einer Kiesbank unterhalb des Stauwehrs gesonnt. Sie waren in der Sonne eingeschlafen. Offenbar war eine Schleuse vom Stauwehr geöffnet worden, jedenfalls wachten sie erst auf, als ihnen das Wassers schon an die Füße schwappte. Ihre Jacken samt Handys und die Schuhe waren bereits fortgespült worden. Das hatte selbst Bajazzo verschlafen. Das Wasser war auch tiefer und die Strömung stärker als vorher, als sie mit Bajazzo unterm Arm ans Ufer wateten. Zu allem Überdruss war weit und breit kein Mensch mehr zu sehen gewesen, den sie nach einem Handy hätten fragen können. Aber jetzt war alles wieder gut.

Hummel rief Mader durch, und sie verabredeten sich im Wirtshaus Sankt Emmeramsmühle. Hummel nahm Franzi huckepack und Zankl Louisa, damit sie nicht im Dunkeln barfuß über die steinigen Wege gehen mussten. In der Wärme des Wirtshauses bei Pommes und Spezi fanden die beiden Mädchen schnell ihre gute Laune zurück. Helene sparte sich Vorhaltungen und war ganz gelöst. Nur Mader war nachdenklich. Zum ersten Mal war ihm bewusst geworden, was zu einer Familie auch dazugehört: Verlustangst. Bei Bajazzo hatte er die keine einzige Sekunde verspürt. Er war sich völlig sicher gewesen, dass Bajazzo nichts passieren konnte. Sein kluger Hund. Und ohne Bajazzo würden die beiden Mädchen vielleicht immer noch da draußen herumirren. Was angesichts des Vorfalls mit der angegriffenen Joggerin im Frühjahr kein angenehmer Gedanke war. Das war ganz in der Nähe passiert. Ein Psychopath hatte Frauen aufgelauert, die in der anbrechenden Dunkelheit noch unterwegs waren. Das hatte er Helene natürlich nicht erzählt. Nein, zwei Mädchen hatten nachts definitiv nichts in den Flussauen verloren.

»Geht das, Karl-Maria?«, fragte Helene.

»Was denn?«

»Können wir bei dir übernachten?«

»Klar, wenn ihr keinen Wert auf Komfort legt.«

»Ich glaube, die Mädels schlafen heute Nacht überall«, sagte Helene. »Auch auf dem Boden. Die sind so was von müde.«

»Ihr kriegt mein Bett, und ich geh mit Bajazzo aufs Sofa.«

»Nein«, sagte Louisa bestimmt.

»Wie, nein?«

»Bajazzo schläft bei uns!«

SAM COOKE

Hummel wäre gern noch in die Blackbox gegangen, um Beate zu sehen – und Sabine, wenn er ehrlich war –, aber er war hundemüde, als er endlich zu Hause ankam. Sein Kopf summte. Was für ein verrückter Tag. Reichte action-mäßig für eine ganze Woche. Mindestens. Jetzt war Pause angesagt. Entspannen, nachdenken. Ein bisschen Musik und dann ab ins Bett. Er legte eine CD von Sam Cooke ein, öffnete ein Bier und steckte sich eine Zigarette an. Er setzte sich ans offene Küchenfenster. Von draußen war ganz leise der Verkehr zu hören, aber auch das Grillenzirpen im Hinterhof. *Soothe me baby, soothe me, soothe me with your kindness ...*

Hummel überlegte. Mader hatte Familie. Tatsächlich. War kein Einzelkind mehr. Er war viel zugänglicher geworden. Vorher war er immer der alte Kauz aus dem Neuperlacher Wohnturm gewesen, jetzt war er viel offener. Das mit dem Duzen ging auch erst seit ein paar Wochen so. Hatte sich nach dem jahrelangen Siezen anfangs recht komisch angefühlt. Aber jetzt klang es richtig gut. Ja, sie waren eine lässige Truppe. Zankl war auch nicht mehr der Macho wie früher. Die Kinder hatten ihn weichgekocht. Nur Dosi blieb Dosi, die coole Sau. Ob sie irgendwann Fränkis Werben nachgeben würde? Nein, sie war keine fürs Heiraten. Was so nicht ganz stimmte, schließlich war sie schon mal verheiratet gewesen. Unglücklich. Insofern war sie vorgewarnt. Er erinnerte sich an den Stenz in Passau und Dosis ehemaliges Eigenheimglück. Gut, dass sie dort nicht hängen geblieben war. Sonst würde es ihr jetzt vielleicht ähnlich wie Brandl gehen.

Und er selbst? Immer noch das gleiche Koordinaten-system: Beate, Sam Cooke, eine Zigarette und ein Bier. In dieser Reihenfolge. Viel mehr brauchte er nicht. Schade, dass das mit dem Bücherschreiben nichts geworden war. Also nicht in seinem Sinne. Wobei es ihm nicht um Erfolg ging. Sein Job als Polizist machte ihn unabhängig. Er musste mit seinem Hobby keinen finanziellen Erfolg einfahren. Wer weiß, vielleicht würde er dann nur eitel werden. Er würde seine Hand nicht dafür ins Feuer legen, dass ihm das nicht passieren könnte. Klar, oft hatte er Tagträume, dass er ein berühmter Schriftsteller sei, dass ganz viele Menschen seine Bücher läsen, von seinen Worten berührt würden. War das auch schon eitel? Nein, im eigenen Kopf waren die Gedanken frei. Da war alles erlaubt. Auch in der Liebe – Sabine … Verdammt! Sofort fühlte er sich wieder schuldig. Was auch Unsinn war, denn es war ja gar nichts passiert. Sah man mal davon ab, dass er angeblich wie John Travolta in *Saturday Night Fever* über die Tanzfläche einer Bayerwald-Disco gerutscht war, um Sabine physisch zu beeindrucken. Aber es gab Schlimmeres, als sich ab und zu zum Affen zu machen.

Jetzt fiel ihm wieder Brandl ein, seine Ehehölle da drau-ßen. Brandl hatte alles mitgenommen, was ging, und nun stand er blöd da. War im Brackwasser seiner Eitelkeit kom-plett auf Grund gelaufen. Mitleid war da unangebracht. Aber selbst in dieser Ehehölle gab es noch Freiräume, auch wenn man sie sich heimlich schaffen musste. Hummel dachte daran, wie sie im Disco-Nebel zu »Boys Don't Cry« getanzt hatten: *I tried to laugh about it, cover it all up with lies, I tried and laugh about it, hiding the tears in my eyes, 'cause boys don't cry …*

BLACK CURRY

»Puh, das war anstrengend«, sagte Sabine, nachdem sie die letzten benutzten Gläser in die Spülmaschine gestellt hatte. »Ist das jeden Abend so voll?«

»Nicht jeden«, sagt Beate. »Leider. Ich komm so über die Runden. Zum Glück trinken die Gäste genug. Sonst hätt ich auch noch Stress mit der Brauerei. Ich kenne genug Wirte, die mangels Umsatz dichtmachen mussten. Aber zurzeit läuft es in der Blackbox gut. Und wahrscheinlich läuft es noch besser, wenn sich rumspricht, dass du jetzt hier kellnerst.«

»Danke für die Blumen. Du, ich hab noch mal nachgedacht, wegen dem Essen.«

»Gib dir keine Mühe, ich bau hier keine Küche rein. Kein Platz und die ganze Action und dann die Kosten. Und vor allem – du musst den ganzen Scheiß genehmigen und abnehmen lassen.«

»Ich hab da eine Idee. Was ist denn mit dem Innenhof. Wem gehört der?«

»Der gehört zu der Schlosserei.«

»Und wer wohnt vorne im Haus?«

»Peter und seine Senioren-WG, dann gibt's da noch eine Studenten-WG und die Frau Gmeiner, die ist schon über achtzig.«

»Keine Leute, die Stress machen?«

»Nein, sonst hätt ich den schon lange. Klar, die Leute müssen beim Rauchen auf der Straße leise sein. Aber das klappt ganz gut. Also, was hast du für eine Idee?«

»Schau mal, der Hof, der ist ja gar nicht so klein. Da stellst du ein paar Bierbänke und Biertische auf, oder Steh-

tische, und ich organisier einen Imbisswagen. Und dann
verkaufen wir Currywurst und Pommes.«

»Meinst du das ernst?«

»Logisch mein ich das ernst. Die Leute werden es lieben.
Wir haben zu Hause noch einen alten Imbisswagen. Den
muss ich nur ein bisschen putzen, ein wenig Farbe drauf,
und schon ist der tipptopp. Original Siebzigerjahre. Was
hältst du davon?«

»Keine schlechte Idee«, sagte Beate und holte einen
Obstler aus dem Regal. Sie goss zwei Stamperl ein. »Auf die
Black-Curry-Box!«

VERZOCKT

Greindl drückte ein Kühlpad auf sein linkes Auge. Verdammte Scheiße! Jetzt, am Tag danach, tat es so richtig
weh. Und das war noch nicht alles. Die ließen ihn nicht in
Ruhe. Den Audi war er schon mal los. Als Anzahlung. Anzahlung! Die Kiste kostete sechzig Mille. Und war erst ein
halbes Jahr alt. Er hatte doch schon fünfzigtausend gezahlt.
Hart verdientes Geld. Jetzt noch mal hunderttausend. So
viel Geld! Bis Donnerstag nächster Woche sollte er zahlen,
musste er zahlen. Wie hatte das passieren können? Vorerbe,
das war eigentlich sein Plan gewesen. Da hätte er auf einen
Schlag genug Kohle, hätte die ganze Summe auf einmal
zahlen können, alles easy. Und hätte noch eine halbe Mil-
lion übrig gehabt. Hätte er? Vielleicht hätte er das Geld
auch gleich wieder verzockt? Scheißspielerei! Sein Alter
hatte ihm was gehustet – von wegen Vorerbe! Der alte
Depp im zweiten Frühling. Das Geld würden jetzt wohl

162

sein Fidschi-Mauserl und die beiden Blagen bekommen. Nein, das war nicht fair. Die Heirat mit Sina war eines der wenigen guten Dinge, die der Herr Hühnerbaron in den letzten Jahren hingekriegt hatte. Sie war seine bessere Hälfte. Zweifellos. Und dass ihm sein Vater kein Geld mehr geben wollte, war eigentlich auch klar. Er wusste von seinen Spielbankbesuchen. Er musste unbedingt mit Wildgruber sprechen. Der hatte Geld. Den Rest zahlen und mit dem Zocken aufhören. Endgültig. So war der Plan. Wildgruber musste zahlen, sonst war er politisch am Arsch. Persönlich sowieso. Und er konnte zahlen. Er war der reichste Bauer in Karlsreuth. Morgen nach der Arbeit würde er ihm einen Besuch abstatten. Mit dem Dienstwagen. Machte er halt noch den Kundentermin bei Lasertron in Ortenburg. Stand eh schon länger an. Bei Robert musste er auch vorbeischauen. Der hatte jetzt ebenfalls Besuch von der Polizei bekommen. Nicht gut.

Im weißen Badezimmerlicht betrachtete er sein Veilchen im Spiegel. Das würde auch morgen nicht besser aussehen. Sonnenbrillentime. Er schleppte sich aufs Wohnzimmersofa und ließ sich in die Kissen sinken. Schloss die Augen.

HINTERLASSENSCHAFT

Good day, sunshine. Mader presste Orangen aus, während die Kaffeemaschine vor sich hin röchelte. Die Damen schliefen noch. Bajazzo auch. Er selbst hatte im Wohnzimmer auf dem Sofa geschlafen. Wie ein Stein. Obwohl er lange nicht hatte einschlafen können. Zu viel Spannung am Vorabend für einen nicht mehr ganz jungen Polizisten. Es war ein bisschen so, als wären Louisa und Franzi seine eigenen Töchter. Verantwortungsmäßig. Aber auch ein gutes Gefühl, zweifellos. Und Helene – so eine gestandene Frau und dann diese Hysterie? So war das wohl, wenn man Kinder hatte.

Plötzlich standen seine Nichten vor ihm, mit seinen Haus- und Badelatschen an den Füßen.

»Dürfen wir mit Bajazzo Gassi gehen?«

»Wenn ihr wiederkommt.«

Und schon waren sie zur Tür hinaus. Bevor er ihnen die Rolle mit den Plastiktütchen für Bajazzos Hinterlassenschaften geben konnte.

Scheiß drauf, dachte er.

VORZEIGEPAPA

Die Geschichte mit der Rettungsaktion von Maders Nichten hatte Conny gefallen, Clarissa sowieso.

»Ich will auch einen Hund«, meinte Clarissa beim Frühstück.

»Das geht nicht, hier in einer Mietwohnung.«

»Dein Chef wohnt in einem Hochhaus«, sagte Conny.

»Jetzt fall mir nur in den Rücken. Mader lebt allein, er hat mehr Platz als wir hier.«

»Ach, Papa, bitte!«

»Schau, Clarissa, wir sind vier Leute in einer Dreizimmerwohnung. Und wer soll sich dann um den Hund kümmern, also zeitlich? Ein paar Monate, dann kommt Angelo in den Kindergarten, und Mama fängt wieder an zu arbeiten.«

»Nein.«

»Was, nein?«

»Mama hat doch gesagt, sie wartet, wie das mit der Schule klappt.«

»Sag mal, lauschst du abends an der Küchentür? Ich hab keine Zweifel, dass das bei dir in der Schule klappt. Du machst das mit links. Da bin ich mir ganz sicher.«

»Und zur Belohnung bekomm ich einen Hund.«

»Nein, niemand wird genug Zeit für ihn haben. Vor allem wenn Mama wieder arbeitet. Ich kann Mader fragen, ob wir uns Bajazzo am Wochenende mal ausleihen dürfen.«

»Aber mit Übernachten!«

»Ja, klar. Und vor dem Schlafengehen gibt's noch Filmgucken und Popcorn.«

»Papa, Hunde schauen doch nicht fern! Und Popcorn fressen die auch nicht.«

»Aber freche Kinder. So, jetzt mach dich fertig. Sonst kommen wir zu spät.«

Draußen war der Sommerhimmel bedeckt, und eine kühle Brise wehte über die Theresienwiese. Vor der Bavaria standen schon die Zeltgeripppe fürs Oktoberfest.

»Du, Papa, hast du Mama eigentlich noch lieb?«

»Was soll denn das schon wieder heißen?«

»Beantworte meine Frage!«

»Ja, klar.«

»Aber?«

»Nichts aber. Ich liebe sie.«

»Warum kommst du dann immer so spät nach Hause?«

»Ach, Clarissa.«

»Also?«

»Ich komm heute eher heim. Dann machen wir noch was.«

»Ich will zum Eisessen. Am Rotkreuzplatz, die gute Eisdiele. Drei Kugeln. Haselnuss, Schlumpf und grüner Apfel.«

»Okay.«

»Versprochen?«

»Versprochen.«

Nachdem er Clarissa im Kindergarten abgeliefert hatte, war Zankl ganz nachdenklich, als er den Bavariaring entlang in Richtung Präsidium ging. Kinder sahen Dinge viel klarer als Erwachsene, akzeptierten keine Ausreden. Es stimmte, er kam oft erst spät nach Hause. Conny war dann immer vorwurfsvoll. Sie beschwerte sich ständig, was er alles nicht hinkriegte und nicht richtig machte. Das sparte er sich gern und kam eben etwas später heim. Conny war viel ruhiger, wenn Angelo bereits schlief. Oder zumindest erschöpfter. Oder war sie nur so vorwurfsvoll, weil er so spät von der Arbeit kam? Weil sie genau wusste, dass er genervt auf ihre Wünsche und Forderungen reagierte? War das der wahre Grund? Egal, heute würde er pünktlich zu Hause sein, um als Vorzeigepapa mit seiner Familie an einem Sommerabend noch zur Eisdiele zu radeln.

KINDER

Dosi setzte sich zu Fränki an den Frühstückstisch. »Sag mal, Fränki?«

»Ja?« Fränki sah von seiner Zeitung auf.

»Möchtest du eigentlich Kinder?«

»Mit dir immer.«

»Jetzt mal in echt.«

»Doch, in echt. Klar. Drei. Zwei Mädchen, einen Jungen.«

166

»Du verarschst mich.«

»Ich verarsch dich nie.«

»Stimmt.«

»Kaffee, Schatz?«

»Ja, bitte. Also?«

»Warum fragst du?«

»Nur so.«

»Fragt man etwas so Wichtiges nur so?«

»Nein.«

»Möchtest du Kinder, Dosi?«

»Vielleicht.«

»Jetzt?«

»Wie?«

»Na los, komm, ab ins Schlafzimmer!«

»Spinnst du?«

»Geht eh nicht, Süße. Keine Zeit. Ich muss los.«

Fränki küsste sie und huschte zur Tür hinaus. Dosi schenkte sich Kaffee nach. Was war denn das gewesen? Ihre mütterliche Seite? Die Frage war einfach aus ihr herausgepurzelt. Kinder? Nein, das konnte noch ein paar Jahre warten. Fränki als Papa? Konnte sie sich nur schwer vorstellen. Warum eigentlich? Weil er so ein Handtuch war? Quatsch. Fränki könnte ein Superpapa sein. Und sie als Mama? Ihre Schulfreundinnen hatten wahrscheinlich schon alle Kinder. Also, die in Passau geblieben waren. So mit Eigenheim und Garten und Doppelgarage und zweitem Auto zum Einkaufen. Oder war das jetzt ein Klischee? Ihr fiel Brandl ein, jetzt zweifacher Vater. Kein gutes Beispiel, gar kein gutes Beispiel. So was wollte sehr gut überlegt sein. Sie sah auf die Uhr. Viertel vor neun. Sie musste los.

IN BUTTER

Greindl hatte einen Kundentermin in Ortenburg. Oberflächlich. Er brauchte den Termin wegen dem Dienstwagen. Sein Audi war ja weg. Außerdem konnte er gern auf die Kommentare seiner Kollegen zu seinem blauen Auge verzichten, auf das kumpelhafte Hahaha und Höhöhö. Da gab es überhaupt nichts zu lachen. Seine Lage war ernst, er hatte echte, große Probleme. Er brauchte ganz schnell hunderttausend Euro. In einer Woche würden noch mal fünfzehntausend draufkommen, wenn er nicht pünktlich zahlte. Wie hatte er nur so blöd sein können und sich so viel Geld leihen und es verspielen? Na ja, einmal gewinnen, und alles wäre in Butter. Aber das Glück und er – das waren momentan zwei Paar Schuhe. Wenn er jetzt von Wildgruber Geld bekam, könnte er einen Teil davon im Casino vermehren. Nein, das war genau der Denkfehler, die Ursache all seiner Probleme. Nein, er musste den Inkassotypen das Geld geben und durfte keinen Fuß mehr in ein Spielcasino setzen.

Die flache Landschaft flog an ihm vorbei – Felder, Werkshallen, Waldstücke, gelegentlich ein Kirchturm und schließlich die Kühltürme von Ohu. In silbriger Ferne sah er die Höhenzüge des Bayerischen Walds. Vielleicht war das alles ein Riesenfehler? Nach München zu gehen. Er hätte einfach in Papas Hendlfabrik einsteigen können, um sie irgendwann zu übernehmen. Aber dann hätte er sich auch das Ingenieurstudium sparen können. Wobei der Gegenwert nicht zu verachten wäre: finanzielle Sicherheit, Einfluss, vielleicht sogar Frau und Kinder. Und nicht die Versuchungen der Großstadt. Unsinn. Casinos gab es im Bayerwald ebenfalls,

168

gerade im Grenzgebiet. Und auch andere Sachen. Er dachte an Christiane. Heute brauchte man keinen versifften Großstadtbahnhof mehr als Startbahn für eine Drogenkarriere. Es reichte irgendein dunkler Club im Niemandsland, wo sich gelangweilte Dorfjugendliche die Birne wegballerten, mit Alkohol und Drogen. Wahrscheinlich war die Drogenquote da draußen keinen Deut niedriger als in München. Versuchungen gab es überall. Die schöne Christiane. Er hatte immer ein sorgendes Auge auf sie gehabt. Zwecklos. Und Robert war zu schwach, als dass er sie vor sich selbst beschützen konnte. Sie hätten mehr für sie tun müssen. Nein, sie hätten das nicht hingekriegt. Chrissie war schon immer frei und wild gewesen. Auch als ihre Eltern noch lebten. Er musste an ihr schönes Gesicht das letzte Mal denken, im flauen Licht der zugemüllten Küche. Und an die Zahnstümpfe, die hervorkamen, wenn sie lachte. Als wären es zwei Menschen, der eine der dunkle Schatten des anderen, jung und alt zugleich, Leben und Tod. Wenn er das mit Wildgruber erledigt hatte, würde er sich um Chrissie und Robert kümmern. Er brauchte Freunde. Er musste in seinem Leben Ordnung schaffen. Ja, vielleicht besuchte er sogar seinen alten Herrn. Und seine hübsche Frau. Die kaum älter war als er selbst. Man konnte dem Alten ja viel vorwerfen, aber mangelnde Toleranz sicher nicht. Mit einer Philippinin in einem Saukaff aufkreuzen, kirchlich heiraten und Kinder kriegen, das musste man sich erst mal trauen. Aber der Alte hatte sich schon vor dem Krebstod seiner Frau nie um die Meinung anderer gekümmert. Noch ein Pluspunkt, der ihm zu seinem Vater einfiel. Sonst war ihre Beziehung immer spannungsgeladen. Und wenn er ihn doch wegen den hunderttausend fragte? Die Karten auf den

Tisch legte? Nein! Im Leben nicht! Das wäre seine Bank-
rotterklärung. Wildgruber hatte Geld, und er musste zahlen. Er hatte bekommen, was er wollte, weit mehr als das.
Dass es so schlimm ausgehen würde, hätte er nicht gedacht.
Aber Paschinger hatte es definitiv geschadet. Robert hatte
ihm berichtet, dass der Laden jetzt kurz vor der Schließung
stehe. Der hatte vom Brauereifahrer erfahren, dass die Lieferungen der Brauerei zum Monatsende gekündigt seien.
Die Karawane würde weiterziehen. Und in Karlsreuth
würde wieder Ruhe einkehren. Wildgruber konnte zufrieden sein. Und die toten Frauen? Wer vermisste schon ein
paar Nutten?

BEWEISMITTEL

Brandl kochte. Diese dumme Kuh! Wie hatte er nur auf sie
reinfallen können? Schikanierte ihn von früh bis spät. Gerade auch wieder. Drohte mit ihrem Vater. Ja klar, er wusste
auch, dass der das Haus bezahlt hatte, in dem sie lebten.
Und den Scheißgeländewagen. Brauchte er aber alles nicht!
Er könnte weiterhin in der alten Mühle hocken, notfalls sogar mit seiner Mama, die jetzt dort wohnte. Und ihm reich-
ten auch der alte Golf und seine geliebte Kawasaki 900. Er
verdiente sein eigenes Geld, er hatte einen Beruf. Den hatte
seine liebe Frau nicht. Aber nicht einmal im Büro war er vor
ihr sicher. Das nächste Mal würde er einfach nicht an den
Apparat gehen, wenn er ihre Nummer auf dem Display
sah. Sie würde schon sehen, was sie von ihrem Terror hatte.
    Auf dem Schreibtisch lagen zwei kleine, durchsichtige
Plastikbeutel. In jedem befand sich ein Büschel Haare. In

dem einen waren Haare von den Zwillingen, im anderen von ihm. Vielleicht war das seine Ausstiegsklausel. Die einzig denkbare im Moment. Er hatte sich bereits im Internet informiert. Eine ganz normale Dienstleistung, die viele Labors anboten. Nicht ganz billig, aber es ging ja auch um ziemlich viel. Das günstigste Angebot stammte von einem holländischen Labor. Die Adresse hatte er sich bereits notiert. Jetzt musste er es nur noch tun, ohne dass sie merkte, was er vorhatte.

»Beweismittel?«, fragte sein Chef Gerber und deutete auf die Tütchen auf Brandls Schreibtisch.

»Nur Spuren morgendlicher Hygiene, die meine Frau mir vorwirft.«

»Wo doch Reinlichkeit eine deiner Kernkompetenzen ist.«

»So ist es.«

»Läuft nicht so rund?«

»Nicht wirklich. Ein Drama.«

»Tragödie?«

»Eine sehr langweilige Tragödie mit ein paar spannungsgeladenen Momenten.«

»Na, dann kannst du dich ja hier entspannen. Was ist mit Christiane Weinzierl? Hast du da eine Hausdurchsuchung beantragt?«

»Hätte ich sollen?«

»Aus meiner Sicht schon.«

Brandl schüttelte den Kopf. »Schau, die Frau ist ein Drogenzombie. Die ist gestraft genug. Da gibt es auch keine Vorräte, da ist alles Eigenkonsum. Eine Hausdurchsuchung bringt da nix.«

»Das entscheidest du?«

»Wenn du mich fragst.«

Sein Chef nickte. »Das ist so tragisch. So ein schönes Mädchen. Meine Tochter war mit ihr auf der Schule. Nach dem Tod ihrer Eltern ist sie abgerutscht.«

»Das ist sicher nicht der einzige Grund für ihre Drogensucht. Vielleicht ist es viel profaner. Das Scheißzeug kriegst du hier an jeder Ecke. Du kannst das Zeug im letzten Saukaff kaufen.«

»Was hast du jetzt vor? Willst du gar nichts weiter unternehmen?«

»Doch. Ich besuch sie in der Klinik und hör mir mal an, was sie so sagt. Wenn sie mir was sagt.«

DRECK

Dosi hatte einen Tipp bekommen. Ein Kollege von der Sitte hatte sie angerufen. Auf Marlons Vermittlung hin. Eine Mitarbeiterin von Paschingers Münchner Club hatte Informationen über ihren Chef, die vielleicht auch für die Kollegen von der Mordkommission interessant sein könnten. »Wenn ich auspacke, versteht man, warum die Frauen bei Nacht und Nebel abhauen wollten.« Das seien die Worte der Prostituierten gewesen. Mehr hatte der Kollege auch nicht erfahren. Außer dass sie nur mit einer Frau sprechen wolle. Dosi wählte, ohne zu zögern, die Handynummer auf dem Notizzettel und verabredete sich mit der Frau.

Dosi staunte, als sie an einem stinknormalen Schwabinger Mietshaus klingelte. Oben empfing sie eine nervöse Mittdreißigerin, die sich als Gloria vorstellte. Bleich, attraktiv, großer, vermutlich falscher Busen. Die Wohnung war

teuer eingerichtet, viel Nippes, spießig. Die Schlafzimmertür war geschlossen. Sie setzten sich in die Küche.

»Gloria, arbeiten Sie zu Hause?«

»Gelegentlich.«

»Auf eigene Rechnung?«

»Ähm?«

»Ich bin nicht vom Finanzamt. Also, arbeiten Sie auch zu
Hause?«

»Ja.«

»Und das passt Paschinger nicht?«

»Paschinger bekommt immer seinen Anteil.«

»Aber Sie hatten Streit deswegen?«

»Ja, er ist gierig, besitzergreifend.«

»Der Polizei gegenüber tritt er als steuerzahlender Un-
ternehmer und Dienstleister auf. Laut seiner Auskunft sind
die Frauen alle selbstständig.«

»Niemand ist selbstständig in dem Gewerbe – also als
Frau.«

»Sie hatten Streit?«

»Ja, er ist handgreiflich geworden.«

»Haben Sie ihn angezeigt?«

»Das bringt doch nichts. Wer glaubt einer Prostituierten
schon?«

»Und wer glaubt einem Zuhälter?«

»Sie würden sich wundern. Ich habe ihm gedroht.«

»Womit?«

»Ihn als Erpresser anzuzeigen. Da hat er nur gelacht. Er
will die Frauen in seinem Laden zwingen, in Pornofilmen
mitzuspielen. Wenn sie nicht mitmachen, droht er damit,
ihre Verwandten in Bulgarien, Rumänien oder Polen zu informieren, wie sie hier in Deutschland ihr Geld verdienen.«

173

»Warum ist es schlimmer, einen Pornofilm zu drehen, als sich zu prostituieren?«

»Wenn du das machst, dann sind die Filme im Netz, alle deine Verwandten können dich dabei sehen, jeder weiß, was du hier machst.«

Dosi sah sie irritiert an. »Paschinger könnte doch jetzt schon die Verwandten über die Arbeit der Frauen in seinem Puff informieren.«

»Wie soll das gehen?«

»Na ja, das wäre ja nicht allzu schwer. Mit heimlich gemachten Fotos und Videos zum Beispiel. Das kommt ja am Ende aufs selbe raus, ob man nun in einem Pornofilm mitmacht oder bei der Arbeit gefilmt wird.«

Gloria sah Dosi entgeistert an. »Die Aufnahmen wären dann heimlich gemacht. Das ist illegal. Er macht sich strafbar. Pornofilme werden dafür gemacht, veröffentlicht zu werden. Und das sind auch keine normalen Sexfilme, das ist Dreck. Mit Gewalt, mit Tieren, mit Scheiße und Pisse. Das ist erniedrigend, das hat mit Ficken gegen Geld nichts zu tun.«

Dosi schluckte. Die Direktheit der Worte dröhnte ihr in den Ohren.

»Warum machen Sie das?«, fragte sie leise. »Warum prostituieren Sie sich?«

»Weil ich Geld brauche. Weil ich irgendwann mal dachte, dass das leicht verdientes Geld ist und ich jederzeit damit aufhören kann. Aber wenn du einmal drin bist in dem Geschäft, dann bist du drin. Und bleibst drin. Und du willst nicht, dass es jemand erfährt. Und du willst auch keinen Dreck, kein perverses Zeug machen.«

Dosi nickte. »Warum wollten Ihre Kolleginnen aus München weg?«

»Wie gesagt, Paschinger hat ihnen gedroht. Wenn sie nicht die Pornodrehs machen, dann schickt er den Verwandten belastendes Material. Sie hatten Angst, wollten nur noch weg.«

»Er hatte schon Videoaufnahmen?«

»Ja. Aber da war dieser junge Typ. Der kannte sich gut mit Computern aus. Der hat die Festplatte von Paschingers Rechner gelöscht.«

»Was für ein Typ?«

»Mitte, Ende zwanzig, blond, netter Typ.«

Andreas Greindl – da war sich Dosi sicher. Jetzt ergaben die Puzzleteile endlich ein Bild.

»Würden Sie ihn wiedererkennen?«

»Er war öfter im Puff. Immer mit viel Geld.«

»Okay. Und weiter?«

»Sie wollten alle weg. Ich hab ihre Papiere organisiert.«

»Wie das?«

»Ich kenn die Kombination vom Safe im Büro.«

»Aha. Okay?«

»Jedenfalls hat der Typ einen Transport organisiert, der dann spätnachts losging.«

»Und Sie wollten nicht weg? Sie wurden nicht genötigt, bei den Drehs mitzumachen?«

»Schauen Sie mich an. Ich bin Mitte dreißig. Auf den ersten Blick denken Sie wahrscheinlich, dass ich jünger bin, aber ich hab das schon alles hinter mir. Ich war nicht in der Auswahl für die Darstellerinnen. Da geht nur Frischfleisch.«

»Aber Sie hatten Streit mit Paschinger.«

»Ja, wegen meinen Privatkunden hier. Stammkunden, nette Männer, guter Verdienst. Er wollte seinen Anteil an den Einnahmen erhöhen.«

»Und der junge Mann hat den Transport für Ihre Kolleginnen organisiert?«

»Davon gehe ich aus.«

Dosi schüttelte den Kopf. »Das alles ergibt keinen Sinn.«

»Was ergibt keinen Sinn? Dass sie in der Scheißkiste erfroren sind?«

»Ja, warum? Hat Paschinger von der Flucht gewusst?«

»Ich hab keine Ahnung. Aber dem trau ich alles zu.«

Dosi überlegte. Ja, so würde es Sinn ergeben. Paschinger erfährt davon. Schaltet die Kühlung ein. Muss er ja nicht selbst gemacht haben. Sein Alibi heißt noch lange nichts. Und Greindl? Hat die Frauen in die Irre geführt mit dem Fluchtversprechen. Wollte den Menschentransport auffliegen lassen, um Paschinger zu schaden. Warum? Hatte auch er bei Paschinger Schulden? Das müssten sie Greindl fragen. Aber die Sache mit der Kühlung?

Gloria sah sie irritiert an.

»Entschuldigung«, sagte Dosi. »Ich habe nachgedacht. Also, werden Sie gegen Paschinger Anzeige erstatten?«

»Ich habe nichts Konkretes gegen ihn in der Hand. Nichts Belegbares.«

»Und warum erzählen Sie mir das alles?«

»Weil ich möchte, dass Sie etwas Handfestes finden, um den Typen in den Knast zu bringen.«

»Glauben Sie, dass er für den Tod der Frauen verantwortlich ist?«

»Ja, natürlich«, sagte sie, ohne zu zögern. »Direkt oder indirekt.«

»Und der junge Mann – warum hat er den Frauen geholfen? Also, warum wollte er ihnen zur Flucht verhelfen?«

»Ich weiß es nicht. Das ist alles, was ich sagen wollte.«

»Würden Sie denn den jungen Mann bei einer Gegenüberstellung identifizieren?«

»Nein. Das werde ich nicht machen. Mich interessiert
einzig und allein Paschinger.«

»Aber wenn …«

»Geben Sie sich keine Mühe. Es geht um Paschinger. Ich
wollte nur, dass Sie wissen, was das für ein Typ ist. Punkt.«

Dosi nickte. »Passen Sie gut auf sich auf.« Sie reichte Gloria ihre Visitenkarte. »Wenn Sie es sich anders überlegen
oder wenn was sein sollte, rufen Sie mich bitte an. Zu jeder
Zeit!«

DICHTMACHEN

»Servus, Greindl«, begrüßte Franz-Josef Wildgruber seinen
Gast im Bürgermeisterbüro. »Bist du wieder mal hier?« Er
sah durch das Fenster auf den Ford Focus vor dem Rathaus.
»Hast du dich verkleinert? Ist das noch Mittelklasse?«

»Dienstwagen. Hab in der Gegend zu tun.«

Wildgruber deutete auf die Sonnenbrille. »Schlägerei?

»Kleiner Unfall.«

»Sehr schön. Gehma zum Kirchenwirt?«

»Vorher müssen wir noch was besprechen.«

»Aha?«, sagte Wildgruber misstrauisch.

»Ich brauch Geld«, sagte Greindl. »Dringend.«

»Das wär nix Neues.«

»Doch, sehr dringend. Sonst hab ich ein Problem. Du
aber auch.«

»Was hab ich mit deinen beschissenen Spielschulden zu
tun?«

177

»Mit meinen Spielschulden nichts. Aber mit mir.«

»Ich höre?«

»Na ja, von wem ist denn die Idee mit den Nutten?«

»Dass sie in dem Laster sterben? Ganz sicher nicht von mir. Und generell: Die Idee mit dem Transport stammt allein von dir. Du wolltest sie aus dem Laden rauslocken und dann die Polizei informieren, damit sie den Wagen als Menschentransport stoppt. Und es so ausschaut, als würden die Brüder heimlich Nutten durch Bayern kutschieren. Von toten Nutten hat keiner gesprochen.«

»Na, das hab ich ein bisschen anders im Kopf. Ich kann mich gut an unser Telefonat erinnern, als das mit den toten Frauen in der Zeitung stand. Du warst der Meinung, dass das eine Supersache ist, was da passiert ist. Dass die Paschingers jetzt richtig Stress kriegen und ihre Läden dichtmachen müssen. Ich hab unser kleines Telefonat mitgeschnitten.«

»Ja, klar, hast du das.«

»Ich schick dir gern die MP3-Datei. Ich hab die ganze Zeit überlegt, wie du das gedeichselt hast, dass die Kühlanlage auf Frosten eingestellt war.«

»Ja, logisch. Du Arschloch. Ich hab die Fahrer instruiert, damit die sich selbst belasten. So ein Quatsch. Haben die denn überhaupt über die Aktion Bescheid gewusst?«

»Tu nicht so blöd! Du hast da deine Finger drin. Skrupel hast du noch nie gehabt. Und du kriegst, was du willst. Jetzt sieht es ja tatsächlich so aus, als müsste Paschinger dichtmachen.«

»Ja, das passt alles sehr gut. Aber noch mal – von Toten hat keiner gesprochen. Weißt du, was ich mir gedacht hab, als ich von den neun toten Frauen gehört habe? Dass der

Greindl wahnsinnig geworden ist. Klar, das sind nur Nutten, aber trotzdem. Ich hab gedacht: Was haben die dem getan? Um was geht es da eigentlich? Und was ist eigentlich mit den Fahrern? Sind die jetzt im Knast?«

»Woher soll ich das wissen? Die Paschingers werden sich die Jungs schon vorgeknöpft haben. Die fackeln da nicht lange. Aber was meinst du, machen die, wenn sie erfahren, wer die Idee hatte, den Puffbetrieb auf diese Weise hier draußen in Misskredit zu bringen, dass sich keiner mehr hinzugehen traut.«

»Red nicht so blöd daher. Ich glaub dir kein Wort. Du warst das mit der Kühlung. Wie soll ich das von hier gemanagt haben? Sag mir das. Egal. Du hängst da genauso mit drin.«

»Das stimmt. Aber der Unterschied ist, dass ich außer Schulden nicht viel zu verlieren habe. Am besten niemand erfährt irgendwelche Details von der Aktion.«

»Wie viel brauchst du?«

»Hunderttausend. Bis Donnerstag.«

»Spinnst du? Wie soll das gehen?«

»Du schaffst das.«

Wildgruber nickte müde. »Ich geb dir bis siebzehn Uhr Bescheid, ob das klappt. Ich muss mit meinem Bankberater sprechen.«

»Ich verlass mich drauf.«

»Und wer sagt mir, dass du dann nicht wieder ankommst?«

»Ich geb dir mein Ehrenwort.«

»Dass ich nicht lache.«

»Und jetzt können wir was essen gehen.«

»Mit dir? Echt nicht. Mir ist der Appetit vergangen.«

HIPSTER

Sabine war bester Dinge. Sie hatte am Morgen mit den Leuten von der Schlosserei im Hof gesprochen. Nette Typen. Ein bisschen Klimperklimper mit den Wimpern, ein scheues Lächeln, alles kein Problem. Die Jungs fanden die Idee mit dem Imbisswagen super. Und Beate war ebenfalls Feuer und Flamme.

Sabine war nach Karlsreuth zurückgefahren und inspizierte gerade den alten Imbisswagen, den sie ein paar Jahre zuvor in der Scheune eingemottet hatten. Zum Putzen würde sie mindestens einen halben Tag brauchen. Dann morgen noch ein bisschen Farbe drauf, und das Teil war einsatzbereit. Die Siebzigerjahre-Aufkleber mit *Sinalco* und *Langnese* wollte sie dranlassen. Darauf standen die Münchner Hipster. Wenn sie dann noch die höllenscharfe Pfeffer-Curry-Soße von Oma anbot, konnte nichts mehr schiefgehen.

»He, Bine, du machst dich jetzt dauerhaft vom Acker?«, fragte ihr Bruder Maximilian, der gerade in die Scheune kam.

»Ja, Maxi, ich probier mein Glück. Besuch mich doch mal in München.«

»Hast du denn eine Wohnung?«

»Vorübergehend zumindest. Ich wohn bei einer Freundin.«

»Seit wann hast du Freunde in München?«

»Das ging alles ganz schnell.«

»Und was sind das für Leute?«

»Alles Polizisten. Also fast alle.«

»Bullen? Echt?«

»Die waren wegen den toten Frauen hier, und da hab ich sie kennengelernt. Am Imbisswagen.«

»Was hast du denn mit den toten Frauen zu tun?«

»Das war eher Zufall. Ich bin sozusagen Zeugin. Ich war beim Brandl in der Disco und hab ein Gespräch mitbekommen, in dem einer was zu dem Fall erzählt hat.«

»So? Was denn?«

»Sei nicht so neugierig. Ich darf nicht drüber reden.«

»Aha. Und dann?«

»Haben die mich in München als Zeugin gebraucht.«

»Und?«

»Ich weiß nicht, was dabei rausgekommen ist. Das ist Sache der Polizei. Die dürfen mir ja keine Details sagen. Hilfst du mir mal mit der leeren Gasflasche?«

Ihr Bruder wollte gern noch mehr wissen, aber die Ankunft seiner Freundin verhinderte das. Er zog sich mit ihr in sein Zimmer zurück.

Sabine machte sich eine Liste, was noch alles für den Imbisswagen zu organisieren war. So einiges. Sie würde sich bei ihrem Vater ein bisschen Geld pumpen müssen. Aber das Ding würde in München wie eine Bombe einschlagen, und dann kriegte er die Kohle mit Zinsen zurück. Sie musste nachher noch beim Kirchenwirt vorbei. Wegen Giselas alter Kartoffelschneidemaschine. Das wär doch der Hammer, wenn sie echte Pommes aus frischen Kartoffeln anbieten könnten, nicht das Tiefkühlzeug. Die Gisela – die hatte sie schon lange nicht mehr gesehen. Nie war genug Zeit, obwohl man auf dem Land lebte und die Wege kurz waren. Sabine sah auf die Uhr. Halb zwei. Dann könnten sie gleich Kaffee trinken. Der Mittagsansturm im Kirchenwirt war vorbei.

VISIER

Greindl saß bei Kaffee und Apfelstrudel, als die Schönheit die Gaststube betrat. Wow, dachte er. Hier draußen ist doch nicht alles schlecht. Er sah Sabine hinterher, wie sie hinter dem Tresen in der Küche verschwand, und widmete sich dann wieder seinem Apfelstrudel. Hatte er die Frau nicht schon mal gesehen? Wo? Hier auf dem Land? Nein. Oder? München? Er brachte sie nicht unter. Er sah auf die Uhr. Würde Wildgruber ihm das Geld geben? Klar, der sträubte sich, aber er würde zahlen. Der konnte es sich nicht leisten, dass er auspackte. Selbst wenn es natürlich keinen Mitschnitt des Telefonats gab. Er verstand es auch nicht – warum hatten die blöden Typen die Kühlung angeschaltet? Aber egal, es gab keine Zeugen mehr. Fast keine. Robert war sein Freund und hing selbst mit drin. Und Wildgruber konnte sich keinen Fleck auf der weißen Weste leisten. Sonst war er die längste Zeit Bürgermeister gewesen. Wenn er wegen Anstiftung zu einer Straftat nicht gar in den Knast müsste. Für ihn selbst wäre es das aber auch gewesen. Schwierig. Die Cops hatten ihn bereits im Visier. Aber was sollte groß passieren? Sein Alibi war wasserdicht. Er musste nachher mit Robert sprechen. Mit ihm alles noch mal ganz genau durchgehen. Blieb ja noch Zeit. Bis siebzehn Uhr hatte Wildgruber Bedenkzeit, ob er das mit den hunderttausend auch wirklich hinkriegte. Wenn das nicht klappte, hatte er ein Problem. Und zwar ein großes. Nächsten Donnerstag war Zahltag. Seinen Vater konnte er nicht fragen. Der gab ihm keinen Cent. Dann stünde er außerdem da wie der letzte Versager. Nein, es würde klappen, für Wildgruber stand einfach zu viel auf dem Spiel. Er aß das letzte

Stück Apfelstrudel und ging dann zum Schanktisch. Sah die beiden Frauen in der Küche sitzen und rief: »Ich zahl dann mal.«

Die Worte schnitten wie Rasierklingen durch Sabines Gehörgänge. Die Stimme kannte sie. Das leichte Näseln. Klar, sie hatte ihn wegen der Sonnenbrille nicht erkannt. Sie blickte nicht auf. Sie war sich sicher. Das war der Typ aus dem Polizeipräsidium, das war die Stimme vom Discoklo.

Als Gisela vom Kassieren zurückkam, fragte sie: »Wer war das, Gisela?«

»Weiß ich nicht. Gefällt er dir?«

»Eher nicht.« Sabine ging ans Küchenfenster und sah nach draußen. Der Mann stieg gerade in einen Wagen mit Münchner Nummer und fuhr vom Parkplatz.

»Jaja, klar, der interessiert dich nicht«, sagte Gisela.

»Nicht die Bohne. Na los, jetzt holen wir die Pommesmaschine aus dem Keller.«

SCHICKSALHAFT

Dosi hatte die anderen von der Zeugin aus dem Milieu unterrichtet. Endlich der Ansatz einer Erklärung, was in der schicksalhaften Nacht passiert war.

»Jetzt stellen sich mehrere Fragen«, sagte Mader. »War es Greindl, der den Transport organisiert hat? Wollte er den Frauen zur Flucht verhelfen? Wer hat die Kühlung eingeschaltet?«

Hummel runzelte die Stirn. »Nur mal so als Überlegung. Der Typ tut so, als wäre er der Retter, und dabei lockt er die

Frauen erst in die Falle. Also, er ist derjenige, der die Kühlanlage anschaltet.«

»Ach komm, wie grausam ist das denn?«, sagte Dosi. »Und warum? Es ergibt doch eher Sinn, dass Paschinger sich an seinen widerspenstigen Frauen rächen will.«

»Klar, und sich selbst belasten«, sagte Zankl. »Das fällt doch auf ihn und seinen Laden zurück.«

»Aber wenn wir davon ausgehen, dass die geflohen sind, wer soll denn noch davon gewusst haben?«, sagte Hummel. »Also, wer hat die Polizei angerufen?«

»Doris, würde diese Gloria den Greindl auf einem Foto identifizieren?«, fragte Mader.

»Nein, da war sie sehr bestimmt. Sie will Paschinger schaden, sonst nichts.«

Mader seufzte. »Der Fall ist wie ein Stück Seife. Jetzt haben wir endlich eine plausible Theorie zum Tathergang, und dann bekommen wir keine weiteren Infos. Wenn wir wenigstens einen Hinweis auf den anonymen Anrufer hätten. Der Mitschnitt aus der Zentrale ergibt nichts. Eine unnatürlich tiefe Männerstimme. Verstellt natürlich. Was ist mit Greindl? Der wird beschattet?«

»Die Kollegen sind ihm bis zu einem Betriebsgrundstück im Münchner Norden hinterhergefahren. Allerdings haben sie ihn da verloren. Offenbar hat er das Gelände woanders verlassen.«

»Na super. Und was wollte er da im Norden?«

»Ich ruf die Jungs gleich mal an«, sagte Zankl.

Mader seufzte.

»Ist was?«, fragte Dosi.

»Dr. Günther findet, dass wir bei dem Fall die Aufklärungsstatistik im Blick behalten sollen. Wir sind da seit

Tagen in Vollzeit dran, aber es geht nicht richtig was vorwärts.«

»Statistik«, murmelte Zankl. »Ist Statistik wichtiger als das echte Leben? Dr. Günther denkt immer, man löst so was am Schreibtisch, ein paar Motive, ein paar Querverbindungen, und – schwupps – hat man eine wasserfeste Theorie zum Tathergang, mit der man den Täter festnagelt. So einfach ist das nicht.«

Mader dachte an seinen Impulsvortrag und nickte müde. »Nein, so einfach ist das nicht.«

»Ich sprech nachher auch mal mit den Kollegen vom Rauschgift«, sagte Dosi.

»Wieso das denn?«

»Wegen den beiden Lasterfahrern. Die haben wir ja auch noch, die gehören unmittelbar zum Tatkomplex. Also, wenn ihr mich fragt, dann haben die Typen nicht nur irgendwelche normalen Import-Export-Geschäfte und Umzüge erledigt, sondern auch Drogen transportiert. Die Kohle für das Doppelhaus in Moosach kannst du unmöglich auf ehrliche Art und Weise so schnell verdienen. Der Fahrtenschreiber von dem Laster war natürlich manipuliert.«

»Was sagt der Spediteur dazu?«, fragte Mader.

»Dass er keine Ahnung hat. Schiebt das auf die beiden. Ist ja auch kein Thema, wenn sie sich nicht mehr äußern können.«

»Das hängt alles eng zusammen«, sagte Zankl. »Wir müssen nur ein Endstück vom Faden in die Finger bekommen, dann kriegen wir das große Wollknäuel auch entwirrt.«

»Glauben ist ja gut und schön«, meinte Hummel. »Aber wir brauchen was Handfestes. Solange diese Gloria keine offizielle Aussage macht, haben wir nichts.«

Mader nickte. »Ja, leider. Gut, Dosi spricht mit den Kollegen vom Rauschgift. Und ihr macht euch schlau, was Greindl da im Münchner Norden gemacht hat.«

PORTFOLIO

Als Zankl und Hummel einen Blick in die Werkshalle im Münchner Norden warfen, fanden sie dort ein reichhaltiges Portfolio an Unterhaltungselektronik, Designermöbeln, Bildern und auch Autos. Darunter auch den A5 von Greindl. Daneben stand ein grauer BMW mit dem Kennzeichen M–MM 666.

»Ah, dann sind wir hier bei Safe-Money«, stellte Hummel fest und sah die beiden durchtrainierten Mittdreißiger in ihren gut sitzenden Anzügen an. »Wir hatten doch bereits einmal das Vergnügen in der Plinganserstraße. Was sind das hier für Sachen?«

»Wir sichern Wertgegenstände als Garantie für die Zahlungswilligkeit der Schuldner unserer Kunden«, erklärte einer der beiden Männer.

»Aha, dann zeigen Sie uns jetzt bitte Ihre Ausweise.«

Sie checkten die Papiere der Männer mit ihrem Laptop im Wagen.

»Ihre Akten sagen nichts Gutes«, meinte Zankl. »Sie sind beide wegen Körperverletzung vorbestraft. Was sagen Sie dazu?«

»Sprechen Sie mit unserem Anwalt.«

»Das tun wir. Aber mal ganz ehrlich – Ihre kriminelle Karriere interessiert uns eigentlich nicht. Das bleibt sozusagen unter uns. Wir möchten wissen, warum Sie im Besitz von Andreas Greindls Auto sind. Hat Greindl Schulden, und wie hoch sind diese?«

Die Herren antworteten nicht.

Zankl fuhr fort: »Na ja, wie es aussieht, hat er Spielschulden. Laut unseren Unterlagen ist Greindl regelmäßiger Gast in den bayerischen und österreichischen Spielbanken. Um wie viel Geld geht es?«

»Sprechen Sie mit unserem Anwalt.«

Zankl schnaubte auf, sprach eine offizielle Vorladung für den morgigen Tag aus und verließ die Halle.

»Nimm's nicht persönlich«, sagte Hummel.

»Pah! Das geht mir so was von auf den Zeiger. Diese Typen haben heute überhaupt keinen Respekt mehr vor der Polizei. Gerade so, als ob man eine Rechtschutzversicherung gegen polizeiliche Vernehmungen abschließen kann. Vielleicht noch mit Risikoaufschlag mit Blick auf die Komplexität der eigenen kriminellen Karriere. Das ist echt zum Kotzen.«

»Was mich mehr beunruhigt, ist die Tatsache, dass wir aktuell keinen Dunst haben, wo Greindl ist«, meinte Hummel. »Da hätten die Kollegen besser aufpassen müssen.«

»Ach komm. Du weißt doch genau, wie schnell so was geht. Du wartest, und die Leute sind längst weg. Wir fragen mal bei Greindls Arbeitgeber nach.«

Nach einem Besuch bei Black & White wussten sie, dass Greindl auf Dienstreise war. Er besuchte einen Hightech-Hersteller in Niederbayern.

»Da ist bestimmt noch ein Abstecher in die Heimat drin«, sagte Hummel.

»Wir können da jetzt nicht einfach auf Verdacht rausfahren.«

SCHEISSNORMAL

»Wie geht's dir, Chrissie?«, fragte Greindl an Christianes Krankenbett.

»Passt schon. Und du? Was ist mit deinem Auge? Schlägerei?«

»Unglücklich gestürzt.« Er nahm die Brille ab.

»Autsch. Schöne Farbe.«

»Behandeln sie dich hier gut?«

»Die pumpen mich mit irgendwas voll. Ist aber gar nicht so schlecht das Zeug. Kann mich direkt dran gewöhnen.«

»Hörst du auf?«

»Zu atmen?«

»Du weißt, was ich meine.«

»Mit den Drogen? Wie denn? Das ist keine Entzugsklinik hier. Da ist ein scheißnormales Krankenhaus.«

»Du musst aufhören. Ich kümmre mich um einen Therapieplatz.«

»Warum?«

»Irgendwer muss sich doch kümmern.«

»Robert kümmert sich.«

»Das seh ich. Entzug in Eigenregie. Du, angekettet wie ein Tier.«

»Ich bin ein Tier. Meine niedersten Instinkte gieren nach dem Zeug. Jede Faser meines Körpers schreit danach.«

»Wir schaffen das.«

»Wir schon. Robert und ich. Du bist raus. Ich will dich nicht mehr sehen, Andi.«

Greindl sah sie verdutzt an.

»Ich hab gestern lange mit Robert gesprochen. Ich weiß,

was passiert ist, und ich weiß, wie groß deine Schuld bei der Geschichte ist.«

Greindl rutschte nervös auf seinem Stuhl herum. »Was meinst du damit?«

»Robert hat mir gesagt, dass er danebengesessen hat, wie du damals über die Landstraße gerast bist. In deinem beschissenen getunten Auto. Wie du die Kurven angeschnitten hast. Und die Eltern nicht ausweichen konnten und in den Wald gestürzt sind. Robert hat mir endlich erzählt, was damals passiert ist. Wie er am nächsten Tag aufgewacht ist und sich an nichts erinnern konnte. Bis die Polizei uns gesagt hat, dass die Eltern verunglückt sind. Da hat es ihm gedämmert, wen ihr da am Vortag von der Straße abgedrängt habt. Nicht er, sondern du. Und ihr habt vereinbart, niemals darüber zu sprechen. Ein Versprechen, das er bis gestern gehalten hat. Ich weiß alles, auch dass du ihm geschworen hast, dich um uns zu kümmern. Was für ein verlogener Scheiß! Ausgerechnet du. Aber Robert hat mir nicht alles gesagt, was ihm auf der Seele lastet. Er hat irgendwas Schlimmes gemacht. Und ich weiß, dass du damit zu tun hast. Ich will das nicht. Ich will, dass du aus unserem Leben verschwindest, dass du Robert und mich in Ruhe lässt. Hau einfach ab!« Sie schloss die Augen.

SUPERIDEE

Sabine konnte sich bei ihren Renovierungsarbeiten am Imbisswagen nicht konzentrieren. Schließlich legte sie Farbe und Pinsel beiseite und rief Hummel an. Erzählte ihm von ihrer Beobachtung im Wirtshaus.

»Jetzt wissen wir wenigstens, wo er steckt«, sagte er erleichtert.

»Sagst du mir jetzt, wie er heißt?«, fragte Sabine.

»Nein, das darf ich nicht.«

»Das krieg ich auch so raus.«

»Halt dich von dem Typen fern. Der hat Dreck am Stecken. Versprichst du mir das, Bine?«

»Ja, ist okay.«

»Wann kommst du denn nach München zurück?«

»Morgen wahrscheinlich. Mein Vater fährt den Imbisswagen zu Beate. Das hat sie dir doch erzählt, oder?«

»Ja, das ist eine Superidee. Muss man erst mal draufkommen. Und bleibst du dann in München?«

»Erst mal ja. Außer es stört euch.«

»Spinnst du? Wie kommst du denn auf die Idee? Du, ich muss jetzt los. Bis dann!« Er legte auf.

Ja, ich freu mich, dachte sich Hummel mit durchaus zwiespältigem Gefühl. Natürlich wusste er, warum sie fragte. Aber es ging ihn ja nichts an, was sie tat. Sie musste niemand fragen. Wenn es für Beate okay war – und die war ja auch nicht blöd. Wollte Beate ihn auf die Probe stellen? Mann, er musste aufhören, immer alles auf sich zu beziehen!

»Keinerlei Neuigkeiten zum Lebenswandel der beiden Lasterfahrer«, sagte Zankl, der gerade noch einmal bei den Kollegen vom Rauschgift vorbeigesehen hatte. »Und der Laster ist immer noch in der kriminaltechnischen Untersuchung. Gibt es hier was Neues?«

»Greindl ist in Karlsreuth.«

»Aha. Was macht er da?«

»Keine Ahnung. Bine hat ihn im Wirtshaus gesehen.«

»Ist sie jetzt unsere neue Kollegin im Außendienst?«

»Ich hab ihr gesagt, dass sie sich von ihm fernhalten soll. Was machen wir jetzt? Rausfahren?«

»Nein, der Typ ist vielleicht längst auf dem Rückweg. Wo ist Dosi?«

»Hat heute eher Schluss gemacht. Muss mit Fränki zu irgendeinem Geschäftsessen.«

BUSINESS CASUAL

Verdammt, wie konnte das passieren, fragte sich Dosi. Sie war die Einzige, die hier im Siemens-Forum im Abendkleid aufgelaufen war. Auf der Karte stand *Business Casual,* und sie hatte sich vorher noch im Internet schlaugemacht, was das überhaupt bedeutete. Hatte sie da irgendwelche Kategorien verwechselt? Im Netz waren lauter schicke Kleider und Kostümchen zu sehen gewesen. Genau ihre Kragenweite. Und dann kamen alle in Jeans. Auch Fränki. Er trudelte direkt von einem Workshop über Netzwerkbetreuung ein. Nun gut, dann würde wenigstens sie der Münchner IT-Szene heute Abend ein bisschen Glanz verleihen, auch wenn sie sich dabei wie eine Leberwurst in der Pelle fühlte. Für die Auswahl ihrer Abendgarderobe war sie noch mal in ihrer alten Wohnung gewesen. Das Kleid hatte sie schon ewig nicht mehr angehabt. Anthrazitfarbener Chintz, Kleidersaum eine Handbreit über dem Knie und oben ein serviertellergroßes Dekolleté. Bei den Schuhen hatte sie zum Glück ein Paar mit halbhohen Absätzen gefunden und nicht nur das schicksalsherausfordernde Paar rote Stiletto-

Lackpumps, an deren Erwerb sie sich partout nicht mehr erinnern konnte. Immerhin, Fränki war baff, als er sie sah. »Geil!«, lautete sein knapper Kommentar zu ihrem Outfit. Und weil er wusste, was ihr gefiel, hatte er sie gleich in den Nebenraum gelotst und das Büfett inspizieren lassen.

»Geil!«, war auch ihr Kommentar, als sie die Platten mit Meeresfrüchten, Käsevariationen und Parmaschinkenröllchen erblickte. Ja, dafür war sie bereit, sich mal zu verkleiden. Für Fränki tat sie sowieso alles, sogar klaglos dem viel zu langen Vortrag des CEOs zu dem neuen Betriebssystem zu lauschen, das »wirklich unglaubliche Möglichkeiten für eine leuchtende Zukunft« versprach. Den letzten Satz des CEOs wollte sie sich einprägen, so cool war der: »Future will never be the same!« Könnte glatt von Arnold Schwarzenegger sein. Ihr Magen knurrte, und das Kleid saß jetzt schon zu eng. Ob sie unauffällig den Reißverschluss an der Seite ein Stückchen öffnen konnte? Unter dem roten Bolerojäckchen sah man das doch nicht, oder?

MORALISCH

Mader brachte seine Lieben zum Zug. Er war am späten Nachmittag noch mit ihnen unterwegs gewesen und hatte den Mädels jeweils ein paar Chucks ausgegeben. Rot und grün. Franzi und Louisa wollten ihn überreden, sich auch welche zu kaufen, aber dafür fühlte er sich definitiv zu alt. Jetzt stand er mit Bajazzo am Gleis 26 und schaute melancholisch dem ausfahrenden Zug hinterher. Als der Zug den Bahnhof verlassen hatte, machte sich sofort ein Gefühl von Einsamkeit breit.

»Komm, Bajazzo, wir gehen jetzt noch in den Augustiner-Keller, sonst krieg ich einen Moralischen.«

Bajazzo sagte verständnisvoll nichts.

GESCHMACK

Zankl machte mit seiner Familie auf Balkonbiergarten. Clarissa war allein beim Bäcker gewesen und hatte Brezen gekauft. Nachdem sie unter Connys Anleitung Obatztn zubereitet hatte. Die Schüssel stellte sie jetzt voller Stolz auf den Balkontisch.

»Weißt du, Papa, wer bei einem guten Obatztn das Geheimnis ist?«

»Wer?«

»Wie?«, sagte Clarissa.

»Was? Also, welches Geheimnis?«

»Das Geheimnis vom Obatztn.«

»Die Gewürze?«

»Dass er mit den Händen durchgeknetet wird.«

»Aha.«

»Und dass man sich die Hände vorher nicht wäscht.«

»Aus, Clarissa!«

»Das macht erst den richtigen Geschmack.«

»Ach komm!«

»Doch, ehrlich, sagt Mama.«

»Ja, ist gut, cs rcicht!«

»Boh, du bist immer voll die Spaßbremse.«

Zankl sah seine Frau an. Die nickte.

Zankl nahm sich eine Breze und lutschte nachdenklich daran.

»Papa, tu dir doch was von dem Obatztn drauf.«

»Später vielleicht.«

»Und was ist mit der Eisdiele? Du hast versprochen, dass wir noch Eis essen gehen!«

»Der Abend ist noch jung, Clarissa. Vor zehn Uhr gehen wir heute nicht ins Bett.«

Clarissa strahlte, und Conny entgleisten die Gesichtszüge. Zankl lächelte unschuldig.

GESCHENKT

Hummel war mit Beate beim Späteinkauf in der Metro im Euroindustriepark. Was man in einer Kneipe neben Bier noch brauchte: Erdnüsse, Salzstangen, Klopapier, Schnaps und Rotwein.

»Ihr zieht das wirklich durch mit der Currywurstbude?«, fragte Hummel.

»Ja, klar. Das ist doch klasse. Der Hof ist ungenutzt, wenn die Schlosserei zuhat.«

»Braucht man dafür nicht eine Lizenz?«

»Sabine hat einen Schein vom Gesundheitsamt. Irgendwer von der Stadt schaut sich dann noch den Imbisswagen an, ob da auch alles hygienisch ist, und dann kann's losgehen. Die Typen von der Schlosserei wollen nicht mal Geld sehen. Solange der Wagen nicht im Weg rumsteht.«

»Aber dann müsst ihr jeden Abend den Wagen hinrollen und mitten in der Nacht wieder zurückstellen.«

»Nein, das machen die Jungs von der Werkstatt. Morgens vor der Arbeit weg und abends hin, wenn die um sechs Uhr Schluss machen.«

»Cool. Und das machen die einfach so?«

»Na ja, wenn zwei hübsche junge Frauen nett fragen. Sind doch kräftige Burschen. Und ich geb dann ab und zu mal ein Bier aus.«

»Dann werden die Typen jeden Abend in der Kneipe abhängen und auf Freibier hoffen.«

»Hummel, du darfst nicht von dir auf andere schließen. Außerdem sperr ich ja erst um neun Uhr auf. Die Jungs aus der Schlosserei haben alle Familie und wollen heim. Du darfst nicht immer so misstrauisch sein. Das ist eine Polizistenkrankheit.«

»Ja, wir Polizisten. Nein, ganz echt, das ist eine tolle Idee mit dem Imbiss. Ich glaub, dass du ein Riesengeschäft machen wirst.«

»Wir – Sabine und ich.«

PFEFFER

Sabine duschte. Das alte Frittenfett saß in jeder Ritze des Wagens. Bestens imprägniert. Keinerlei Rost. Ihr Vater war anfangs nicht recht begeistert gewesen, dass sie die alte Kiste nach München bringen wollte, hatte aber schnell eingesehen, dass das eine gute Geschäftsidee war.

»Und wie soll ich das hier ohne dich schaffen?«, hatte er noch gefragt.

»Säufst du halt weniger, dann kommst du auch ohne mich klar«, war es ihr herausgerutscht, und sie hatte es sofort bereut.

Er hatte sie nur traurig angesehen.

»Ach, Papa!«, hatte sie hinterhergeschoben. Das war

häufig das Einzige, was ihr einfiel, wenn ihr Vater seine Sachen nicht gebacken kriegte. Seit Mama weg war, strauchelte er durchs Leben. Klar, er hatte seinen Anteil daran, dass sie gegangen war. Die ewige Sauferei, die Frauengeschichten, aber dass Mama sie und ihren Bruder einfach zurückgelassen hatte, das hatte sie ihr nicht verziehen. Sollte sie doch bleiben, wo der Pfeffer wuchs. Auch wenn es nur Passau war, wo der wuchs.

Sie drehte die Dusche aus, trocknete sich ab, wischte über die beschlagene Scheibe des Spiegels und betrachtete ihr Gesicht. Ja, sie meinte es ernst. Sie machte endlich ihr eigenes Ding. Jetzt fiel ihr wieder der Typ im Kirchenwirt ein. Ob Hummel da was unternahm? Jetzt nannte sie ihn auch schon Hummel, obwohl er doch Klaus mit Vornamen hieß. Ja, wie ging das weiter? Klaus und seine Kollegen konnten ja nicht ständig von München hierherfahren. Aber die würden schon wissen, was sie taten. Sie hatte für heute ihre Bürgerpflicht erfüllt. Jetzt war Freitagabend.

VOLL AUF RISIKO

»Ich frag mich, warum du Chrissie das erzählt hast«, sagte Greindl, der mit Robert Weinzierl in dessen Küche saß.

»Andi, sie wusste es die ganze Zeit. Sie ist nicht dumm.«

»Und jetzt?«

»Nichts. Was soll schon sein? Sie weiß es. Na und?«

»Und was mach ich?«

»Fühlst du dich jetzt schuldig oder was? Ganz plötzlich? Jahrelang schiebst du das weg. Und jetzt wirst du nervös, weil Chrissie Bescheid weiß.«

»Was machen wir wegen Chrissie?«

»Nichts. Lass sie in Ruhe. Sie möchte einfach nichts mehr mit dir zu tun haben. Respektier das.«

»Und du?«

»Ich brauch auch eine Pause von dir. Es ist besser, wenn wir uns eine Zeit lang nicht sehen.«

»Meinst du das im Ernst?«

»Ja, ganz im Ernst.«

Greindl stand auf und ging grußlos. Im Hof schnaufte er durch. Er zündete sich eine Zigarette an und inhalierte tief. Ließ den Rauch lange in der Lunge brennen, ihn aus den Nasenlöchern kriechen. Spürte die Übelkeit. Scheiße! Nichts klappte, gar nichts klappte. Alles lief gegen ihn.

Sein Handy klingelte. Auf dem Display stand Wildgruber.

»Und?«

»Du kriegst das Geld.«

»Nächsten Donnerstag muss ich zahlen. Die ganze Summe. Hunderttausend.«

»Das ist eine Menge Geld.«

»Du hast doch immer viel Cash.«

»Momentan nur fünfundzwanzigtausend.«

»Das klingt doch schon mal gut. Den ersten Teil jetzt gleich. Ich komm vorbei.«

»Spinnst du?«

»Na gut, dann halb neun, beim Netto auf dem Parkplatz.«

Kurze Pause. Dann sagte Wildgruber: »Okay. Bis später.«

Greindl legte auf und grinste. Na bitte, ging doch. Das war schon mal ein Lichtblick. Mit den fünfundzwanzig Mille könnte er gleich nach Tschechien rüber ins Casino.

Verdoppeln. Nein, klarer Schnitt! Nicht mehr spielen! Er musste den Typen am Donnerstag die hundert Mille geben, sonst nahm das kein Ende.

Er sah auf die Uhr. Eine Stunde hatte er noch. Er stieg ins Auto und fuhr zum McDonald's an der Bundesstraße. Was essen. Dann: Geld abholen und hinterher noch einen trinken. Zur Feier des Tages. Nicht zu viel. Musste ja noch fahren. Fünfundzwanzig Mille. In ein paar Tagen der Rest. Dann war es vorbei. Er würde keinen Cent mehr ins Casino tragen. Und wenn er sein Zeug geregelt hatte, dann würde er sich um einen Therapieplatz für Chrissie kümmern.

GOLDKEHLCHEN

»Super, dass du heute Abend hilfst«, sagte Beate, als Hummel nach dem Großeinkauf noch mit in die Blackbox kam.

»Mach ich doch gerne.«

»Keine Arbeit mehr?«

»Nein. Wenn plötzlich wer erschossen wird, dann muss ich natürlich weg.«

»Vielleicht haben wir ja Glück.«

Beate räumte die Kühlschränke ein, und Hummel holte die Stühle von den Tischen. Beate legte für ihn eine Marvin-Gaye-CD ein.

»He, geil«, sagte Hummel. »Mit Tammi Terrell. Weißt du, die ist ganz jung gestorben, so tragisch, die hat eine ganz schwere ...«

»Pst!«

»Oh, entschuldige.«

Er stellte die Teelichte auf die Tische. Zündete sie an.

198

»Klaus, das mach ich erst, wenn sich jemand an den Tisch setzt.«

»Ich weiß.«

»Aber?«

»Es sieht so schön aus.«

Sie ließ den Blick durch den leeren Raum schweifen und nickte. Die flackernden Lichter, dazu das Duett der Goldkehlchen aus den Boxen. Hummel rückte die Stühle gerade.

Peng!

Hummel sah panisch zu Beate. Die grinste ihn an und goss zwei Gläser Champagner ein. Sie reichte ihm eines.

»Auf dich.«

»Auf uns.«

»Auf uns.«

Sie tranken und küssten sich.

Hummels Handy klingelte. Natürlich. Was sonst? Nein, es klingelte nur in seinem Kopf. Sein Handy gab keinen Ton von sich. Er grinste.

»Alles gut?«

»Ja. Alles gut.« Er stellte sein Handy auf Flugmodus.

EFFEKTIV

Andreas Greindl rülpste laut im Auto. Die Fritten vom Mäckes. Bäh, gut waren die nicht gewesen. Aber hungrig war er nicht mehr. Er freute sich jetzt auf ein Bier. Vorher noch die Geldübergabe. Das Leuchtschild vom Netto war schon von weitem zu sehen. Der große Parkplatz war leer. Wildgruber war noch nicht da. Er parkte vor dem Supermarkteingang, stieg aus und zündete sich eine Zigarette an. Der glitzernde Nachthimmel. Eindrucksvoll. Sah man in München nicht. Er dachte über das Wort *Lichtverschmutzung* nach.

Jetzt sah er die Scheinwerfer. Ein schwerer Mercedes-Geländewagen fuhr auf den Parkplatz und bremste scharf. Wildgruber stieg aus.

»Hast du auch eine für mich?«, sagte der statt einer Begrüßung.

Greindl reicht ihm das Päckchen Camel. Sie rauchten.

Greindl flippte die noch glühende Kippe in die Nacht. »War insgesamt nicht so super die Idee«, sagte er.

»Was?«, fragte Wildgruber.

»Das mit den Frauen.«

»Ach, letztlich sehr effektiv. Diese Typen brauchen klare Zeichen. Sonst verstehen sie das nicht. Hier ist das Geld. Die erste Rate von der letzten Rate. Ich will dein Ehrenwort, dass dann wirklich Schluss ist.«

»Ehrenwort«, nuschelte Greindl.

»Gib dir nicht zu viel Mühe.«

»Wann kommt der Rest?«

»So schnell wie möglich.«

»Du kennst die Deadline. Wie machen wir es?«

»Ich ruf dich an. Was ist mit dem anderen?«

»Mit wem?«

»Das hast du doch nicht allein gemacht. Wer hat Schmiere gestanden?«

»Der sagt nix.«

»Ich verlass mich auf dich. Sonst …«

»Sonst was?«

»Nichts. Was hast du jetzt vor? Zurück nach München?«

»Ach, noch ein bisschen Nightlife, ins Toxic.«

»Dann mal viel Spaß.«

Wildgruber trat die Zigarette aus, stieg ein und ließ den Motor aufbrüllen.

Als Wildgruber wegfuhr, wurde es auf dem Parkplatz gespenstisch still. Greindl hatte ein mulmiges Gefühl. Aber der Briefumschlag in seiner Jackentasche fühlte sich gut an. Er sah kurz hinein. Viele große Scheine. Ging doch. Und Robert würde die Klappe halten. Der hatte genug Probleme. War doch gut gelaufen. Die hunderttausend taten Wildgruber nicht groß weh. Der hatte so viel Grund und Häuser. Und als Bürgermeister konnte er viele Dinge in seinem Sinn lenken. Da kam ständig frisches Geld rein. Wenn der wüsste, dass er mal was mit seiner Tochter gehabt hatte. War so lange gar nicht her. Früher war die Susi eine echt scharfe Maus gewesen. Jetzt hatte sie sich aber in ein braves Hausmuttchen verwandelt. Schon erstaunlich. Aufgequollen wie ein Hefekuchen. Was für ein trauriges Schicksal. Das sie mit diesem Dorfcop teilte. Nein, hier draußen, das hatte keine Zukunft – nicht kurz-, nicht mittel- und schon gar nicht langfristig. Er startete den Wagen und verließ den Parkplatz mit einem Powerslide. Er steuerte das Toxic an. Laute Musik und ein, zwei Bier als Ablenkung, bevor er wieder nach München fuhr.

RÜSCHERL

»Brandl, servus, alles klar?«, begrüßte Bine den Disco-besitzer.

»Ois groovy. Viel los heute.«

»Stimmt es, dass es hier gebrannt hat?«

»Wer sagt das?«

»Der Mike von der Feuerwehr. Also?«

»Ja, vorne am Eingang beim Mülleimer. Nichts Ernstes.«

»Was sagt die Polizei?«

»Die Polizei bin ich.«

»Na ja, du bist ja befangen, so als Betroffener.«

»Wahrscheinlich war es eine Kippe. Bist du jetzt auch im Ermittlergeschäft?«

»Wie kommst du denn da drauf?«

»Du fragst so viel. Und dann deine neuen Polizeifreunde.«

»Ich halte nur ein bisschen Augen und Ohren offen.«

»Na dann. Ist Maxi auch da?«

»Ja, er hat mich mitgenommen.«

»Stimmt das, dass du jetzt nach München gehst?«

»Woher weißt du das?«

»Ich hab mit Dosi telefoniert. Sie meint, du ziehst in ihre alte Wohnung.«

»Ja, ich probier das mal aus. Ob es noch was anderes als ein Leben hier draußen gibt.«

»Bestimmt. Find ich cool. Hätt ich auch machen sollen. Dafür ist es jetzt zu spät.«

»Mitgehangen, mitgefangen.«

»Das kannst du laut sagen.«

»Aber dein Laden brummt.«

»Ja, zumindest das. Solange er nicht abbrennt.«

»Musst du halt ein rigoroses Rauchverbot auch für draußen aussprechen.«

»Ja, das kommt bestimmt gut an. Dann mal viel Spaß!«

Sabine erstarrte, als sie an der Garderobe vorbeiging und sah, wie der Typ aus dem Wirtshaus gerade seine Lederjacke abgab. Ja, das war der Typ aus dem Präsidium in München beziehungsweise vom Männerklo. Sollte sie noch mal Klaus anrufen? Aber was sollte sie ihm sagen? Der machte sich dann nur Sorgen. Erst mal schauen.

Sie ging an die Bar und weiter zur Tanzfläche vor und beobachtete die Leute. Der Typ bewegte sich zu »Fight for Your Right« von den Beastie Boys. Er tanzte mit sich allein inmitten der dicht gepackten Tanzfläche. Unter den Achseln seines hellblauen Polohemds waren große Schweißflecken zu sehen. Plötzlich hatte sie eine Idee, wie sie endlich erfahren konnte, wer er war. Wenn Hummel es ihr partout nicht sagen wollte. Sie ging zum Eingang. Die Dame an der Garderobe wischte gelangweilt über das Display ihres Smartphones.

»Hi, Traudl, alles klar?«

»Passt schon, Bine. Viel los heute. Und du?«

»Hab grad eine geraucht.«

»Du?«

»Ach, ab und zu mal.«

»Ich sterbe für eine Zigarette.«

»Aber?«

»Du weißt doch, wie der Stefan ist. Ganz der Polizist. Ich darf meinen Posten nicht verlassen.«

»Na komm, ich setz mich zwei Minuten für dich rein.«

»Echt? Cool!«

Braune, enge Lederjacke. Sie musste schnell sein. Sie ließ die Finger in die Jackentaschen gleiten. Ausweis, Geldbeutel? Nein, ein Umschlag. Papiere? Was war das? Fühlte sich an wie … Geld. Viel Geld? Sie schaute hinein. Ja, sehr viel Geld. Schnell steckte sie den Umschlag in den Hosenbund und zog das Shirt drüber. Sie hörte Traudl an der offenen Eingangstür mit einem Gast schäkern.

Schon war sie wieder da. »Super, cool, Bine, hast ein Rüscherl bei mir gut. Sagst einfach an der Bar Bescheid.«

»Alles klar.«

Die Hölle mach ich, dachte Sabine. Dass dann jeder weiß, dass ich dich vertreten hab. Ihre Gedanken rasten. In dem Umschlag ist ein Bündel Geldscheine. Das Geld ist garantiert nicht sauber. Der Typ wird keinen Aufstand machen können, wenn er merkt, dass es weg ist. Oder doch? Natürlich wird er Traudl verdächtigen. Und wenn er es nicht gleich merkt? Ich geb Brandl den Umschlag. Was hat mich da geritten? Wie sieht das aus, wenn ich Sachen aus anderer Leute Jacke klaue? Soll ich den Umschlag wieder in seine Jacke stecken? Ja, unbedingt. Aber wie? Traudl ist wieder auf ihrem Posten. Später noch mal die Zigarettennummer?

Sie sah den Lederjackenbesitzer in Richtung Garderobe gehen. Oder ging er nur eine rauchen? Nein, er ließ sich seine Jacke geben, zog sie an. Verdammt, wenn er jetzt merkt … Er holte den Autoschlüssel aus der Innentasche. Wo wollte der hin? Wo war Maxi? Sabine drückte sich zur Tanzfläche durch, wo sie ihren Bruder mit seinen Freunden tanzen sah.

»Ich brauch den Autoschlüssel«, brüllte sie ihm ins Ohr.

»Hä?«

»Bin in zehn Minuten zurück.«

Er fummelte den Schlüssel aus der Jeans und gab ihn ihr. Sie machte sich auf den Weg nach draußen.

»Schon nach Hause?«, rief Traudl ihr hinterher.

»Ich hol nur schnell was aus dem Auto.«

Als sie auf den Parkplatz hinaustrat, kam ihr die Lederjacke entgegen. Sie drehte sich zu einem Auto um und tat so, als würde sie die Tür aufsperren. Panische Gedanken. Scheiße, er geht wieder rein, er hat gemerkt, dass der Umschlag fehlt. Was passiert jetzt? Hoffentlich bekommt Traudl keinen Stress. Was tun?

Sie setzte sich in den Corsa ihres Bruders und wartete ab.

WEGGEKOMMEN

»Nein, ich hab nix aus der Jacke genommen!«, sagte Traudl resolut.

»Aus dieser Jacke.« Der Mann deutete auf sich selbst.

»Auch nicht aus dieser Jacke. Was glaubst du, mach ich hier? Das ist die Garderobe, da gibst du dein Zeug ab, damit nix wegkommt. Und nicht umgekehrt. Selbst Deppen wie du, die kein Trinkgeld geben.«

»He, wie redest du mit mir?«

»Ich red, wie es mir passt. Seit über zehn Jahren mach ich den Job. Und hier ist noch nie was weggekommen! Ist das klar?«

»Vielleicht ist es ja rausgefallen«, sagte der Mann kleinlaut.

»Was denn überhaupt?«

»Ein Briefumschlag mit wichtigen Papieren.«

»Und warum glaubst du, dass ich dir den Umschlag aus der Tasche zieh?«

»Ich glaub gar nichts. Und jetzt schau bitte nach, ob da was rausgefallen ist.«

Traudl beleuchtete mit ihrer Handylampe den Boden der Garderobe. Bis auf ein paar Kupfermünzen, Haargummis und Bonbonpapieren war dort nichts zu sehen.

»Nix.«

»Scheiße.«

»Gibt's ein Problem?«, fragte Brandl, der jetzt dazukam.

»Der Herr vermisst einen Briefumschlag mit wichtigen Papieren.«

»Ist das so?«

»Ja, sie waren in meiner Jackentasche.«

»Für meine Mitarbeiterin lege ich die Hand ins Feuer. Ich arbeite bei der Polizei. Was war denn genau drin? Also, um was für Papiere geht es?«

Der Mann winkte ab. »Schon gut. Vielleicht hab ich den Umschlag auch im Auto oder zu Hause liegen lassen.«

»Geben Sie uns doch Ihre Adresse. Wenn wir was finden, melden wir uns.«

»Danke, ist nicht so wichtig. Servus.«

Irritiert sah Brandl ihm hinterher. Und grübelte. Sonnenbrille hier in der Disco? Merkwürdiger Typ. Dann fragte er seine Garderobenfrau: »Was war das für ein Zeisig?«

»Hä?«, grunzte Traudl.

»Was das für ein bescheuerter Vogel war?«

»Ein Zeisig ist kein bescheuerter Vogel. Der Zeisig ist ein kleiner, lebhafter Vogel aus der Familie der Finken. Der Typ war einfach ein Depp.«

»Ja, du Ornithologin. Hast du sonst noch was zu dem Heini zu sagen?«

»Nein. Außer dass Sonnenbrillen bei Nacht scheiße ausschauen. Was denkt der, wo er ist? In Miami? In den Achtzigern? So ein Depp!«

»Du warst die ganze Zeit auf deinem Platz?«

»Logisch. Da kommt nix weg aus der Garderobe.«

Jetzt fiel es Brandl ein. Verdammt noch mal! Die Sonnenbrille. Das war dieser Greindl! Er stürmte zur Tür hinaus und schaute auf den Parkplatz. Konnte ihn nicht sehen. Nur noch zwei Rücklichter, die auf der Straße verschwanden. Was hatte das zu bedeuten? Was wollte der? Was sollte der Aufstand eben?

ZUFALL

Greindl raste innerlich. Was für eine Scheiße! Wie bekommen, so zerronnen. Irgendein Scheißer klaut ihm das Geld aus der Jackentasche. Geht's noch? Nein, geht gar nicht. So viel Zufall gibt es nicht. Da hat jemand genau Bescheid gewusst. Also kam eigentlich nur einer infrage: Wildgruber. Er hatte sich das Geld zurückgeholt. Aber wie hatte der das gemacht? Steckte er mit der Garderobentussi unter einer Decke? Hatte er Wildgruber vorhin gesagt, dass er noch ins Toxic gehen wollte? Ja, konnte sein. Vielleicht war er ihm einfach in die Disco gefolgt, hatte gesehen, wie er die Jacke abgab, der Lady an der Garderobe einen Fünfziger in die Hand gedrückt, damit sie kurz wegschaute, und schon war er wieder im Besitz der fünfundzwanzig Mille gewesen. Der hatte ihn komplett verarscht! Komisch nur, dass Wildgruber gerade am Telefon ganz cool gewesen war. Er hatte dem spontanen Treffen zugesagt. Ohne Rückfrage.

Das war doch alles scheiße! Jetzt hatte er einen wirklich guten Job mit hohem Einkommen und war so auf den Hund gekommen. Die Scheißzockerei. Wann hatte das angefangen? Er hatte schon immer um Geld gespielt. Aber Schafkopf und Casino, das waren zwei Paar Schuhe. Es war immer mehr geworden, mit immer höheren Einsätzen. Eigentlich ging es ihm nicht besser als Chrissie – er war süchtig. Kam man von einer Spielsucht selber los? Wie sah da eine Therapie aus? Irgendwelche beschissenen Psychospielchen – wir sitzen im Kreis und erzählen uns putzige Sachen über unsere Ziele und Verfehlungen?

Es nieselte. Das Ortsschild brannte gelb im Scheinwerferlicht. Karlsreuth. Ein paar wenige Lichter noch.

SCHWEIGEGELD

Sabine schaltete runter. Ihre Stirn war schweißnass. So schnell war sie mit der alten Mühle noch nie gefahren. Der Typ raste wie ein Irrer. Und sie? War sie verrückt? Klaute ihm die Kohle und fuhr ihm dann noch hinterher? War das Geld vielleicht der Lohn für den Tod der Frauen? Oder Schweigegeld, damit er für sich behielt, was er über den Fall wusste? Sie erinnerte sich genau an das Gespräch auf der Toilette. Der Typ hatte definitiv was damit zu tun. Fuhr er zu seinem Kumpel, um gemeinsam mit ihm zu überlegen, was sie tun sollen, jetzt, wo das Geld weg war? Wenn sie ihm folgte, bekam sie vielleicht heraus, wer der Mann war, mit dem er sich auf dem Klo unterhalten hatte.

Sie sah, wie der Wagen vor der Kirche in Karlsreuth hielt, fuhr daran vorbei und parkte weiter oben im Dorf. Lief den Weg zurück und sah von einer Hausecke aus, wie der Mann mit der Lederjacke ausstieg und sich eine Zigarette anzündete. Eine Rauchfahne stieg in der feuchten Nachtluft nach oben in das orange Laternenlicht. Es war gespenstisch still. Auf wen wartete er? Sie musste näher ran. Sie ging ein paar Meter zurück und machte einen Umweg, um ungesehen zur Kirche zu gelangen. Sie betrat den Friedhof und schlich im Schatten des Kirchengebäudes zum Kirchplatz vor. Durch die Grabsteine huschte sie bis zur Friedhofsmauer und lugte dort durch das schmiedeeiserne Gitter, das die halbhohe Mauer abschloss. Jetzt hörte sie Schritte auf dem Platz. Ein Mann. Licht fiel auf sein Gesicht. Den kannte sie! Wildgruber, der Bürgermeister! Brandls Schwiegervater. Was hatten die zwei miteinander zu tun?

In der stillen Nacht waren die beiden bestens zu verstehen.

»Was bestellst du mich mitten in der Nacht her?«

»Tu nicht so. Das ist doch ein abgekartetes Spiel. Du gibst mir das Geld und holst es dir gleich wieder zurück.«

»Von was redest du? Was ist passiert?«

»Ich geb meine Jacke an der Garderobe in der Disco ab, und als ich zurückkomm, ist der Umschlag weg.«

Wildgruber lachte auf und dämpfte seine Stimme gleich wieder. »Sag mal, haben sie dir ins Hirn geschissen? Du hast fünfundzwanzigtausend Euro in der Jacke und gibst sie einfach an irgendeiner Garderobe ab?«

»Niemand weiß von dem Geld außer dir.«

»Und deswegen lässt du es einfach in der Jackentasche? Gelegenheit macht Diebe. Wer war an der Garderobe?«

»Eine Frau, die angeblich immer an der Garderobe sitzt. Warum sollte die an meine Jacke gehen?«

»Vielleicht hast du dich komisch verhalten. Einen auf Spendierhosen gemacht.«

»Hab ich nicht.«

»Weißt du, wie mir das auf den Sack geht? Du bist ein Verlierer. Alles, was du anpackst, verwandelt sich in Scheiße. Wir hätten nie miteinander ins Geschäft kommen dürfen.«

»Du wolltest doch, dass das Puff verschwindet.«

»Ja, aber so haben wir nicht gewettet. Du solltest die Paschingers in Schwierigkeiten bringen. Und plötzlich haben wir neun tote Nutten.«

»Das war ein Unfall.«

»Erzähl mir nichts. Du überredest sie abzuhauen, überhaupt erst in den Laster zu steigen. Und dann kommst du auf die tolle Idee, der Sache noch einen besonderen Dreh zu geben, und stellst die Kühlung an. So war es doch, oder? Du bist eiskalt.«

»Du hängst in der Sache mit drin. Ich hab unsere Vereinbarung mit dem Handy mitgeschnitten.«

»Erzähl keinen Scheiß. Und selbst wenn. Ich hab nichts zum Tod der Frauen gesagt.«

»Spar dir die Details. Du weißt genau, was passiert, wenn der Mitschnitt bei der Polizei und der Presse landet. Dann ist es vorbei mit dem schönen Bürgermeisteramt.«

»Was willst du? Dass ich dir weitere fünfundzwanzigtausend gebe, weil du die ersten versandelt hast? Das kannst du dir abschminken. Geh gefälligst zu deinem Vater, dem Hühnerbaron.«

»Der gibt mir nix.«

Jetzt wusste Sabine endlich, wer der Mann war – der Sohn von Greindl, dem Hühnerzüchter. Bekam sie das alles richtig zusammen? Die inszenieren einen Menschentransport mit Prostituierten und informieren die Polizei, um Paschinger und seine Geschäfte in Misskredit zu bringen, damit er sein Puff hier dichtmachen muss? Konnte das sein? Und unterwegs starben die Frauen, weil sie erfroren. Weil der Greindl die Kühlung angestellt hatte?

Ihr Handy klingelte. Mist! Die Männer drehten sich in ihre

Richtung. Maxi. Den hatte sie total vergessen. Sie drückte das Gespräch weg und sprang auf. Hastete durch die Grabsteine, warf Kerzen und Vasen um. Folgten sie ihr? Sie drehte sich nicht um. Sie erreichte das hintere Friedhofstor. Stieg an der Seite über die Mauer und blieb dabei mit der Jacke an einem Zacken des Gitters hängen. Ein Reißen, sie taumelte, fing sich, kam mit den Füßen zuerst auf dem Pflaster auf. Ihre Sohlen brannten. Sie horchte. Nichts.

Sie lief im Schatten der Häuser zum Auto. Jetzt kam von unten ein Wagen. Sie duckte sich hinter den Corsa. Das Auto kroch an ihr vorbei. Sie wartete eine lange Minute, bis sie aus der Deckung ging und in den Wagen stieg. Sie verriegelte die Türen und holte ihr Handy heraus. Überlegte es sich anders. Sie startete den Motor und fuhr ein paar Meter ohne Licht, bevor sie es einschaltete. Sah zwei Lichtpunkte im Rückspiegel. Verdammt! Vorsichtig gab sie Gas. Ruhig! Was sollte ihr hier passieren, mitten im Dorf? Sie bog in die nächste Hofeinfahrt ein. Das Auto fuhr vorbei. Geschafft! Sie wartete. Dann wählte sie Maxis Nummer. Als er endlich dranging, konnte sie ihn wegen der lauten Musik kaum verstehen.

»Wo bleibst du, Bine? Ich will langsam heim!«

»Ich bin in zwanzig Minuten da und hol dich ab«, sagte sie.

Sie wählte Hummels Nummer, erreichte aber nur den Anrufbeantworter und sprach nichts drauf. Brandl? Nein, den sah sie ja eh gleich in der Disco. Sie musste ihm das alles erzählen, ihm das Geld geben. Sie hielt noch einen Moment. Dann fuhr sie los.

Sie war unendlich erleichtert, als sie das Ortsschild passierte. Sie scherte auf die Bundesstraße ein und machte

Musik an. Nach zehn Minuten hatte sie die Abzweigung nach Grafenberg erreicht. Ein paar Minuten noch, und sie war bei der Disco. Sie fuhr zügig über die kurvige Strecke.

FIXIERT

Was für ein schöner Morgen! Hummel blinzelte. Er spürte Beate an seiner Seite. Es war spät geworden. Sie waren die Ersten und die Letzten in der Blackbox gewesen. Hatten zum Schluss noch zwischen den Tischen mit den hochgestellten Stühlen getanzt. Eng umschlungen im Kerzenschein. *Sweet Soul Music.* Bis das letzte Teelicht erloschen war. Er hatte die Teelichte vor dem Stühlehochstellen von den Tischen geholt und auf dem Tresen als Lichterkette aufgereiht. Immer wenn eines erlosch, bekam er einen Kuss. Er war so glücklich gewesen, er war so glücklich. Und das Komische – er fühlte sich jetzt überhaupt nicht müde, obwohl es nach vier Uhr geworden war. Vielleicht sollte er umsatteln und bei Beate in der Kneipe einsteigen? Nein, das war zu nah, da gingen sie sich bestimmt schnell auf die Nerven. Er sah auf die Uhr auf Beates Nachttisch. Halb neun. Er hatte diesen Samstag keinen Dienst.

Beates Telefon klingelte im Flur.

»Lass klingeln«, murmelte Beate.

Das Telefon hörte nicht auf.

»Kannst du doch drangehen, Klaus?«

Hummel stand auf und ging in den Flur.

»Ja, bitte?«

»Hummel, bist du das?«

»Dosi, bist du das?«

»Wer denn sonst? Warum gehst du nicht an dein Handy?«

»Weil es aus ist. Es ist Samstag. Ich hab frei.«

»Komm bitte ins Präsidium, schnell!«

»Was ist passiert?«

»Nicht am Telefon. Bis gleich.«

Dosi hatte aufgelegt. Hummel war hellwach. Und verwirrt. Was war da los? Er suchte seine Kleider zusammen und zog sich an.

»Arbeit?«, fragte Beate.

»Sieht so aus. Schlaf weiter.« Er gab ihr einen Kuss und zog leise die Wohnungstür hinter sich zu.

Auf der Straße machte er sein Handy an. Sah Dosis vergebliche Anrufe von heute Morgen. Und nachts um halb zwei hatte Sabine versucht, ihn zu erreichen. Hatte aber keine Nachricht hinterlassen. So spät? Konnte er es jetzt schon bei ihr probieren? Er wählte ihre Nummer. Sie hob nach dem dritten Tuten ab.

»Hallo, Bine, hier ist Klaus.«

»Welcher Klaus?« Eine Männerstimme.

»Wer ist dran?«, fragte Hummel.

»Stefan Brandl. Polizei. Und wer sind Sie?«

»Brandl, ich bin's, Hummel. Äh … Eigentlich wollte ich Sabine sprechen. Äh, ist sie da?«

»Ähm, das ist jetzt schlecht. Hast du schon mit Dosi gesprochen?«

»Ich bin auf dem Weg ins Präsidium.«

»Sprich mit ihr. Wir telefonieren später.« Brandl legte auf.

Hummel war verwirrt. Was war da los? Spannen jetzt alle? Was verheimlichten die ihm? Ihm fiel jetzt ein, dass er sein Fahrrad bei Beate vergessen hatte. Scheiß drauf! Er winkte sich ein Taxi heran. Im Taxi probierte er es bei Zankl. Der ging nicht dran. Die Innenstadt flog an ihm vorbei, kein Blick, kein Gedanke, alles auf eins fixiert, aber so weit weggeschoben, wie es nur ging. Bine – warum ging Brandl an Bines Handy? Und wimmelte ihn ab? Verdammt noch mal!

Sie hielten am Präsidium. Er zahlte und stürzte nach oben. Dort saßen bereits alle um Maders Besprechungstisch herum.

»Was ist los?«, fragte Hummel außer Atem.

»Setz dich«, sagte Mader.

»Sagt mir vielleicht mal einer, was passiert ist?«

»Um halb drei hat Maximilian Brunner in der Diskothek Toxic den örtlichen Polizisten Stefan Brandl informiert, dass er seine Schwester vermisst. Die beiden sind die Straße in Richtung Bundesstraße gefahren, haben sie aber nicht gefunden.«

»Sie hat versucht, mich um halb zwei anzurufen.«

»Und?«

»Mein Handy war aus. Ich hab es vorhin probiert, aber da war Brandl an ihrem Handy. Hat mich an euch verwiesen. Was ist mit Sabine? Hat sie einen Unfall gehabt? Ist sie im Krankenhaus?«

Mader räusperte sich, dann sagte er leise: »Sabine Brunner war gestern Nacht mit dem Wagen ihres Bruders unterwegs. Sie hatte in der Nähe der Disco tatsächlich einen Unfall. Tödlich.«

MILCHKALT

Alles weiß. Ein leerer Parkplatz, groß wie ein Rollfeld. Aus dem Bodennebel taucht ein Imbisswagen auf, ein Faden Espressoduft durchzieht die milchkalte Luft. Hummel geht auf den Wagen zu.

»Hallo, niemand da?«

»Komme gleich.«

Jetzt riecht Hummel die Zigarette. Die rückwärtige Tür des Wagens öffnet sich, und die schönste Frau, die er je in seinem Leben gesehen hat, tritt heraus und lächelt ihn an.

»Was kriegst du?«

»Dich.«

Ihr Lächeln gefriert. »Niemals.«

Er schrak hoch, verschwitzt.

»Herr Hummel, ganz ruhig!«

Hummel sah die Frau im weißen Kittel verständnislos an. Wer war die Frau? Was wollte sie von ihm?

»Herr Hummel, ich bin die Betriebsärztin. Ihre Kollegen haben mich vorhin gerufen. Sie sind zusammengebrochen.«

»Was ist passiert?«

»Ihre Kollegen haben gesagt, sie hätten schlecht auf eine, nun ja, schlechte Nachricht reagiert.«

»Ich kann mich nicht erinnern.«

»Unser Gehirn ist schlau. Es neigt dazu, Bedrohliches zu verdrängen.«

»Was ist mit Sabine?«

»Wer ist Sabine?«

»Ich … ich hab sie gerade gesehen, im Traum. In ihrem Imbisswagen. Ist ihr etwas passiert? So reden Sie doch!«

»Tut mir leid, Herr Hummel, ich kann Ihnen dazu leider

nichts sagen. Ich bin nur Ärztin. Sie bekommen gleich noch eine Spritze, und später sollte jemand Sie nach Hause bringen. Leben Sie allein?«

Hummel war schon versucht, einfach die Augen zu schließen und die Spritze abzuwarten, aber er stand auf und sagte mit fester Stimme: »Ich geh jetzt!«

»Ich kann Sie nicht daran hindern. Aber es wäre mir lieber, wenn jemand Sie abholt. Ihre Frau vielleicht?«

»Ich bin nicht verheiratet.«

»Nun gut, Ihre Partnerin oder Ihr Partner.«

»Ich bin nicht schwul.«

»Herr Hummel, Sie sind immer noch sehr erregt.« Sie drückte ihm ein Attest in die Hand. »Nächste Woche bleiben Sie fürs Erste zu Hause.«

»Ich will jetzt gehen.«

»Ich kann Sie so nicht gehen lassen.«

»Rufen Sie meine Kollegen an.«

»Jemand Bestimmtes?«

»Doris Roßmeier.«

»Gut, ich rufe sie an. Und Sie bleiben so lange hier.«

Es dauerte nur ein paar Minuten, bis Dosi bei ihm war.

Hummel sah sie mit wirrem Blick an. »Sag's mir, was ist passiert? Was ist mit Sabine?«

»Du hast es doch gehört.«

»Nein. Blackout. Alles weg.«

»Sabine hatte einen tödlichen Unfall. Sie ist auf der kurvigen Strecke in der Nähe der Disco verunglückt.«

Hummel sah eine schwarze Wand auf sich zurasen, aber er behielt die Augen offen. Beim Aufprall zerbarst die Wand in tausend Teile. Er fühlte etwas Nasses auf seinen Wangen. Tränen. Er schluchzte auf. Dosi nahm ihn in die Arme. Die

216

Ärztin zog sich zurück. Hummel heulte und rotzte hemmungslos in Dosis Sweatshirt.

Nach zehn Minuten sagte Dosi: »Komm, wir gehen jetzt nach Hause.«

Sie stützte ihn. Er war ganz schwach auf den Beinen. Draußen empfing sie ein warmer Sommerabend.

»Wie lange war ich da drinnen bei der Ärztin?«

»Seit heute Morgen. Nach der Beruhigungsspritze hast du geschlafen wie ein Murmeltier. Du musst einen Wahnsinnshunger haben.«

»Ich kann nichts essen.«

»Ich bring dich heim. Oder lieber zu Beate?«

»Sie ist heute bei einer Freundin in Bamberg. Über Nacht.«

»Und ihr Laden?«

»Kathi und Max sind da.«

»Ich bring dich heim.«

Hummel fuhr heute zum zweiten Mal Taxi. Machte er sonst nie. Die Stadt, die an den Fenstern vorbeizog, die Isar an der Corneliusbrücke, der Gebsattelberg nach Haidhausen hoch, das alles sagte ihm heute nichts, gab ihm nichts, obwohl er sonst jeden Tag auf seiner Stammstrecke ein neues Detail entdeckte. Es interessierte ihn einfach nicht. Die vielen fröhlichen Menschen dort an der Isar in ihrer ganzen Ahnungslosigkeit, die nicht wussten, was das Leben für Schmerzen bereithielt. Welche Verluste. Unsinn. Er wusste natürlich, dass jeder sein Päckchen trug. Tausend Menschen, tausend Schicksale. Aber jetzt hatte es das Schicksal auf ihn abgesehen. Er war am Boden zerstört, er wollte nicht mehr leben. Wenn so viel Schönheit einfach verloren gehen durfte, dann mochte auch er nicht mehr leben.

217

»Ich hätte ans Telefon gehen müssen«, murmelte er. »Sabine hat mich um halb zwei angerufen. Mein Handy war aus. Ich wollte in meinem Glück mit Beate nicht gestört werden.«

»Hummel, dich trifft keine Schuld.«

»Doch, für jeden Deppen bin ich erreichbar. Aber wenn mich jemand anruft, der mich wirklich braucht, dann geh ich nicht ran.«

»Dein Handy war aus. Punkt.«

Das Taxi hielt. Dosi zahlte und brachte Hummel in seine Wohnung. Auf dem Sofa lag noch Sabines grüner Pulli. Den hatte er vergessen, als er ihre Tasche mit ins Präsidium genommen hatte. Als er den Pullover sah, brach er sofort wieder in Schluchzen aus. Dosi auch. Ihr fiel wohl ein, dass in ihrer Wohnung noch die Sachen von Sabine waren, so als würde sie gleich zurückkommen. Wahrscheinlich auch das zitronengelbe Top aus der Boutique im Glockenbachviertel.

Sie saßen wie versteinert nebeneinander auf dem Sofa und berührten sich nicht. Als keine Tränen mehr kamen, war es draußen dunkel.

Dosi stand auf. »Ich mach uns was zu essen. Und du rufst jetzt Beate an und erzählst ihr, was passiert ist.«

»Das schaff ich nicht.«

»Okay, das musst du wissen. Darf ich Musik anmachen? Ich krieg sonst die komplette Krise.«

»Ja klar, mach was an.«

Sie blätterte durch seine Platten und fand unter den vielen Soulscheiben, die zu ihrer Stimmung jetzt nicht passten, auch eine Platte von The Verve. Kurz darauf schwebte »Bitter Sweet Symphony« tröstlich durch Hummels Wohnung.

Dosi machte in der Küche Wasser für die Spaghetti heiß. Im Küchenschrank fand sie ein Glas mit Tomaten-Basilikum-Soße.

»Sabine ist der schönste Mensch, den ich kenne«, sagte Hummel, der plötzlich in der Küche stand.

Dosi korrigierte das Präsens nicht, fragte aber zurück: »Und wie ist das mit Beate?«

»Das mein ich nicht mit Schönheit. Beate ist meine große Liebe. Mit allen Ecken und Kanten und Widerhaken. Sabine ist jung, unschuldig, sie strahlt dich an, und du denkst: Alles hat einen Anfang, und das ist er jetzt, es geht los. Und was für einen Glanz und Zauber diesem Anfang innewohnt, so frisch, unverbraucht! Sie lacht dich an, und du denkst: Alles ist möglich.«

Dosi nickte. »Ja, so ist sie. Sie verzaubert alle.«

»Und jetzt ist sie fort, bevor sie überhaupt angefangen hat, unser Leben zum Strahlen zu bringen.«

»Ach, Hummel.«

»Es ist so verrückt, so widersinnig. Ich denk so viel nach, mach mir so viele Sorgen, und ich seh die einfachsten Dinge nicht.«

»Doch, du fühlst sie. Du hast es im ersten Moment gewusst, als wir Sabine getroffen haben. Du siehst das Schöne. Viel schneller als ich.«

»Sie hat die Fenster aufgerissen, Energien in mir geweckt, von denen ich gar nichts wusste. Als wir das erste Mal von da draußen wieder nach München gekommen sind, hab ich mich so gut gefühlt, war ich voll unbändiger Kraft. Ich bin einfach rein in das Kaufhaus und hab den Attentäter ausgeschaltet. Ich hab selbst über mich gestaunt.«

»Ja, Hummel, die Kraft steckt in dir, du bist ein Held.«

»Ich möchte kein Held sein, ich möchte Schönheit bewahren. Ich wusste, dass Beate da drin ist. Ich musste ihr und den Leuten da drinnen helfen. Ich hab funktioniert wie ein Roboter.«

»Weiß Beate das?«

»Natürlich nicht. Ich bin nicht stolz drauf. Das hätte in einer Katastrophe enden können. Ich weiß auch nicht, was mit mir los war. Aber ich weiß, was ich jetzt vorhab – ich werde Sabines Tod aufklären. Ich kann nicht glauben, dass Sabine einfach so einen Unfall baut. Ich krieg raus, wie das passiert ist.«

»Jetzt iss erst mal was.« Sie schob ihm einen Teller mit Nudeln hin.

Hummel lächelte das erste Mal an diesem Tag. Wenn man von der Aufwachphase mit Beate am Morgen absah. Ja, jetzt merkte er es. Er hatte einen Wahnsinnshunger.

»Danke, Dosi.«

»Wofür?«

»Fürs Kochen, dass du da bist, für alles.«

»Ist doch klar.«

»Hör zu – und das sag ich nur dir. Ich werde das aufklären. Wenn es ein Unfall war, dann krieg ich das raus. Und wenn es kein Unfall war, dann krieg ich das ebenfalls raus. Und die Geschichte mit den toten Prostituierten klär ich auch auf. Und wenn es die letzten Fälle sind, die ich bearbeite. Dosi, ich bin tieftraurig, aber ich bin Polizist und werde das zu Ende bringen. Und ich werde mich nicht bei allen Aktionen mit euch abstimmen.«

»Red keinen Unsinn. Wir sind auf deiner Seite. Wir lösen das gemeinsam.«

»Ich kann nicht versprechen, dass ich mich an die Spielregeln halte.«

»Doch, Hummel, natürlich wirst du das tun. Du bist Polizist.«

»Wie ist das jetzt? Bin ich nach dem Kollaps krankgeschrieben?«

»Ja, die ganze nächste Woche.«

»Gut, ich fahr morgen nach Karlsreuth. Du sagst den anderen nichts. Ich will die Hintergründe von Sabines Tod klären. Ihr seid weiterhin an der Geschichte mit den toten Frauen und den toten Fahrern dran?«

Dosi nickte. »Greindl war gestern Nacht …« Sie schnitt sich selbst das Wort ab.

»Was ist mit Greindl? Ich will alles wissen.«

Dosi atmete tief durch. »Laut Brandl war Greindl gestern im Toxic und hat einen Riesenaufstand an der Garderobe gemacht, dass ihm wichtige Papiere aus der Jacke geklaut wurden.«

»Hat Sabine …«

»Wir wissen nicht, ob sie was damit zu tun hat. Ja, sie war zur gleichen Zeit in der Disco. Brandl hat uns das gesagt. Sabine hat kurz vor Greindl die Disco verlassen. Sie wollte noch irgendwohin und später ihren Bruder Maxi abholen. Sie ist mit dem Auto ihres Bruders gefahren.«

»Und was war mit Greindl?«

»Greindl hat sich ziemlich aufgeführt, sich dann aber irgendwann unverrichteter Dinge getrollt. Sabine hat später noch mit ihrem Bruder telefoniert, dass sie auf dem Rückweg zur Disco ist.«

»Und hat sie gesagt, wo sie in der Zwischenzeit war?«

»Nein. Aber der Anruf bei ihrem Bruder war die letzte

Nachricht. Sie hat nicht beunruhigt geklungen, sagt ihr Bruder.«

»Wann war das, also das Telefonat?«

»Kurz vor zwei.«

»Dann war ich nicht der Letzte. Was wollte sie mir mitteilen? Wusste sie etwas über Greindl? Hat sie wieder etwas mit angehört?«

»Ich weiß es nicht. Jedenfalls hatte der Bruder nicht den Eindruck, dass etwas Besonderes vorgefallen war. Er sagt, dass Sabine immer spontane Ideen hatte und mal schnell dahin oder dorthin wollte. Dass sie nie lang überlegt hat.«

»Wie geht es ihrem Bruder? Und ihrem Vater?«

»Sie können es nicht fassen.«

»Hat schon jemand mit Greindl gesprochen?«

»Ja, Zankl.«

»Und was sagt er?«

»Greindl war auf Dienstreise in der Gegend. Bei einem Hersteller von Lasersystemen. In der Nähe von Ortenburg. Wir haben das bereits überprüft. Im Anschluss hat er noch einen Ausflug in die Heimat gemacht, um diese Christiane in der Klinik zu besuchen. Die hat das bestätigt.«

»Und diese Papiere, die er in der Disco verloren hat?«

»Geschäftsunterlagen. Er arbeitet ja bei Black & White, die haben auch militärische Geräte. Er sagt, er hätte ein bisschen überreagiert. Er dachte, er hätte die Papiere in der Garderobe in seiner Jacke gelassen.«

»Geschäftspapiere in der Jacke?«

»Ja, sagt er.«

»Und die waren dann weg?«

»Nein, die waren in der Aktentasche im Kofferraum seines Dienstwagens. Er hatte sich getäuscht. War ihm schrecklich peinlich, dass er die Garderobenfrau verdächtigt hatte, die Papiere aus seiner Jacke gestohlen zu haben.«

»Dass ich nicht lache. Der Typ ist nie um eine Ausrede verlegen.«

»Hummel, ich weiß es auch nicht. Aber wegen ein paar Worten, die Sabine einmal auf dem Männerklo mitgehört hat, können wir nicht verbindlich schlussfolgern, dass jemand ein Verbrecher ist.«

»Ich hab nicht gesagt, dass er sie umgebracht hat.«

»Aber gedacht.« Dosi sah ihn direkt an.

Er nickte.

SICHERGEHEN

»Wo ist Sabine?«, fragte Hummel, als Brandl ihn am Sonntagvormittag in Plattling vom Zug abholte.

»Sie wurde nach München überführt.«

»Warum?«

»Ich hab mit Mader gesprochen. Er will sichergehen, dass sie an den Unfallfolgen gestorben ist.«

»Was ist mit der Unfallursache?«

»Müssen wir schauen. Mader hat mir gesagt, dass du kommst.«

»Wann hat er das gesagt?«

»Gestern.«

»Aber …«

»Wir sollen uns gemeinsam kümmern.«

Hummel lächelte. Er hatte den Kollegen nicht gesagt, dass er nach Karlsreuth fahren wollte, aber sie kannten ihn eben gut. Und sie wollten alle diese Geschichte aufklären.

»Ich soll dir helfen, Hummel«, sagte Brandl.

»Danke. Dann lass uns zur Unfallstelle fahren.«

Brandl warf Hummels Tasche auf die Rückbank und startete den Wagen.

»Was ist Freitagnacht in der Disco vorgefallen?«, fragte Hummel unterwegs.

»Keine Ahnung. Sabine war plötzlich weg. Traudl, meine Garderobenfrau, hat gesagt, dass Sabine sie kurz vertreten hat, als sie eine rauchen war. Kurz danach hatte Greindl seinen Auftritt, hat behauptet, dass Traudl ihm Papiere aus der Jackentasche geklaut hat. Ich hab ihn zuerst gar nicht erkannt, weil er eine Sonnenbrille aufhatte.«

»Meinst du, Sabine hat was damit zu tun, also mit seinen verschwundenen Papieren?«

»Ich hab keine Ahnung. Was denn? Und vor allem – warum? Außerdem hat er ja gesagt, dass seine Sachen dann doch im Auto waren.«

»Das klingt alles ziemlich schräg.«

»Allerdings.«

Brandl bog von der Bundestraße auf die kurvige Landstraße in Richtung Toxic ab. Hinter einer scharfen Rechtskurve hielt er an.

»Hier ist es passiert.«

Hummel stieg aus und betrachtete die beschädigten Sträucher und Baumstämme. »Ist das Auto noch da?«

Brandl trat zu ihm. »Ja, es ist schwierig zu bergen. Sabine wurde mit dem Hubschrauber geholt.«

Hummel sah sich die Unfallstelle genau an. Keine Bremsspuren auf dem groben Asphalt. »Wenn der Wagen ausbricht, müsste man dann nicht den Gummiabrieb auf der Straße sehen?«

Brandl zuckte mit den Achseln. »Komm, hier lang.«

Sie stiegen durch das Gestrüpp nach unten.

»Der Hang ist völlig zertrampelt«, sagte Hummel. »Wer war das?«

»Die Rettungskräfte.«

»Wer hat das Wrack überhaupt entdeckt? Von oben ist nichts zu erkennen.«

Brandl deutete zu dem gegenüberliegenden Hang. »Der Bauer, also der Hinz Alois, hat es gesehen, als er frühmorgens mit dem Trecker raus ist. Aber von seiner Seite kommst du nicht runter.«

»Wenn hier noch andere Spuren waren, können wir die jedenfalls vergessen.«

»Was meinst du damit?«

»Vielleicht war ja noch jemand unten am Auto.«

»Um dort was genau zu tun?«

»Sich das zurückzuholen, was Sabine entwendet hat.«

»Greindl hat seine Unterlagen nicht mehr vermisst.«

»Der lügt doch, wenn er das Maul aufmacht.«

»Hummel, wir haben keine Ahnung, ob das was anderes als ein Unfall ist.«

»Eben. Wir haben keine Ahnung.«

Hummel betrachtete das Autowrack genau und zog sich Einweghandschuhe an. Er war froh, im Auto kein Blut zu sehen. Der Gedanke, dass Sabine in dem zerstörten Auto gesessen hatte, schnürte ihm die Kehle zu. Dosi hatte ihm gesagt, dass Gesine am Unfallort gewesen sei und sich alles angesehen habe. Unfall – die KTU müsste sich das genau ansehen.

Er untersuchte akribisch den Fußraum und das Handschuhfach, auch die Sitzbank hinten und den Kofferraum des Corsas. Nichts, was ihm irgendwelche Anhaltspunkte auf das hätte geben können, was vorgefallen war. Er trat ein paar Meter zurück und betrachtete den Hang. Sie war an der steilsten Stelle abgestürzt. Ein paar Meter weiter vor oder hinter der Kurve, und ihr Wagen wäre schnell im dichten Wald zum Stehen gekommen. Durch die Bäume konnte er Brandls Wagen oben sehen. Er kletterte durch den Wald nach oben. Scannte den Boden. Wie ein Indianer auf Spurensuche. Nichts. Hummel war schon fast an der Straße, als er die groben Schuhprofile in dem weichen Boden sah. Schnaufend kam ihm Brandl hinterher.

»Und? Hast du was?«

»Habt ihr hier auch so was wie eine Spurensicherung?«

»Na ja, die Straubinger Kollegen …«

»Will ich jetzt nicht unbedingt anrufen. Sonst fragen die, was die Münchner hier noch treiben. Schau, hier die Abdrücke. Und da sind auch Reifenspuren.«

In der Ferne grollte der Donner. Hummel sah zum Himmel. »Wir müssen schnell sein. Die Spuren sind bald Geschichte. Was machen wir, Brandl? Vorschlag?«

»Ich hab ein bisschen Gips in der Werkstatt.«

»Bei dir zu Hause?«

»Bei meiner Mutter. Die wohnt jetzt in der alten Mühle. Also, wo ich früher gewohnt hab. Ich ruf sie an.«

»Schnell, bitte.«

Schon kurz nachdem Brandl telefoniert hatte, begann es zu tröpfeln.

»Ich hab auch Malerfolie bestellt«, sagte Brandl.

»Sehr gut. Aber wir müssen die Spuren jetzt schon abdecken.«

Sie fanden im Wagen nichts Besseres als die Warnwesten

und breiteten sie über die Spuren aus. Dann setzten sie sich ins Auto und rauchten bei offenen Türen.

Als Hummel fertig war, drückte er den Zigarettenstummel im Aschenbecher aus und schaute aus der Tür. Nein, er täuschte sich nicht. Da war eine Kippe. Er streifte das Zellophan von seiner Zigarettenschachtel und hob die Kippe damit auf. Der Filter ist ein bisschen aufgequollen, dachte Hummel, aber alt ist der Zigarettenstumpen nicht. »Vielleicht haben wir ja Glück, und das ist eine Spur.«

»Wenn du meinst.«

Endlich traf Brandls Mutter ein. Mit Schirm kam sie im Nieselregen zu ihnen herüber.

»Servus, ich bin die Mama vom Stefan.«

»Hummel, also Klaus. Sie haben den Gips?«

»Ja, einen ganzen Sack.«

»Eimer und Wasser?«, fragte Brandl.

»Äh. Eimer hab ich. Aber Wasser? Es regnet doch eh schon.«

»Aber wie sollen wir das machen? Mama!«

»Ruhig, mein Kleiner. Sei froh, dass ich an den Eimer gedacht hab. Den hast du nicht bestellt.«

»Aber die Folie hast du?«

»Natürlich.«

»Dann lasst uns zuerst die Spuren abdecken.«

Sie entfalteten die Malerfolie und deckten die Spuren großzügig ab.

»Wenn der Boden erst mal richtig durchnässt ist, dann geht da nix mehr«, sagte Hummel. »Wir müssen die Spuren schnellstens ausgießen. Bevor der Regen stärker wird.«

»Ich hab einen Kasten Bier im Auto«, sagte Frau Brandl. »Geht das?«

»Wenn's kein Weißbier ist. Das schäumt zu sehr.«

»Helles.«

»Na dann ist ja alles gut.«

Sie rührten einen Eimer mit Gips an. Brandl und seine Mutter hielten die Folie hoch, und Hummel goss die zähe graue Masse in die Spuren. Dann breiteten sie wieder die Folie darüber. Sie schafften es gerade so, bevor ein heftiger Schauer niederging. Sie setzten sich ins Auto und warteten ab. Auf Regen folgte Sonne. So war es auch wenige Minuten später. Alles dampfte, der blaue Riss im Himmel wurde immer breiter. Sie zogen die Folien beiseite.

»So, jetzt brauchen wir nur ein bisschen Geduld«, sagte Hummel.

Brandls Mutter grinste und ging zum Kofferraum ihres Autos, wo sie drei Bier herausholte. Hummel wollte schon ablehnen. Aber nein, das konnte er jetzt gut gebrauchen. Wenn sie Glück hatten, brachten ihnen die Spuren was. Auch die Zigarettenkippe in seiner Jackentasche. Wären sie nur eine Stunde später hierhergekommen, hätte es keine Spuren mehr gegeben. Wenn es denn relevante Spuren waren. Er musste die Sache aufklären. Unter allen Umständen. Sie stießen an. Sein Magen war leer. Das Bier knallte ihm sofort in den Kopf.

»Alles klar, Hummel?«, fragte Brandl besorgt.

»Alles klar. Aber ich muss bald was essen. Wir warten noch, bis der Gips trocken ist, und dann packen wir das Zeug ein.«

»Ich kann schon vorausfahren und was kochen, Burschen.«

»Danke, Mama. Das wäre gut.«

»Okay, wir sehen uns gleich.«

Sie stieg in ihr Auto und fuhr los.

»Wenn meine Mama eins nicht kann, dann kochen. Es gibt Dosenravioli, wetten?«

»Ich liebe Dosenravioli.«

Hummel lehnte sich nach hinten, drehte die Lehne zurück und starrte an die Wagendecke. Nahm einen großen Schluck Bier und schloss die Augen.

»Klaus, bitte noch mal. Dagegen ist John Travolta ein Dreck!«

»Nein, ich kann mich doch nicht zum Affen machen.«

»Doch, ich liebe Männer mit Humor. Weißt du, hier machen immer alle auf cool und dicke Hose: mein Haus, mein Hof, mein Auto, meine Muskeln, meine Tattoos. Cool in der Disco und im echten Leben die letzten Spießer. Von denen würde nie einer über die Tanzfläche rutschen und seine Jacke wegwerfen.«

»Ich hab das auch noch nie gemacht. Aber wenn du mir andauernd die blöden Rüscherl hinstellst.«

»Magst du noch eins?«

»Ich mag lieber einen Kuss.«

»Kriegst du.«

Ein gewaltiger Knall riss Hummel aus den Träumen. Draußen war es wieder pechschwarz. Weiße Blitze spalteten den Himmel. Donner wie Explosionen. Hagel prasselte hernieder.

»Scheiße, alles umsonst!«, sagte Hummel.

»Cool bleiben, Hummel.«

»Wie kannst du da cool bleiben, wenn gerade unsere Spuren vernichtet werden?«

»Die Gipsabdrücke sind bereits im Kofferraum.«

»Cool, Brandl, sehr cool. Sorry, ich bin eingenickt.«

»Alles gut. Hast du die Kippe?«

»Ja, mal sehen, was unser Labor sagt.«

»DNA?«

»Klar.«

»Ihr macht das selber?«

»Nein, wir schicken das ein. Dafür gibt's Speziallabors.«

»Aber dann müsstet ihr ja was Vergleichbares in der Datenbank haben.«

»Na ja, das ist eher unwahrscheinlich. Ich denke, ich werde mir was bei unserem Verdächtigen besorgen.«

»Mit richterlichem Beschluss?«

»Da hab ich keine Hoffnung, dass ich den bekomm. Ich dachte eher, dass ich dem in München einen kleinen Besuch abstatte und ihm in seinem Badezimmer ein paar Haare aus dem Kamm zupfe.«

»Das ist illegal, oder?«

Hummel zuckte mit den Achseln. »Illegal ist ein hartes Wort. Wenn wir immer alles brav nach Vorschrift machen, kommen wir manchmal nicht sehr weit. So einen kleinen DNA-Abgleich muss ja nicht jeder mitkriegen, oder?«

»Ja, klar.« Brandl nickte nachdenklich. »Geht das denn schnell, so eine DNA-Analyse?«

»Ja, ziemlich. Warum interessiert dich das Thema so?«

»Ach, nur so. So komplexe Sachen haben wir hier in der Regel nicht. Obwohl, die Straubinger Kollegen rücken bei Kapitalverbrechen ja auch immer mit dem kompletten Besteck an. So, wir können jetzt losfahren. Bestimmt sind Mamas Ravioli schon al dente.«

FUGEN

Am Nachmittag unterhielt sich Hummel mit Traudl, der Garderobendame aus der Disco. Ja, Sabine habe sie für eine Zigarettenlänge an der Garderobe vertreten. Nein, Sabine würde niemand etwas aus der Jackentasche klauen. Und ja, der Typ sei sehr unangenehm gewesen. Sehr aufbrausend, bisschen wie ein Alki. Aber besoffen war er nicht.

Hummel fuhr danach mit Brandls Wagen zu Robert Weinzierl und sprach mit ihm. Eigentlich ganz vernünftig. Bei einem Becher Kaffee im Hof. Mit Blick auf die Armada hinfälliger Landmaschinen.

»Sie leben nicht von der Landwirtschaft, oder?«, fragte Hummel.

»Nein, ich bin in Dingolfing bei BMW.«

»Sie pendeln.«

»Wie viele in der Gegend. Ich würde gern den Hof bewirtschaften, aber das überschreitet meine Kräfte. Wenn Chrissie mitmachen würde, wäre das was anderes. Aber Sie haben sie ja gesehen.«

»Was war denn der Auslöser für ihre Drogensucht?«

»Die Verfügbarkeit. Die Tatsache, dass das billige Zeug den gesamten Landstrich überschwemmt. Schuld ist man am Ende immer selbst, wenn man das Zeug nimmt. Andere saufen. Ich war kurz davor.«

»Warum?«

»Als unsere Eltern gestorben sind, ist alles aus den Fugen geraten.«

»Haben Sie noch irgendwas zu der Geschichte mit den toten Frauen in dem Transporter zu sagen?«

»Nein. Wieso?«

»Eine Zeugin hat Sie und Ihren Freund an der Stimme erkannt, als Sie neulich in der Disco darüber geredet haben. Leider können wir das jetzt nicht mehr überprüfen. Die Zeugin ist tot.«

»Was ist passiert?«

»Ein Unfall, nachdem sie am Freitagabend wieder in der Disco war. Also, es sieht aus wie ein Unfall, oder es soll wie einer aussehen. Und nun raten Sie mal, wer auch in der Disco war und zur selben Zeit von dort weggefahren ist wie unsere Zeugin.«

Robert sah ihn mit leerem Blick an.

»Ihr Freund Andreas Greindl.«

Robert zuckte mit den Achseln.

Hummel gab ihm seine Visitenkarte. »Rufen Sie an, wenn Sie reden wollen.«

Hummel hatte kein rechtes Gespür dafür, ob er jetzt zu weit gegangen war. Ob der Typ vielleicht mit alldem gar nichts zu tun hatte. Ob er nur aus Sorge um seine Schwester so durch den Wind war. Warum war der überhaupt schon zu Hause? Hatte er gar nicht gefragt. Na ja, vermutlich hatte er sich wegen seiner Schwester freigenommen.

Jetzt stand Hummel das Schwierigste bevor – der Besuch bei Sabines Bruder Maximilian und ihrem Vater.

HOLZHACKEN

Im Hof der Familie Brunner hackte ein junger Mann Holz. Mit unbändiger Wut. Sein T-Shirt war komplett durchnässt.

»Hallo!«, rief Hummel.

Der Mann hackte weiter.

»He, Sie!«

Jetzt hörte der Mann auf.

»Klaus Hummel, Kriminalpolizei. Sind Sie Maxi, der Bruder von Sabine?«

»Ja. Und?«

»Können wir reden?«

»Gleich.«

Maxi legte sich einen besonders großen Holzklotz zurecht und schlug mit aller Wucht zu. Die Hälften sprangen zu den Seiten weg.

»Jetzt können wir reden.«

»Ich glaube nicht an einen Unfall«, sagte Hummel geradeheraus.

Maxi sah in verblüfft an.

»Sabine hat vor ein paar Tagen in dem Fall mit den toten Prostituierten eine Zeugenaussage gemacht. In der Nacht zum Samstag hat sie noch versucht, mich zu erreichen. Leider war mein Handy ausgeschaltet. Vielleicht hatte sie noch was zu dem Fall herausgefunden.«

»Was hat Bine mit den toten Frauen zu tun?«

»Tut mir leid, darüber darf ich nicht reden.«

»Sie ist eure Zeugin, und ihr beschützt sie nicht?«

»Niemand außer uns Polizisten wusste, dass sie eine Aussage gemacht hat. Der Tatverdächtige wusste nichts von ihr.«

»Sicher?«

»Ganz sicher«, sagte Hummel. Aber wie sollte er sich da eigentlich sicher sein? Wenn Greindl sie nach der Begegnung auf dem Flur im Präsidium doch erkannt hatte?

Maxi holte seine Zigaretten heraus und reichte Hummel eine. Sie rauchten.

»Ihre Schwester war unglaublich schön«, sagte Hummel.

Maxi nickte stumm.

»Ein frischer Luftzug«, sagte Hummel. »Sie hat alles zum Leuchten gebracht.«

»Immer schon. Als Mama damals weg ist, hat Papa mit dem Saufen so richtig aufgedreht. Nix mehr auf die Reihe gekriegt. Bine hat den Laden allein geschmissen. Ich war keine große Hilfe. Und jetzt war endlich alles gut und in ruhigem Fahrwasser, und sie wollte selber raus, in die Stadt. Sie hat es nicht geschafft.«

»Nein, leider nicht. Kommt ihr klar hier, also Sie und Ihr Vater?«

»Wir müssen.«

»Was ist mit Ihrer Mutter?«

»Ich hab sie angerufen. Sie kommt nach München. Warum ist Bine dort in der Rechtsmedizin?«

»Wir suchen nach Fremdspuren.«

»Was meinen Sie damit?«

»Ich glaube, sie hatte etwas dabei, was nicht ihr gehörte, was aber jemand zurückhaben wollte.« Hummel biss sich auf die Zunge.

»Der Typ in der Disco. Ich hab's mitgekriegt.«

»Kennen Sie ihn?«

»Nein, ist mir vorher noch nie aufgefallen. Ist er aus der Gegend?«

»Ich darf wie gesagt nicht darüber reden.«

»Keine Angst. Rache ist nicht so meins.«

»Aber meins. Ich versuche das zu klären. Ich werde das klären.«

»Machen Sie das. Ich muss jetzt wieder Holzhacken. Sonst dreh ich durch. Der nächste Winter kommt bestimmt. Nein, er ist schon da.«

Hummel sah in den tiefblauen Sommerhimmel. Ja, auch in sein Herz war der Winter eingezogen.

Er fuhr nach Grafenberg zu Brandl auf die Wache. Dann rief er Dosi an und berichtete ihr von seinen mageren Ergebnissen. Vor allem von den Spuren am Unfallort, die er mit Brandl gesichert hatte.

»Der Firmenwagen, mit dem Greindl unterwegs war, hat keine Geländereifen. Ein stinknormaler Ford Focus.«

»Dann bleiben nur die Stiefel«, sagte Hummel.

»Der Greindl lässt uns bestimmt nicht sein Schuhwerk anschauen«, meinte Dosi.

»Ich nehm die Abgüsse trotzdem mit.« Hummel verabschiedete sich und legte auf.

»Was machen wir jetzt?«, fragte Brandl.

»Na ja, eine weitere Spur haben wir ja noch. Der Zigarettenstummel. Vielleicht bringt das was. Ich lass ihn auf Speichelreste prüfen. Wenn DNA dran ist, dann organisier ich eine Probe von Greindl.«

»Und das geht – mit so einem bisschen Speichel?«

»Jetzt fragst du schon wieder. Was genau willst du wissen?«

»Kannst du mir einen Gefallen tun?«

»Was denn?«

»Das ist jetzt ein bisschen peinlich. Ich will einen DNA-Test machen.«

»Du? Wofür? Deine Kinder?«

Brandl nickte bedrückt.

»Jetzt nicht dein Ernst, oder? Warum?«

»Mir kam kürzlich der Gedanke. Also, ich hab den Verdacht, dass ich mich an ein Leben kette, das gar nicht meins ist. Wegen Umständen, die vielleicht gar nicht in meiner Verantwortung liegen.«

»Und da willst du einen DNA-Test von dir und deinen Kindern machen?«

»Ja, das will ich. Hilfst du mir?«

»Ach komm, so ein Test ist doch ganz einfach. Da gibt's doch Anbieter im Internet.«

»Und wie gut sind diese Labors? Außerdem haben meine Frau und ich ein gemeinsames Konto. Wie erklär ich ihr die Kreditkartenabbuchung? Die kontrolliert alle Ausgaben.«

»Mann, Brandl, in welcher Hölle lebst du eigentlich?«

»Ich will da raus.«

»Ich kann das auch mit meiner Kreditkarte für dich machen. Ach Quatsch. Gib mir die Proben mit. Ich frag Gesine, ob sie in München einen Schnelltest machen kann. Von dir brauch ich dann aber auch Genmaterial.«

»Cool. Aber das ist mir wahnsinnig peinlich. Ich hoffe natürlich, dass ich der Vater bin.«

»Deswegen machst du ja den Test, versteh schon. Brandl, alles gut, ich organisier das.«

»Ich möchte mich ja um die Kinder kümmern. Aber das ist nicht so einfach. Ich fühl mich eigentlich noch nicht bereit für so was.«

»He, Brandl, du bist keine zwanzig mehr.«

»Ja, da hast du recht. Eigentlich ist es nur so, dass ich meine Frau nicht liebe. Ich hab das Gefühl, dass sie mich gekapert hat. Die war früher auch kein Kind von Traurigkeit. Es könnte durchaus sein, dass ein anderer Mann die Kinder gezeugt hat.«

»Und auf die Idee kommst du erst jetzt, nach zwei Jahren?«

»Besser spät als nie.«

ABSCHIED

Im Zug nach München war Hummel sehr nachdenklich. Was wollte er eigentlich herauskriegen? Wenn es doch einfach nur ein tragischer Autounfall war? Wenn Sabine einfach zu schnell in die scharfe Kurve gefahren war? Und er spuckte große Töne. Dass er das alles aufklären wolle. Was, wenn es gar nichts zum Aufklären gab? Scheiß drauf! Er musste es probieren. Es war eine höhere Aufgabe. Er merkte, dass ihm die Tränen über die Wangen liefen. Er sank in seinem Sitz nach unten und drehte sich zur Fensterscheibe. Er ließ es einfach laufen, das salzige Wasser. Waren er, Dosi und Zankl schuld daran, dass Sabine in die ganze Geschichte reingerutscht war? Aber Sabine hatte ja selbst bei ihm angerufen, nachdem sie das Gespräch in der Disco belauscht hatte. Scheiße, jetzt fiel ihm ein, dass er Beate immer noch nicht Bescheid gegeben hatte. Per Telefon ging das nicht. Er fürchtete sich bereits jetzt davor. Nicht nur davor. Gesine hatte ihm gesimst, dass morgen um zehn Uhr Leichenschau sei. Noch einmal Sabines schönes Gesicht sehen, Abschied nehmen von ihr. Er sah mit starrem Blick, wie die Höhenzüge des Bayerischen Walds am orangeroten Horizont in die Ferne rückten.

TAUFRISCH

»Muss das sein?«, fragte Brandl seine Frau genervt, als er heimkam.

»Ja, das muss sein. Wenn meine Eltern schon mal einladen!«, antwortete Susi in schriller Tonlage.

»Bisschen spontan. Ich bin müde.«

»So, für die Disco warst du auch nicht zu müde.«

»Das ist Arbeit, kein Spaß.«

»Du bist um vier Uhr gekommen und warst um sieben schon wieder weg. Das ist doch kein Zustand!«

»Es gab einen schlimmen Unfall auf dem Heimweg von der Disco.«

»Ja, hast du dich vielleicht schon mal gefragt, ob es da einen Zusammenhang gibt?«

»Wo?«

»Zwischen Disco und Autounfällen spätnachts.«

»Was soll das, Susi? Die Leute sind erwachsen. Und wenn ich sehe, dass wer besoffen noch selber fahren will, dem nehm ich die Autoschlüssel weg.«

»Jaja, der fürsorgliche Herr Polizist. Wäre schön, wenn der mal zu Hause so fürsorglich wäre. Die Kinder sehen dich ja kaum.«

Brandl atmete tief durch. »Vorschlag: Ich bring die Kinder ins Bett, und du fährst allein zu deinen Eltern.«

»Nein, da gehen wir gemeinsam hin. Mama will die Zwillinge sehen. Die können da schon ein bisschen auf dem Wohnzimmersofa schlafen. Ich brauch noch fünf Minuten, dann gehen wir. Und wechsle zumindest dein Hemd.«

Brandl zog sich aufs Klo zurück. Starrte die Klotür an. Das ist die Hölle, dachte er. Ich muss hier raus! Sich vom Herrn Bürgermeister mal wieder die Welt erklären zu lassen und die Tricks und Kniffe der Kommunalpolitik – darauf ist wirklich geschissen!

Es pochte heftig an der Tür. Er machte mit Mund und Armbeuge ein Furzgeräusch, um eine Extraminute für sein nicht stattfindendes Geschäft zu gewinnen. Er zählte bis hundert, dann spülte er, obwohl er auf dem geschlossenen Klodeckel saß.

»Wo ist das frische Hemd?«, fragte seine Frau, als er vom Klo kam.

»Im Schrank.«

»Egal. Jetzt komm. Wir sind schon zu spät. Du weißt doch, wie Mama immer mit dem Essen ist.«

Sie packten die Zwillinge in die Kindersitze und fuhren die drei Kilometer zum schwiegerelterlichen Heim, einem eindrucksvollen Dreiseithof mit opulenten Geranienwucherungen an den Balkonen, die sich über die gesamte Außenfront des Gebäudes erstreckten. Fünfzig Meter Blütenalbtraum. Es war fast dunkel und immer noch schwül und stickig. Grillen zirpten, und Grillkohle verlieh der Sommernacht ein herbes Aroma. Okay, es gibt auf der Terrasse das volle Programm, dachte Brandl und wischte sich den Schweiß von der Stirn.

Sie brachten die Zwillinge hinein, wo sie sogleich von Omaliebe überschüttet wurden. Brandl trat durch die geöffnete Glasfront auf die Terrasse hinaus.

»Servus, Stefan«, sagte Wildgruber.

»Servus, Franz-Josef. Danke für die Einladung.«

»Bisserl spontan. Aber ich hab vom Eichinger eine halbe Wildsau bekommen. Das meiste hat die Moni eingefroren. Aber ein paar Steaks isst man am besten frisch vom Grill. Du hast doch Hunger?«

»Ach, du weißt doch, das mit der Radioaktivität …«

»Haha! Was kümmert uns das? Wir haben unsere Gene ja bereits erfolgreich weitergegeben. Oder habt ihr noch mehr vor?«

»Bier ist in der Küche?«

»Bring mir auch eins mit.«

Als Brandl mit dem Bier zurück war, stießen sie an und tranken. Brandl musterte die Grillschürze seines Schwiegervaters, unter der sich Unterhemd, kurze Hosen und Badelatschen verbargen. »Schicker Dress«, sagte er grinsend.

»Genau das Richtige zum Grillen in einer lauen Sommernacht. Tagsüber immer der Trachtenanzug, da bist du abends schon mal froh, wenn du was Bequemes anhast.«

»Susi wollte, dass ich noch ein frisches Hemd anziehe.«

»Von mir aus hättest du auch in Jogginghosen kommen können.«

»Mach ich das nächste Mal. Du, ich bin gleich wieder da. Ich schau mal schnell nach den Kleinen.«

Brandl ging wieder nach drinnen. Irgendwas arbeitete in seinem Kopf. Die Badelatschen. Nein. Oder? Etwas, was er draußen gesehen hatte.

»Stefan, holst du mal die Windeltasche aus dem Auto?«, rief seine Frau.

Als Brandl hinausging, sah er sofort, was ihm bei der Ankunft aufgefallen war. Die großen Gummistiefel. Die sein Schwiegervater so oft anhatte, wenn er nicht dienstlich unterwegs war. Er hob einen der Stiefel hoch und betrachtete nachdenklich die dicke Profilsohle. Sein Blick wanderte zu dem Mercedes-Geländewagen. Er beugte sich nach unten, machte seine Handylampe an und besah sich das Reifenprofil. Jetzt hörte er die Zwillinge im Haus schreien. Er steckte das Handy ein und öffnete den Kofferraum seines Wagens, um die Wickeltasche herauszunehmen. Sah zu den Stiefeln. Nahm einen. Nein, beide. Sah ja sonst blöd aus, wenn hier nur einer stehen blieb. Er legte sie in seinen Kofferraum und warf die alte Decke darüber.

»Wo bleibst du denn?«, zischte Susi von der Haustür.

»Sorry, ich hab mein Handy im Auto vergessen.«

»Heute ruft keiner mehr an. Dienstschluss!«

»Jaja.«

»Moritz hat bestimmt schon einen wunden Po.«

»Ich wechsle ihm gleich die Windel.«

»Auf keinen Fall. Das mach ich. Du kleisterst ihn sonst wieder mit Penatencreme zu. Da schmiert man nur ein bisschen in die Hautfalten. Babyhaut muss atmen können.«

»Jawoll.«

»Und Papa wartet auch schon auf dich.«

Der stand auf der Terrasse im Grilldunst und grinste breit.

»Na, alles frisch, Stefan?«

»Taufrisch.«

Sie stießen wieder an.

FEST

Beate lag weinend in Hummels Armen. Er hatte ihr gerade erzählt, was passiert war.

»Ich wollte es dir gleich sagen. Ich hab es gestern erfahren, aber es war so ein Schock, da bin ich zusammengeklappt.«

Sie sah ihn an.

»Ich weiß auch nicht, aber das hat mich so mitgenommen, dass ich umgekippt bin. Die Betriebsärztin hat mir eine Spritze gegeben.«

»Aber warum hast du mich nicht angerufen?«

»Ich weiß auch nicht. Du warst bei deiner Freundin in Bamberg, und ich wollte dir das nicht am Telefon erzählen.«

»Und warum hast du heute bis mitten in der Nacht gewartet?«

»Ich war den ganzen Tag unterwegs. Ich ermittle in dem Fall. Ich war in Karlsreuth. Nicht ganz offiziell, die Betriebsärztin hat mich krankgeschrieben. Aber Mader weiß Bescheid.«

»Was heißt das, du ermittelst?«

»Ich bin mir nicht sicher, ob es nur ein Unfall war.«

»Was meinst du damit?«

»Das kann ich dir nicht sagen, das darf ich nicht sagen. Das ist alles so unendlich traurig. Sie war so liebenswürdig, ein so schöner Mensch.«

Beate nickte. »Ja, das war sie. So unverstellt. Klaus, versprich mir eins.«

»Ja?«

»Bring dich nicht selbst in Gefahr.«

»Nein, mach ich nicht.«

»Und jetzt halt mich fest.«

SCHNEEWITTCHEN

Auch Mader war im kühlen Keller bei Gesine dabei. Sabine lag unter einem weißen Tuch. Gesine deckte ihr Gesicht ab.

Schneewittchen, dachte Hummel.

Die anderen dachten bestimmt etwas Ähnliches. Die feinen Gesichtszüge, die kräftigen dunklen Haare, um die Mundwinkel ein fast entspanntes Lächeln.

Sie schläft, dachte Hummel und wusste, dass es nicht so war.

»Keine Kopfverletzung, kein gebrochenes Rückgrat«, erklärte Gesine. »Der Brustkorb wurde beim Aufprall durch den Gurt stark eingedrückt. Ein paar Rippen sind gebrochen und haben innere Organe verletzt. Sie ist innerlich verblutet.«

»War sie gleich tot?«, fragte Mader.

»Nein. Ich kann das nur schätzen, aber sie war noch ein paar Stunden am Leben. Wann war der Unfall genau?«

»Ungefähr zwei Uhr nachts«, sagte Hummel. »Sie wurde am frühen Morgen gefunden. Die Rettungsleute waren so um sieben Uhr am Unfallort.«

Gesine nickte ernst. »Zu spät, leider. Vielleicht nicht viel zu spät, aber zu spät.«

Hummels Augen füllten sich wieder mit Tränen. Er schnäuzte sich. »Wenn rechtzeitig jemand gekommen wäre oder wenn man sie in der Nacht schon gefunden hätte, dann wäre sie jetzt noch am Leben?«

»Davon gehe ich aus.«

»Fremdspuren?«

»Ich hab ins Labor gegeben, was an ihrer Kleidung zu finden war. Ein paar Fusseln, Haare, ein Stück Papiertaschentuch, ein paar Schuppen.«

»Warum glaubst du, dass da in der Nacht jemand bei ihr am Auto war?«, fragte Mader.

»Wir haben oben Reifenspuren gefunden, Schuhabdrücke, eine Kippe.«

»Das kann von den Sanitätern stammen«, meinte Zankl. »Die haben es zuerst von oben versucht.«

»Nein, das war weiter hinten, nach der Kurve. Dort ist der Hang auch nicht so steil.«

»Warum soll da jemand gewesen sein? Also jemand, der mit der Sache was zu tun hat?«

»Ich glaube, dass Sabine in der Disco diese Papiere hat

mitgehen lassen. Sie hat Greindl erkannt, hat gesehen, wie er seine Jacke an der Garderobe abgibt, und war neugierig. Von der Garderobenfrau weiß ich, dass Sabine sie für eine Zigarettenlänge vertreten hat.«

»Und was soll das gewesen sein, was sie an sich genommen hat?«

»Keine Ahnung, aber irgendwas Wichtiges, sonst hätte Greindl nicht einen solchen Aufstand gemacht.«

»Greindl hatte eine Erklärung dafür«, sagte Zankl. »Er dachte, er hätte wichtige Papiere verloren. Aber sie waren dann doch da.«

»Das ist doch eine Ausrede …«

»Hummel, du rückst Greindl nicht auf die Pelle«, sagte Mader. »Der soll sich sicher fühlen. Wir müssen sehen, was er tut. Kein Alleingang. Ist das klar, Hummel?«

»Ja, ist klar.«

»Dann wieder an die Arbeit, Leute.«

Alle außer Gesine und Hummel verließen den Raum.

»Kann ich noch kurz hierbleiben?«, fragte Hummel.

Gesine klopfte ihm auf die Schulter. »Hummel, nimm es nicht so schwer. Du bist bei der Kripo. Ihr seid nicht verwandt. Heute kommt noch die Mutter vorbei. Das ist was ganz anderes. Das sind dann die Momente, in denen ich mir einen anderen Beruf wünsche. In irgendeinem ruhigen Krankenhaus. Du hast sie sehr gerngehabt, ja?«

»Wie es in so kurzer Zeit möglich ist. Sie war so anders, so frisch, so unkompliziert.«

»Das Anrecht der Jugend.«

»Vielleicht.«

Er sah in Sabines schönes Gesicht. »Als ob sie schläft. Hoffentlich schläft sie gut.«

244

»Das tut sie.« Gesine zog das Tuch über Sabines Gesicht. »Sobald ich Ergebnisse zu den Proben von der Kleidung habe, melde ich mich.«

»Klar.« Hummel wandte sich zum Gehen. »Äh, Gesine. kann ich dir noch was geben? Das ist jetzt vielleicht ein bisschen unpassend, aber ...« Er griff in die Innentasche seiner Jacke. »Das hat jetzt mit dem Fall nichts zu tun. Ich hab jemand gesagt, dass ich ihm helfe. Kannst du einfach vergleichen, ob die Haare in den beiden Tütchen dieselbe DNA haben?«

»Ist das von dir?«

»Wieso?«

»Hast du eine Vaterschaftsklage am Hals?«

»Nein, es ist für einen Freund.«

»Dafür gibt es Labors.«

»Er hat mich gebeten. Ein Polizist.«

»Aber nur ein Schnelltest.«

SPUREN

Als Hummel die Katakomben im Präsidium verließ, brummte sein Handy.

Brandl. Er hatte es schon zweimal probiert, wie Hummel jetzt sah.

»Ja, Brandl, was gibt's?«

»Hi, Hummel, ich hab da eine ganz blöde Idee. Also wegen unseren Spuren am Unfallort. Die Reifenspuren und die Schuhabdrücke.«

Brandl erklärte ihm, dass er bei dem Grillabend auf die Idee gekommen sei, dass sein Schwiegervater etwas mit der

Sache zu tun haben könnte, nachdem er dessen Geländewagen und Gummistiefel vor der Haustür gesehen habe.

»Wie kommst du auf ihn?«, fragte Hummel.

»Ich komm gar nicht auf ihn. Nur Bauchgefühl. Und
Greindl fährt ja aktuell laut euch einen Ford Focus, und in
der Disco hatte er definitiv keine Stiefel mit grobem Profil
an. Von Greindl können die Spuren, die wir ausgegossen
haben, also nicht sein.«

»Kennen sich denn die beiden, der Greindl und dein
Schwiegervater?«

»Keine Ahnung. Aber hier in der Gegend kennt eigentlich jeder meinen Schwiegervater. Hast du die Gipsabdrücke in die KTU gegeben?«

»Ja klar. Und wie sollen wir das jetzt machen? Das schaut
ja komisch aus, wenn wir bei deinem Schwiegervater aufkreuzen und die Abdrücke vergleichen.«

»Ja, mit dem Wagen, das geht nicht, aber die Stiefel sind
bereits in meinem Kofferraum. Und ich würde sagen, wenn
das sich deckt, dann haben wir einen guten Grund, auch das
Reifenprofil zu überprüfen.«

»Trotzdem. Nenn mir irgendeinen Grund, warum dein
Schwiegervater in der ganzen merkwürdigen Geschichte
drinhängen sollte.«

»Na ja, er ist der Bürgermeister von Karlsreuth und ein
erbitterter Gegner von dem Puff. Für ihn war die Sache mit
den toten Prostituierten ja nicht das Schlechteste. Das Puff
steht jetzt vor dem Aus.«

»Weißt du, was du da sagst?«

»Ja, dass ich meinem Schwiegervater zutraue, für die
Durchsetzung seiner Interessen über Leichen zu gehen. Und
wenn du es ganz genau wissen willst – ich traue ihm alles

246

zu. Er ist ein Karrierist, er manipuliert Leute, ein durch und durch unangenehmer Mensch.«

»Und dein Schwiegervater.«

»Leider. Aber wer weiß, vielleicht nicht für immer. Hast du denn deiner Kollegin die Proben geben können?«

»Ja, sie macht das.«

»Und wie lange wird es dauern?«

»Weiß ich nicht. Aber nicht lange. Kannst du kommen und die Stiefel mitbringen?«

»Mach ich. Meine Schicht geht bis um vier, dann fahr ich los.«

Hummel kratzte sich nach dem Telefonat nachdenklich am Kopf. Der Fall wartete mit erstaunlichen Facetten auf. Wie kam Brandl auf die Idee, dass sein Schwiegervater etwas damit zu tun haben könnte? Interessant. Aber Brandl war ein Instinkttyp. Das mit dem Schuhprofil konnten sie zumindest schnell klären.

SAFE-MONEY

»Ich hab was Neues«, sagte Zankl im Büro zu Hummel. »Die zwei Inkassotypen, die wir bei Greindl im Treppenhaus gesehen haben und die ihm vermutlich das Veilchen verpasst haben, waren vorhin da.«

»Mit Anwalt natürlich«, murmelte Hummel.

»Nein, mit ihrem Chef. Der führt das Unternehmen Safe-Money. Die werden kontaktiert, wenn jemand partout seine Schulden nicht zurückzahlt. Dann machen die Druck.«

»Und die dürfen auch pfänden, also wegen dem Audi?«

»Nein, dürfen die nicht. Aber sie haben gesagt, dass ihnen Greindl den als Pfand gegeben hat.«

»Haha. Freiwillig natürlich.«

»Selbstverständlich. Und jetzt haltet euch fest. Er ist mit hunderttausend Euro verschuldet und muss den Betrag bis zum Donnerstag zurückzahlen. Diesen Donnerstag. Letzte Frist. Und er will das Geld zurückzahlen.«

»Wollen und können ist ja nicht dasselbe.«

»Klingelt da nichts? Dass der Typ in der Disco plötzlich panisch irgendwelche Papiere sucht? Vielleicht war es Geld. Und wenn es Geld war, wo kommt das her, wer gibt so einem Zocker Geld? Und was ist die Gegenleistung?«

Hummel sagte nichts dazu. Aber er hatte schon eine vage Idee.

NERVEN

Greindl öffnete die Haustür in der Plinganserstraße, gerade als sie klingeln wollten.

»Schon zu Hause?«, sagte Zankl. »Müssen Sie nicht arbeiten?«

»Was geht Sie das an?«

»Sie gehen jetzt nirgendwohin«, sagte Zankl.

»Daran können Sie mich nicht hindern.«

»Wir können vieles. Auch wenn wir nicht von Safe-Money kommen.«

»Was wollen Sie?«

»Möchten Sie hier reden oder im Präsidium?«

»Dann kommen Sie halt rein.«

Sie gingen nach oben und setzten sich in Greindls Wohnzimmer. Sie sahen es ihm an. Er hatte wenig geschlafen und war mit den Nerven ziemlich herunter. »Wollen Sie wieder wegen meiner Dienstfahrt fragen? Das haben wir doch bereits geklärt.«

»Nein, mal ein anderes Thema. Wir haben mit den Leuten von Safe-Money gesprochen. Die haben Ihr Auto einkassiert. Wir wissen jetzt ein bisschen mehr über Sie. Sie spielen. Eher erfolglos. Sie haben hohe Spielschulden. Wie wollen Sie denn die hunderttausend zurückzahlen?«

»Sagen die das?«

»Sie sind am Arsch«, sagte Zankl. »Hoch verschuldet. Spielsüchtig. Irgendwann ist Ihr Job weg. Sie kriegen die Kurve nicht. Und erzählen Sie uns jetzt nichts von Ihrem alten Herrn, dem Hühnerbaron. Der finanziert doch lieber seine neue Familie als den verlorenen Sohn. Wenn Sie sich über meinen Ton wundern – ich hab das mit Ihrem breitbeinigen Auftritt samt Anwalt bei uns nicht vergessen. Sie glauben vielleicht, das macht bei uns einen professionellen Eindruck. Aber dafür machen wir den Job schon zu lange. Bei jemand wie Ihnen riechen wir hundert Meter gegen den Wind, dass er Dreck am Stecken hat. Und jetzt ist auch noch unsere Zeugin verstorben, die uns damals erst auf Ihre Spur gebracht hat. Und das ausgerechnet nach Ihrem denkwürdigen Auftritt in der Disco. Ein Unfall in der Nähe der Disco. Ein Unfall? Erzählen Sie mir jetzt nichts von irgendwelchen Scheißpapieren. Ging es um Geld?«

»Ich sag gar nichts. Ohne meinen Anwalt.«

»Machen Sie das. Morgen zehn Uhr im Präsidium. Da nehmen wir uns dann richtig Zeit für Sie. Und jetzt werden wir bei Ihrem Arbeitgeber vorbeischauen und das mit der

Dienstreise noch mal ganz genau nachprüfen. Ob die nicht recht spontan war. Wie das mit dem Kilometerstand des Dienstwagens ist und so weiter.«

»Tun Sie, was Sie nicht lassen können. Sie werden sehen, dass alles korrekt ist.«

»Ja, hoffentlich rutscht mir da nichts über Ihre Spielschulden raus.«

»Das wagen Sie nicht!«

»Nein, deswegen sage ich es ja, also hoffentlich. Einen schönen Abend noch.«

Als sie vor dem Haus standen, schaute Hummel seinen Kollegen kopfschüttelnd an. »Spinnst du, Zankl? Was war das denn? Gehst ihn volle Kanne an?«

»Ich hatte einfach Lust dazu. Der Arsch. Der steckt da knietief drin.«

»Dann ist es aber nicht gut, wenn du ihm das so hinreibst.«

»Doch, der dreht jetzt am Rad. Vielleicht macht er etwas Unbedarftes.«

»Ja, vielleicht Selbstmord.«

»He, Hummel, jetzt komm mal nicht mit der Moralkeule. Du willst ihn doch auch am Arsch kriegen.«

»Ja, aber mit Beweisen.«

»Zum Beispiel mit solchen.« Zankl hielt einen kleinen Plastikbeutel mit einer Kippe hoch.

»Mann, Zankl, du bist so ein Aas. Der Aschenbecher. Respekt!«

»Ehrlich gesagt, hoffe ich, dass Sabine einen Unfall hatte. Dass nicht so ein Arschloch wie er daran schuld ist. Wenn er daran beteiligt war, und sie stirbt dann langsam vor sich hin – unvorstellbar.«

250

»Was machen wir jetzt? Warten wir vor dem Haus?«

»Der traut sich heute nicht mehr raus. Der muss jetzt bestimmt ganz dringend telefonieren. Was würde ich dafür geben, wenn wir da mithören könnten.«

ÄHNLICH

Dosi war baff. Die Ähnlichkeit der Mutter mit der Tochter war wirklich frappierend. Unten im Leichenschauraum hatte es ihr den Atem verschlagen, als sie die bleichen schönen Gesichter der beiden gesehen hatte. Eine tot und eine lebendig. Die Mutter weinte nicht, aber Dosi hatte gespürt, dass ihr Herz gebrochen war. Als würde die Mutter sich selbst in jungen Jahren leblos auf dem kalten Edelstahltisch sehen.

Oben im Büro brach es aus Sabines Mutter heraus, ihre Lebensgeschichte, die frühe Heirat, die Kinder, der saufende Vater, die geistige Enge auf dem Dorf, die Flucht von dort, die nagenden Vorwürfe an sich selbst. »Jetzt habe ich die Rechnung«, schloss sie.

»Unsinn, dafür können Sie nichts«, sagte Dosi bestimmt.

»Doch, ich bin schuld, dass ich nicht für meine Kinder da war. Ich hätte sie nicht zurücklassen dürfen.«

»Dass der Unfall passiert ist, dafür können Sie nichts.«

»Woher kennen Sie Sabine eigentlich?«

»Über einen Fall.«

»Was hatte Sabine mit der Polizei zu tun?«

»Das war reiner Zufall. Wir haben Sabine bei Ermittlungen in Karlsreuth kennengelernt. Und sie hat uns dann in München besucht. Was ich Ihnen auch im Namen meiner

Kollegen sagen will – Sabine hat uns allen hier in den wenigen Tagen den Kopf verdreht. Sie war so fröhlich, aufgeschlossen, schlagfertig. Wir werden sie nicht vergessen.«

»Danke für die netten Worte.«

»Ich habe bei mir in der Wohnung noch ein paar Sachen von Sabine.«

»Was für Sachen?«

»Kleidung. Sie wollte ein paar Tage in meiner alten Wohnung bleiben. Ich wohne schon länger bei meinem Freund.«

»Muss ich ihre Sachen jetzt gleich …«

»Nein. Rufen Sie einfach an, wenn es für Sie passt.«

Dosi gab ihr eine Visitenkarte und brachte sie hinaus. Auf dem Gang kamen ihnen Zankl und Hummel entgegen. Hummel starrte die Frau an. Dosi schüttelte unmerklich den Kopf. Zankl zog Hummel weiter.

»Das war eine Erscheinung«, sagte Hummel später.

»Das hab ich mir auch gedacht«, meinte Dosi. »So würde Sabine in zwanzig Jahren aussehen. Immer noch so schön. – So, was habt ihr, Jungs? Was sagt Greindl?«

EINFACH

Das Leben wurde nicht einfacher. Für niemand. Robert hatte gerade erfahren, dass seine Schwester aus der Klinik abgehauen war. Jetzt saß er zu Hause und betrank sich, weil er auch nicht wusste, was er machen sollte, wo er nach ihr suchen sollte. Sein Handy lag vor ihm auf dem Küchentisch. Aber es klingelte nicht. Niemand meldete sich, dass er seine zugedröhnte Schwester irgendwo auf der Straße oder in einem dunklen Winkel aufgegabelt hatte, auf dem Klo

eines Lokals oder sonst wo. Nicht zum ersten Mal über-
kamen ihn Selbstmordgedanken. Wenn Chrissie eine Überdosis nahm, dann wollte auch er nicht mehr leben.

LOGO

Greindl saß daheim. Traute sich nicht aus dem Haus. Er
hatte gerade mit Wildgruber wegen dem restlichen Geld
telefoniert. Ob das auch wirklich klargehe.

»Ja logisch, geht das klar«, hatte Wildgruber geantwortet.
»Aber das wird auch der letzte Berührungspunkt zwischen
uns sein.«

»Wann ist Übergabe?«

»Mittwochabend bei uns draußen. Oder willst du es lieber überwiesen bekommen?«

Die Scherze kannst du Drecksack dir sparen, dachte
Greindl jetzt.

PERLEN

Hummel kam aus der KTU. Brandl war um sieben im
Münchner Präsidium eingetroffen. Im Gepäck die Gummistiefel. Pi mal Daumen passte der Absatz in den Gipsabguss.
Aber die Kollegen würden das erst morgen früh genau bestätigen können. Hummel lud Brandl zur Pizza ein.

»Was machen wir, wenn dein Schwiegervater wirklich
was mit der Sache zu tun hat?«, fragte Hummel beim Essen.

»Ihr braucht keine Rücksicht zu nehmen. Quetscht ihn
aus, den muss man nicht mit Samthandschuhen anfassen.

Hat denn die Kippe vom Unfallort etwas ergeben? Franz-Josef raucht eigentlich nur Zigarillos.«

»Wir haben uns von Greindl eine Kippe besorgt. Mal sehen.«

»Und meine DNA-Probe?«

»Ist in Arbeit. Falls die Gummistiefel passen, müssen wir uns auch noch um das Reifenprofil kümmern. Dann werden unsere Nachforschungen offiziell. Könnte sein, dass das deine Beziehung zu deinem Schwiegervater ein bisschen belastet.«

»Die ist so gut, die hält das aus.« Brandl grinste müde.

HIMMEL UND HÖLLE

Zankl hatte Heimdienst. Conny war zu ihrem Stammtisch gegangen. Er brachte gerade Clarissa ins Bett. Wie so oft mit ausführlicher Diskussion. Der endlose Durst nach Erkenntnis.

»Papa, wenn man erschossen wird, rennt man dann im Himmel immer mit einem Loch im Kopf rum? Also, wenn einem einer in den Kopf geschossen hat?«

»Na ja, wer sagt denn, dass man immer in den Himmel kommt?«

»Dann eben in die Hölle. Rennen die da alle mit ihren Einschusslöchern rum?«

»Glaub ich nicht.«

»Wieso?«

»Weil, wenn du einen richtig schlimmen Unfall hast, also, wenn ...« Er hielt inne. »Das möchte ich jetzt nicht ausführen.«

»Wenn man so komplett Matsch ist?«

»Ja, so ungefähr.«

»Stimmt, das macht dann keinen Sinn.«

»Ja, Clarissa. So, jetzt ist es wirklich Zeit zum Schlafen.«

»Immer wenn es spannend wird, sagst du, dass ich schlafen soll.«

»Ja, wenn's am schönsten ist, soll man aufhören.«

»Das ist ein blöder Spruch.«

»Das ist kein Spruch, das ist ein Prinzip.«

»Ich scheiß aufs Prinzip!«

Zankl lachte los.

»Da ist nix komisch dran!«

»Schlaf gut, Clarissa.«

VOLL UND LEER

Dosi war in ihrer Wohnung gewesen und hatte Sabines Sachen zusammengepackt. Auf dem Küchentisch lag ein Zettel mit Dingen, die Sabine einkaufen wollte: *Butter, Honig, Eier, Milch, Klopapier, Hagebuttenmarmelade.* Dosi hatte den gelben Zettel zusammengefaltet und in ihre Geldbörse gesteckt. Als Erinnerung. Jetzt saß sie in Fränkis Wohnung und sah in das flackernde Rot der dicken Kerze auf dem Küchentisch. Im Ofen duftete die Lasagne. Hatte Fränki zubereitet. Er war noch schnell bei der Nachbarin, deren Spülmaschine Probleme machte. Dosi war froh, ein paar stille Minuten für sich zu haben. Ihr Kopf war voll und leer zugleich. *Hagebuttenmarmelade.*

SPÄTE RUNDE

Mader machte eine späte Runde mit Bajazzo. Er stand auf dem hohen Berg im Ostpark und genoss den Ausblick auf den gezackten Horizont. Die Wohntürme von Neuperlach wirkten wie das Artwork eines uralten Computerspiels. SIM-City oder so. Wie viele Lichter konnte man in sechzig Sekunden ausschalten? Irgendwie hatte er die Vision, dass hinter der Häuserwand das Meer begann. Nein, da kamen erst die Berge. Die sich aktuell aber im Schwarzblau des Horizonts verbargen. Wäre er jetzt zu Hause, wäre auch sein Wohnzimmer beleuchtet. Ein Licht unter Tausenden, Teil des Ganzen. Gehörte er dazu? Natürlich. Und trotzdem brannte jedes Licht für sich allein. Bienenwaben, in denen sich unterschiedliche Schicksale entfalteten. Viele, sehr viele. Und jeder Bewohner war für sich in seiner kleinen Wohneinheit. Ohne große Beziehungen zueinander. Er war da nicht anders. Er wusste gerade noch, wie die Nachbarin neben ihm hieß. Keine Ahnung, wer über ihm wohnte. Er dachte an Helene. Wie hysterisch sie geworden war, als ihre Töchter sich nicht gemeldet hatte. Alleinsein bedeutete auch Sicherheit. Man war nur für sich selbst verantwortlich. Aber das stimmte ja für ihn nicht mehr. Jetzt hatte er Familie.

Bajazzo bellte.

»Alles klar, mein Lieber, du bist auch noch da. Komm, wir gehen heim.«

MINDESTENS

Hummel rieb sich die Stirn und blinzelte ins Morgenlicht. Am Abend zuvor war das in der Blackbox mindestens ein Bier zu viel gewesen. Brandl war schon fast so weit gewesen, bei ihm in München zu bleiben, als seine Frau ihn angerufen und am Telefon zusammengefaltet hatte. Brandl hatte kreuzunglücklich ausgesehen und war losgefahren. Was sollte man da sagen? Wirklich Mitleid musste man aber mit jemand wie Brandl nicht haben. Der hatte es früher gut krachen lassen. Jetzt fiel Hummel wieder der DNA-Test ein. Musste er Gesine nachher fragen. Er stellte die Kaffeetasse in die Spüle und sah auf die Uhr. Halb neun – Zeit, das Haus zu verlassen.

Heute war seine erste Station die KTU. Dort bestätigten ihm die Kollegen, dass die Gipsabgüsse zweifelsfrei von den Gummistiefeln stammten, die Brandl mitgebracht hatte. Die Sohlen waren genau so abgelaufen wie beim Gipsabguss.

»Das Wasser von da draußen riecht echt geil«, sagte einer der Kollegen und deutete auf die Abgüsse.

»Wir hatten zum Anrühren nur Bier da.«

»Nur Bier? Wo ist das gelobte Land?«

»Bayerwald.«

»Da will ich hin.«

»Ist nur für die ganz Harten.«

»Und was ist mit den Reifenspuren, Hummel? Hast du da auch was?«

»Ich besorg euch die zughörigen Reifen. Danke, Leute.«

Wahnsinn, dachte Hummel. Brandl hat einen guten Riecher. Mal sehen, was der werte Herr Schwiegervater dazu sagt.

Seine nächste Station war Gesines Reich. Sie saß am Schreibtisch und studierte auf dem Bildschirm lauter Zahlenkolonnen.

»Hallo, Gesine, hast du was für mich?«

»Ja, eine Überraschung.«

»Stimmen die DNA-Proben überein?«

»Ja, das tun sie.«

»Echt? Jetzt krieg ich die Typen am Arsch! Greindl war auch an der Unfallstelle.«

»Hummel, das hab ich nicht gesagt. Die zwei Kippen haben nicht dieselben DNA-Spuren. Die Kippe vom Unfallort ergibt gar nichts. Die aus dem Aschenbecher von Greindl ist allerdings interessant.«

»Stimmt sie mit DNA-Spuren aus Sabines Auto überein?«

»Nein, auch das nicht.«

»Sondern?«

»Die DNA an der Kippe aus Greindls Aschenbecher passt zu den Haarproben, die du mir gegeben hast.«

»Hä?«

»Na, die Beutel. Die Haarproben von deinem Kollegen. Die Inhalte der beiden Beutel passen nicht zusammen. Aber die DNA auf der Kippe passt zu den Kinderhaaren.«

»Sag das noch mal.«

»Die Speichelreste an Greindls Kippe und die Kinderhaare, das ist zu neunundneunzig Prozent dieselbe DNA.«

»Ich fass es nicht. Das glaub ich nicht. Du verarschst mich, oder?«

»Warum sollte ich das tun? Offenbar ist Greindl der Vater der Kinder.«

Hummel schüttelte den Kopf. »Wie bist du da draufgekommen?«

»Schlichter Zufall. War alles zeitgleich im Labor.«

»Wahnsinn. Danke, Gesine. Ich glaub, dass ich da mit der Nachricht jemand richtig glücklich machen kann.«

»Jemand, der jetzt seine Frau und Kinder im Stich lässt?«

»Hä?«

»Hummel, das ist mir persönlich egal. Ich wollte es nur anmerken.«

»Äh, klar. Danke noch mal.«

Verwirrt ging Hummel zu den Kollegen. Hatte das für den Fall etwas zu bedeuten? Nein. Sie hatten keinen Beleg dafür, dass Greindl wie Wildgruber ebenfalls an dem Unfallort gewesen war. Trotzdem – sie mussten herauskriegen, ob es eine Verbindung zwischen Greindl und Wildgruber gab.

Als Hummel oben in der Mordkommission ankam, sah er Greindl schon mit seinem Anwalt vor ihrem Büro warten. Klar, sie hatten ihn ja reinbestellt. Zehn Uhr.

Hummel verschwand im Büro und teilte Zankl und Dosi die neuesten Erkenntnisse mit.

»Okay«, sagte Zankl schließlich. »Ihr beiden schaut euch die Vernehmung von nebenan an.«

Zankl verließ das Zimmer und ging mit Greindl und seinem Anwalt in den Vernehmungsraum. Dosi und Hummel bezogen hinter dem halbdurchlässigen Spiegel Stellung. Man sah Greindl an, dass er eine schlechte Nacht gehabt hatte.

Zankl fragte die ganze Geschichte noch einmal vom Anfang an ab. Die Antworten zur Todesnacht der Prostituierten waren exakt dieselben wie bisher. Für die Todesnacht der Lasterfahrer hatte Greindl ein wasserdichtes Alibi, einen auswärtigen Geschäftstermin. Zu Sabines Unfallnacht gab es ebenfalls nichts Neues. Als Zankl Greindl fragte, ob er in jener Nacht auch Wildgruber getroffen habe, stockte Greindl.

Volltreffer, dachte Hummel.

Aber nur eine ganz kurze Irritation. Ohne große Gefühlsregung beantwortete Greindl die Frage mit einem Nein.

»Irgendwas, was Sie uns sonst noch sagen wollen?«, fragte Zankl.

»Ja, einen schönen Tag noch.«

»Das wünsch ich Ihnen auch. Bis zum nächsten Mal. Und einen schönen Gruß an Herrn Wildgruber.«

Hinterher sagte Zankl zu Hummel und Dosi: »Na super, da sind wir nicht wirklich weitergekommen.«

»Doch«, sagte Hummel. »Als du Greindl wegen Wildgruber gefragt hast, da hat er gezuckt.«

»Vielleicht kommt uns das nur so vor?«

»Wie meinst du das?«, fragte Dosi.

»Na ja, wir zimmern uns da was zusammen und warten auf das erstbeste Signal dafür, dass wir recht haben. Es kann irgendeinen Grund dafür gegeben haben, dass Wildgruber in der Kurve gehalten und ausgerechnet da Spuren hinterlassen hat. Sind denn unten beim Unfallauto auch Spuren von ihm gewesen?«

»Da war alles von den Rettungskräften niedergetrampelt. Und der Hang besteht weitgehend aus Fels und Latschenkiefer, da findest du nichts.«

»Komm, es wird doch irgendwelche Stellen mit Waldboden geben.«

»Nach dem Regen, der da runtergekommen ist, sind alle Spuren weg. Vergiss es.«

»Wir müssen umgehend mit dem Wildgruber sprechen«, sagte Dosi.

Zankl schüttelte den Kopf. »Müssen wir das? Ich meine, jetzt haben wir Greindl den Hinweis gegeben, dass wir von einer Verbindung zwischen ihm und Wildgruber ausgehen. Das steigert seine Nervosität sicher noch mal. Wenn an der Verbindung mit den beiden was dran ist, wird er sich mit Wildgruber in Kontakt setzen.«

»Was schlägst du vor?«, fragte Hummel.

»Wir beschatten Greindl weiterhin.«

Jetzt schüttelte Dosi den Kopf. »Wir können nicht den ganzen Tag vor seinem Haus rumlungern oder bei seiner Firma.«

»Müssen wir auch nicht. Wir haben erst nach Büroschluss ein Auge auf ihn. Greindl hat Schulden, die Kredithaie auf dem Hals und jetzt auch noch die Polizei. Er wird zusehen, dass zumindest ein Teil seines Lebens in halbwegs geordneten Bahnen verläuft. Ich bin mir sicher – er wird ganz normal in die Arbeit gehen.«

»Sollen wir Brandl das mit dem DNA-Test sagen?«, fragte Hummel.

»Natürlich. Aber nicht jetzt, das bringt alles durcheinander. Und dann kommt es vielleicht zu einer Konfrontation mit seiner Frau und auch mit dem alten Wildgruber. Das wäre nicht gut.«

»Aber sagen müssen wir es ihm.«

»Aber nicht jetzt.«

Dosi nickte nachdenklich. »Die armen Kinder. Die haben dann die Arschkarte gezogen, wenn der Papa nicht mehr da ist.«

»Es gibt ja einen neuen Papa. Den richtigen.«

»Ja klar, weil Greindl sich kümmert. Vom Knast aus. Der geht nämlich in den Knast, da sind wir uns doch einig, oder?«

HILFE

Robert Weinzierl betrat die Polizeistation in Grafenberg. »Ich brauch deine Hilfe, Brandl«, sagte er über den Bürotresen. »Chrissie ist verschwunden. Aus der Klinik. Gestern schon. Sie ist nicht nach Hause gekommen. Ich hab Angst.«

»Und was soll ich machen?«

»Du kennst doch Leute.«

»Was meinst du damit?«

»Na ja, aus dem Nachtleben.«

»Ich bin Polizist.«

»Als Polizist kennst du doch auch viele Leute. Bitte!«

»Wie soll ich das machen?«

»Gib sie in die Fahndung.«

»Ich kann sie nicht einfach in die Fahndung geben.«

»Warum nicht?«

»Weil das eine Riesenwelle schlägt. Sie ist aus eigenen Stücken verschwunden, sie ist erwachsen. Sie ist abgehauen.«

»Es wird etwas passieren. Ihr wird etwas zustoßen. Sie wird eine Überdosis nehmen.«

»Woher willst du das wissen?«

»Ich spür das. Ich bin ihr Bruder. Kennst du Typen, bei denen sie an Stoff kommt? Bitte, hilf mir. Bitte!«

»Okay, komm mit.«

Sie stiegen in Brandls Dienstgolf.

»War sie in Cham in der Klinik?«

»Ja.«

»Okay, dann fangen wir in Cham an. Kennst du das Bangers?«

262

»Die Metaldisco?«

»Ja. Da würde ich hingehen, wenn ich Drogen kaufen will.«

»Sie hat kein Geld.«

»Trotzdem, da trifft sie Typen, die was haben.«

»Aber da ist doch jetzt zu, oder?«

»Ich kenn den Pächter. Hast du ein Foto von Chrissie dabei?«

»Auf dem Handy.«

Sie fuhren eine halbe Stunde lang schweigend übers Land, bis sie schließlich einen verlotterten Weiler im Nirgendwo erreichten.

Als Brandl ausstieg, schossen zwei riesige Hunde auf ihn zu. Er sprang zurück ins Auto. Zähnefletschende Hundeköpfe tauchten an der Seitenscheibe auf und musterten neugierig das Wageninnere. Es dauerte eine lange Minute, bis die Bestien von ihnen abließen. Der Grund dafür war ein Waldschrat mit Rübezahlbart und Glatze, der aus dem Haus kam. Auf dem linken Ellenbogen ruhte der lange Lauf einer Schrotflinte.

Brandl ließ das Fenster ein bisschen herunter. »Charles, ich bin's nur.«

»So, der Brandl. Was willst du?«

»Was fragen.«

»Als Polizist oder als Kollege?«

»Als Privatmann. Können wir aussteigen?«

Charles pfiff scharf, und sofort zogen die Hunde sich zurück. Brandl und Robert stiegen aus.

»Wir suchen eine junge Frau.«

»Das tu ich auch immer.«

»Hier, schau dir mal das Bild an. Robert, zeig's ihm.«

Charles betrachtete lange das Bild auf dem Handydisplay. »Sieht gut aus, die Braut. Nein, nie gesehen. Wüsste ich.«

»Charles, überleg genau. Das ist ein Jugendbild. Sie ist älter, nimmt Drogen und sieht nicht mehr so frisch aus.«

Charles schaute sich das Bild noch einmal an. »Kann sein. Gestern war da eine Tussi im Laden. Komische Klamotten. Blauer Trainingsanzug.«

»Das ist sie«, sagte Robert. »Wo ist sie?«

»Das weiß ich nicht. Sie hat mit einem Typen rumgemacht. Ich kenn die Sorte Weiber. Brauchen Stoff. Haben gehört, dass es in meinem Laden was geben soll. Ist aber nicht der Fall. Ist das klar, Brandl?«

»Charles, das sagt keiner. Man kann sich seine Gäste nicht aussuchen. Solange sie nix verticken.«

Charles lachte. »He, Brandl, was soll das? Machst du jetzt einen auf scheißliberal? Klar, zu dir in den Laden kommt dieses Scheißgesocks nicht. Wären auch schön blöd, bei 'nem Cop.«

»Charles, wenn es nicht so ernst wäre, würde ich dich auch nicht um eine Auskunft bitten. Das bleibt alles unter uns. Ehrenwort.«

»Ehrenwort klingt gut. Probiert es bei Flipper.«

»Bürgerlicher Name?«

»Philipp Kurz.«

»Hier in Cham?«

»Der hat einen Hof in Runding. Sind nur ein paar Häuser. Nicht zu verfehlen. Wo der große rote Pick-up steht. Der ist brandneu – sein ganzer Stolz.«

»Danke, Charles. Das werd ich dir nicht vergessen.«

»Falls doch, werd ich dich dran erinnern.«

Im Auto fragte Robert: »Kennst du diesen Flipper?«

264

»Nein, ich kenn viele komische Typen, aber den kenn ich nicht.«

Nach zehn Minuten erreichten sie Runding. Der rote Pick-up war tatsächlich nicht zu übersehen. Ein PS-Monster mit riesigen Reifen und dicken verchromten Auspuffrohren an den Seiten. Auf dem Hof war niemand zu sehen.

»Robert, du bleibst sitzen. Wenn was passiert, rufst du die Eins-eins-null. Ist das klar?«

»Ja, ist klar.«

Brandl zog die Waffe und stieg aus. Es war nichts zu hören. Nichts, keine Automotoren, kein Waldesrauschen, keine Vögel. Die Sonne stand hoch am Himmel. Brandl schwitzte. Er ging zum Eingang. Klopfte. Keine Antwort. Er probierte die Klinke. Zugesperrt. Er klopfte noch einmal. Nichts passierte. Er ging zu dem angrenzenden Stall und schaute hinein. Leer, keine Tiere. Staubpartikel tanzten im Sonnenlicht, das durch die Oberlichter in scharfen Lichtblöcken in den Stall fiel. Brandl drehte sich noch einmal zum Auto um. Sah Robert. Nickte ihm zu. Dann ging er in den Stall, an den leeren Schweineboxen vorbei. Die Verbindungstür zum Wohnhaus war nicht abgesperrt. Sie knirschte leise, als er sie öffnete.

Bonk! Der Schlag traf ihn hart am Hinterkopf. Licht aus.

Als Brandl aufwachte, sah er Flipper. Er ging jedenfalls davon aus, dass es sich bei dem tätowierten Muskelglatzkopf um Flipper handelte. Brandl rappelte sich auf und wunderte sich, warum Flipper die Hände über den Kopf hielt. Er drehte sich um und sah Robert. Der hatte eine Waffe im Anschlag. Brandl kannte sie. Es war seine Waffe. »Respekt, Robert! Bitte gib mir die Pistole.«

Robert gab sie ihm.

265

Brandl wandte sich an Flipper. »Wir interessieren uns nicht für deine kleinen dreckigen Geschäfte, mein Lieber. Nein, das stimmt nicht ganz. Wenn du Drogen vertickst, dann übernehmen das meine Kollegen, und du wanderst dafür in den Bau. Wenn du dem Ganzen jetzt noch einen positiven Dreh geben willst, dann gibst du uns eine Auskunft. Robert, zeig ihm das Foto.«

Robert hielt Flipper das Handy hin. »Blauer Trainingsanzug.«

»Sie war gestern im Bangers«, sagte Brandl.

Flipper betrachtete das Foto mit mäßigem Interesse.

»Und?«, herrschte Brandl ihn an.

»Oben.«

»Wo? Hier?«

»Oben. Die Kleine ist vollkommen durchgeknallt. Krass auf Turkey. Die ist irre. Ich hab's erst gecheckt, als wir hier waren.«

»Hast du ihr was gegeben?«

»Die hat irgendwas aus der Disco mitgebracht.«

»Du bleibst hier unten und rührst dich nicht von der Stelle!«

Brandl und Robert stürmten die Treppe hoch. Eine Flucht verwahrloster Zimmer. Im letzten ein Matratzenlager. Da lag sie. Blass, Schaum in den Mundwinkeln.

»Scheiße«, stöhnte Brandl. »Robert, hol Wasser von unten!«

Brandl tätschelte ihre Wangen. Keine Reaktion. Er schlug härter zu, gab ihr Ohrfeigen, rechts, links. Keine Reaktion. Fühlte ihren Puls. Nichts. Herz-Lungen-Massage. Verschorfte Nase und Lippen. Ihm grauste. Trotzdem begann er mit der Beatmung. Vergeblich. Er gab nicht auf. Plötzlich zuckte sie und erbrach weißen Schaum. Er drehte ihren Kopf zur Seite, damit die Kotze abfließen konnte.

»Gib ihr einen Schluck Wasser«, wies er Robert an.

Chrissie röchelte und spuckte das Wasser wieder aus. Brandl richtete ihren Oberkörper auf. Robert flößte ihr noch mehr Wasser ein.

Im Hof brüllte der Pick-up auf. Flipper machte sich vom Acker.

Chrissie sah ihren Bruder mit großen Augen an.

»Alles wird gut«, sagte Robert.

»Was?«, murmelte sie.

»Alles.«

Chrissie nickte unmerklich.

Brandl stand auf und rief einen Krankenwagen

SCHMIERE

Robert und Brandl saßen im Krankenhausflur und warteten. Brandl hatte einen Verband am Kopf. Flippers Schlag hatte es in sich gehabt.

Endlich kam ein junger Arzt zu ihnen.

»Sind Sie verwandt?«

»Ich bin der Bruder«, sagte Robert. »Was ist mit ihr?«

»Das war knapp. Eine Überdosis. Sehr knapp. Sie muss in eine Spezialklinik.«

Robert nickte.

»Sie schläft jetzt.«

»Darf ich zu ihr?«

»Kurz. Kommen Sie.«

Wenig später war Robert wieder da. Hatte rote Augen.

»Wie geht's ihr?«, fragte Brandl.

»Sie schläft. Sie sieht so friedlich aus. Danke!«

»Passt schon.«

»Wie hast du diesen Flipper überwältigt?«

»Gar nicht.«

»Aha?«

»Er hatte deine Waffe auf den Esstisch gelegt und ist aufs Klo.«

»Trotzdem – Respekt. Ich hab Hunger. Komm, wir gehen was essen.«

Im Gasthaus packte Robert aus. Zumindest, was er über die Sache mit dem Laster wusste, in dem die Frauen dann ums Leben gekommen waren. Dass er Schmiere gestanden hatte, als Greindl überprüft hatte, ob der Laster wieder Laborausstattung für die Giftküchen im Grenzland mit an Bord hatte. Dass er mitgemacht hatte, weil seine Schwester doch süchtig war und man diesen Typen das Handwerk legen musste, wenn es die Polizei schon nicht schaffte. Dass er wusste, dass Andreas auch die Sache mit den Prostituierten eingefädelt hatte. Damit es nach Menschen- und Drogenhandel aussah – gleich mehrere Straftaten auf einmal. Und dass er keine Ahnung hatte, dass der Laderaum gekühlt wurde. Er berichtete auch, wie geschockt er war, als er vom Tod der Frauen erfahren hatte.

»Wie hat Greindl denn die Frauen in den Laster gelotst?«, fragte Brandl.

»Sie hatten eine Verabredung mit ihm. Er hat den Frauen das Versprechen gegeben, dass er sie da alle rausholt. Die hatten Stress mit dem Puffbesitzer. Die haben ihre Papiere organisiert, und er wollte sie unbemerkt aus München rausbringen.«

»Wohin?«

»Offenbar über die Grenze nach Tschechien.«

»Und dann?«

»Keine Ahnung.«

»Und das haben sie ihm geglaubt?«

»Offenbar.«

»Woher hatte er die Papiere?«

»Ich weiß es nicht.«

»Und dann liefert er die Prostituierten ans Messer?«

»Wie meinst du das?«

»Na ja, er informiert die Polizei.«

»Die Frauen sind doch keine Verbrecherinnen, die hatten doch nichts zu befürchten, wenn sie erwischt werden.«

»Was wussten die beiden Lasterfahrer?«

»Das weiß ich nicht. Ich hab auch keine Ahnung, warum die Typen die Kühlung angemacht haben. Da war laut Andreas nichts drin, was zu kühlen gewesen wäre.«

»Das kannst du laut sagen. Vielleicht hat er sie ja eingeschaltet. Warum hast du da überhaupt mitgemacht?«

»Andreas ist mein Freund. Chrissie war zu der Zeit mal wieder verschwunden, und ich war zerfressen vor Angst. Ich war am Durchdrehen. Andi hat mich aus meiner Paranoia rausgeholt. Ich hab ein paar Tage bei ihm in München gewohnt. Er hat gesagt, dass Typen wie die Paschingers für den ganzen Dreck verantwortlich sind – Prostitution, Drogen, Gewalt.«

»Was hat Greindl mit meinem Schwiegervater zu tun?«

»Wie meinst du das?«

»Was haben die beiden miteinander zu tun? Machen sie Geschäfte miteinander?«

»Das weiß ich nicht.«

269

Brandl schaute ihn ernst an und sah es: Robert wusste es wirklich nicht. Aber jetzt fiel ihm etwas Wichtiges ein. Er hatte Hummel ja versprochen, dass er sich um Wildgrubers Reifenprofile kümmern würde. Okay, das würde er jetzt machen. Er rief Hummel an.

Hummel saß gerade mit Zankl vor Greindls Haus, das der nach Arbeitsende um achtzehn Uhr betreten hatte. Interessiert hörte er sich am Handy Brandls neueste Informationen an.

»Gut, die Aussage von Weinzierl ist ausreichend«, sagte er. »Wir gehen jetzt rein und nehmen Greindl fest. Wegen dem Verdacht, neun Frauen getötet zu haben.«

»Und was mach ich mit meinem Schwiegervater?«, fragte Brandl. »Soll ich den Geländewagen konfiszieren?«

»Nein, das ist zu offensiv. Wir laden ihn morgen vor. Wenn er mit dem Auto kommt, überprüfen wir das hier. Jetzt kümmern wir uns erst mal um Greindl.«

»Passt bitte auf. Ich trau Greindl zu, dass er über Leichen geht.«

»Keine Sorge. Wir sind zu zweit.« Hummel beendete das Gespräch.

»Was sagt er?«, fragte Zankl.

»Wir haben endlich einen Belastungszeugen für die Nacht, in der die Frauen umgekommen sind. Weinzierl hat ausgesagt, dass Greindl die Frauen in den Laster gelotst und er Schmiere gestanden hat.«

»Gut so, dann nehmen wir Greindl jetzt fest. Wird eh Zeit.«

Sie stiegen aus und klingelten am Hauseingang. Nichts. Zankl trat ein paar Schritte zurück und sah nach oben. In

Greindls Wohnung brannte Licht. Er machte nicht auf. Sie probierten es noch einmal. Vergebens. Dann klingelten sie woanders. Beim dritten Versuch meldete sich jemand an der Sprechanlage.

»Polizei. Wir müssen ins Haus. Bitte öffnen Sie, und bleiben Sie in Ihrer Wohnung.«

Der Türöffner summte. Sie schlichen im dunklen Treppenhaus nach oben. Horchten an Greindls Tür. Leise Musik. Zankl klopfte. »Herr Greindl, aufmachen! Polizei!«

Nichts passierte. Zankl klingelte, klopfte an die Tür. Hummel zog die Waffe und deutete auf die Tür. Zankl trat auf Höhe des Schlosses dagegen. Sie flog auf. Beide richteten ihre Waffe in den beleuchteten Flur. Aus dem Wohnzimmer dudelte Musik. Sie überprüften die Wohnung. Keiner da.

»Der hat uns verarscht«, sagte Hummel. »Ausgeflogen.«

»Wo ist der hin?«

»Vermutlich wieder unterwegs in Richtung Bayerwald.«

»Warum?«

»Um das Geld zu besorgen. Die Frist läuft.«

»Du meinst bei Brandls Schwiegervater?«

»Na ja, wenn Wildgrubers Spuren am Unfallort sind und Greindl wichtige Unterlagen in der Disco verloren hat – vielleicht hatte er schon die erste Rate bekommen. Offenbar hängt der Herr Bürgermeister in der ganzen hässlichen Geschichte mit drin.«

»Fahndung?«, fragte Zankl.

»Nein, wir fahren hin. Wir geben Brandl Bescheid, dass er Weinzierl nicht aus den Augen lassen soll. Der ist unser Hauptbelastungszeuge. O Mann, das ist eine vielschichtige Geschichte. Und dann ist Greindl ja offenbar auch noch der Vater der Zwillinge von Brandls Frau.«

»Und Brandls Schwiegervater ist offenbar ein Verbrecher.«

»Na ja, Zankl, ich vermute mal, dass sich die Verwandtschaft bald erledigt hat. Wann sagen wir es Brandl?«

»Wenn das alles vorbei ist. Sonst ist das Chaos komplett.«

Während sie im Tiefflug über die nächtliche A92 donnerten, informierte Hummel Mader, der sie ermahnte ihre Befugnisse nicht zu überschreiten.

»Niemals«, murmelte Hummel nach dem Auflegen.

JAGD

Brandl brachte Robert bei seiner Mutter unter. Er sagte ihm auch, warum: »Greindl ist vermutlich auf dem Weg hierher. Meinen die Kollegen. Ich möchte nicht, dass ihr euch begegnet. Ich weiß nicht, was er vorhat. Du bist unser einziger Zeuge. Du bleibst hier, ist das klar?«

Robert nickte. »Und was hast du vor?«

»Kann ich dir nicht sagen. Das ist Polizeiarbeit.«

Brandls nächste Station war das Haus seiner Schwiegereltern. Er sah gleich, dass der Geländewagen nicht auf dem Hof stand.

»Moni, ist der Franz-Josef nicht zu Hause?«, sagte er, nachdem er seine Schwiegermutter rausgeklingelt hatte.

»Du, die Susi hat schon angerufen. Dass du schon wieder so lange unterwegs bist.«

»Ich hab ihr doch gesagt, dass ich arbeiten muss. Ich bin Polizist.«

»Aha, jetzt auch?«

»Nein, ich wollte Franz-Josef bloß was fragen.«

»Kann ich dir helfen?«

»Nein, es geht um die neue Umgehungsstraße.«

»Ruf ihn doch an.«

»Klar, mach ich.«

»Halt, Stefan, sein Handy ist ja aus. Macht er doch immer, wenn er auf der Jagd ist.«

»Okay, dann schau ich, ob ich ihn morgen erwische.«

Brandl hatte das drängende Gefühl, dass er nicht warten sollte. Er wusste, wo das Jagdrevier seines Schwiegervaters war. Er fuhr los.

Als er in den Waldweg einbog, sah er den Mercedes seines Schwiegervaters. Ein paar Meter daneben stand ein Ford mit einer Münchner Nummer. Brandl rief Hummel an und gab ihm die Nummer durch.

»Okay, Brandl, alles klar. Wir checken gleich, ob der Wagen zum Fuhrpark von Greindls Firma gehört. Und du machst da nichts, bis wir da sind, hast du verstanden? Wir sind schon bei Deggendorf, halbe Stunde noch. Wie finden wir dich?«

»Ihr nehmt die Bundesstraße nach Geising. Nach ungefähr drei Kilometern kommt der Wegweiser nach Hinterschmiding, da fahrt ihr rechts ab. An dem großen Weiler vorbei bis zum Waldrand. Da stehen die Autos.«

»Du wartest beim Auto. Du gehst nicht in den Wald!«

Brandl steckte das Handy ein und stieg aus. Er wollte sich eine Zigarette anzünden. Nein, der Wald war knochentrocken. Zu gefährlich. Tja. Jetzt fiel ihm die Stille auf. Nicht einmal von der Bundestraße war etwas zu hören. Der Himmel war dunkelviolett, fast schwarz. Sein Blick versank im Horizont. Ihm fiel seine Jugendliebe Rosi ein. Wie oft hatten sie sich hier irgendwo in der Gegend den Abend- oder Nachthimmel angesehen, die Autositze nach hinten gekurbelt, Türen und Schiebedach offen, ein Bier und eine Zigarette, und aus der Stereoanlage kamen Kyuss oder irgendeine andere Stoner-Rock-Band? Damals hatte er mit Rosi von hier weggehen wollen. Hatte er aber nie wirklich zu Ende gedacht. Er, der kleine Provinzkönig: Polizist, Discobesitzer, Bandleader. Schließlich war Rosi gegangen, ohne ihn. Oder wegen ihm. Er wusste es nicht. Er war irgendwie hier kleben geblieben. Jetzt hing er wirklich hier fest, für immer und ewig. Ob Hummel schon die Ergebnisse von dem DNA-Test hatte? Wollte er das wirklich wissen? Die Kinder konnten doch nichts dafür. Doch, na klar war er der Vater – das war die gerechte Strafe für einen Hallodri wie ihn. Scheiße, die letzten zwei Jahre waren nicht gut gelaufen. Er sah auf die Uhr. Gleich würde es komplett dunkel sein. Wo blieben die denn so lange? Die halbe Stunde war fast rum.

Ein Schuss zerriss die Stille.

Brandl sprang auf. Zog die Waffe, nahm die Stabtaschenlampe aus dem Kofferraum und ging los in den Wald. »Franz-Josef? He, Franz-Josef? Ich bin's, Stefan.« Er rannte den Waldweg entlang und hatte bald den Hochsitz erreicht. Er leuchtete hoch. »He, bist du da oben?«

»Pst.«

Brandl fuhr herum. Leuchtete seinem Schwiegervater ins Gesicht.

»Licht weg, zefix!«, fauchte ihn der an.

Brandl hielt den Lichtkegel nach unten. »Was machst du da?«

»Was werd ich schon machen? Das ist mein Revier. Ich frag mich eher, was du hier machst. Du weißt doch, wie gefährlich das ist, vor allem im Dunkeln.«

»Ich hätte dich gern über mein Kommen informiert, aber dein Handy ist aus.«

»Auf der Jagd immer.«

»Auf was hast du geschossen?«

»Auf Wild, worauf denn sonst? Ein Bock wahrscheinlich.«

»Oder auf Greindl.«

»Auf wen?«

»Andreas Greindl. Der Sohn vom Geflügelbaron. Tu nicht, als würdest du den nicht kennen.«

»Was ist mit dem?«

»Sein Auto steht am Waldrand. Bei deinem Wagen. Er ist hier.«

»Noch so ein Wahnsinniger, der im Dunkeln durch den Wald schleicht? Das ist lebensgefährlich. Was hast du da für einen Verband am Kopf?«

»Unfall. Hast du den Bock gesehen?«

»Ich würde sagen, ja.«

»Und was machst du dann hier unten?«

»Mei, du Depp, was werd ich schon machen? Ich wollt halt hingehen und schauen, ob ich ihn erwischt hab.«

»Dann machen wir das jetzt gemeinsam.«

»Ich freu mich über deine Hilfe. Auch wenn ich mich etwas wundere – die Jagd hat dich doch sonst nie interessiert.«

»Du würdest staunen.«

Es dauerte nicht lange, bis sie den Bock gefunden hatten.

»Ach du Scheiße!«, entfuhr es Wildgruber, als er Greindl im Lichtkegel von Brandls Lampe sah.

Brandl bemühte sich kurz, Greindl wiederzubeleben, gab jedoch gleich wieder auf. Zwecklos. Die Kugel hatte ihn an der Schläfe erwischt und dort ein schwarzes Loch hinterlassen.

275

»Gib mir deine Waffe!«, sagte Brandl.

»Was soll das?«

»Gib sie her! Die muss in die KTU.«

»Wohin?«

»Kriminaltechnische Untersuchung.«

»Wozu? Das weiß ich selber, dass ich das war. Was schleicht der Depp auch im dunklen Wald herum?«

»Warum sollte er das wohl tun?«

»Weil er Geld von mir wollte.«

»Aha.«

»Er hat angerufen. Brauchte dringend Geld. Hat offenbar Schulden. Ich hab ihn abgewimmelt. Woher wusste der, wo ich bin?«

»Ich bin mir sicher, dir fällt was Gutes ein, bis wir auf der Wache sind.«

»Nimmst du mich fest?«

»So würde ich das jetzt nicht nennen. Aber ich brauche eine ordentliche Zeugenaussage von dir.«

»Ich helfe, wo ich kann«, sagte Wildgruber und gab Brandl das Gewehr.

Sie gingen zu den Autos, wo gerade Hummel und Zankl eintrafen.

»Ihr seid zu spät«, begrüßte Brandl sie. »Greindl ist tot.«

»Was ist passiert?«, fragte Zankl.

»Jagdunfall.«

»Du machst Witze.«

»Nein.«

»Und was ist mit dir?« Hummel deutete auf Brandls Verband.

»Kleiner Zwischenfall heute Nachmittag. Nicht der Rede wert.«

»Und hier? Wirklich ein Jagdunfall?«

»Ja, Greindl ist tot.«

»Ganz toll«, sagte Hummel. »Wir brauchen die Spurensicherung. Das große Besteck.«

Zankl nickte. »Wir stimmen uns mit der Straubinger Polizei ab. Ist ja deren Revier. Wo liegt er?«

»Den Waldweg lang, beim Hochsitz, dann etwa dreißig Meter links.« Brandl gab ihnen die Taschenlampe.

ERLEDIGT

Hummel holte Mader aus dem Bett. Der arrangierte sich mit den Straubingern. Die Münchner Kripo übernahm den Fall. Um Mitternacht traf auch Gesine am Waldrand ein. Dosi war mit Mader gekommen. Sie hatte eine Thermoskanne und eine Brotzeitbox dabei. »Hier Jungs, guter Münchner Kaffee. Und ein Stück Kuchen von Fränkis Geburtstag.«

»Oh, haben wir euch den Abend versaut?«, fragte Brandl.

»Nur ein bisschen. Aber ich bin natürlich da am liebsten, wo am meisten los ist. Wo ist die Leiche?«

»Mir nach«, sagte Brandl und ging voran.

Sie nahmen den toten Greindl in Augenschein. Gesine musterte die Leiche genau und sprach dabei leise in ihr Diktiergerät.

»Was meinst du?«, fragte Mader.

»Kann man nicht sagen«, meinte Gesine. »Ja klar, das kann ein blöder Unfall gewesen sein. Jedenfalls ist das eine letale Schusswunde. Die Waffe habt ihr?«

»Ja, die ist gesichert«, sagte Brandl. »Hätte er das nicht

merken müssen? Also, dass das kein Wild ist. So weit ist das nicht weg.«

Zankl zuckte mit den Achseln. »Weiß ich nicht. Das Unterholz ist schon sehr dicht. Es ist dunkel. Was macht der Typ hier überhaupt, in der Nacht im Wald?«

»Franz-Josef hat gesagt …«

»Wer ist Franz-Josef?«, unterbrach Zankl Brandl.

»Mein Schwiegervater. Er hat gesagt, dass Greindl ihn heute wegen Geld anpumpen wollte und er ihn weggeschickt hat. Greindl war angeblich sehr aufdringlich.«

»Kein Wunder«, sagte Zankl. »Morgen ist der Termin, an dem er seine Schulden verbindlich zurückzahlen muss.«

»Wann befragen wir ihn?«, sagte Dosi.

»Heute Nacht noch«, sagte Mader. »Wenn die KTU da ist, kann sie ja gleich einen Abdruck von den Reifen seines Autos nehmen. Was passiert jetzt mit der Leiche, Gesine?«

»Die Kollegen fotografieren das alles, prüfen das mit Schussrichtung und Schussentfernung und suchen das Projektil. Es ist am Kopf hinten wieder ausgetreten. Wir nehmen die Leiche mit. Wann fiel der Schuss, Brandl?«

»Der Schuss ist etwa halb neun gefallen. Es war gerade dunkel geworden.«

»Gut. Ihr kümmert euch um den Schützen, ich kümmre mich um die Leiche.«

Sie fuhren zu Brandls Dienststelle, wo Brandls verschlafener Chef Gerber einen Raum für die Vernehmung vorbereitet hatte.

»Bestimmt nur Routine, Franz-Josef«, sagte Gerber zu Wildgruber.

Mader sah ihn genervt an. »Herr Wildgruber, nehmen Sie

bitte Platz. Mein Name ist Mader, ich bin von der Kripo München. Mordkommission.«

»Warum Mordkommission, warum München?«

»Sie sind der Bürgermeister von Karlsreuth?«

»Ja.«

»Wir ermitteln in dem Fall mit den neun toten Prostituierten.«

»Was hab ich damit zu tun?«

»Das Todesopfer von vorhin war verdächtig, etwas mit dem Tod der Prostituierten zu tun zu haben.«

»Der Greindl-Sohn vom Hühnerhof – warum das denn?«

»Über das Warum rätseln wir auch noch. Wir hatten eine Belastungszeugin. Ausgerechnet die ist vorgestern ums Leben gekommen. Der Autounfall bei der Diskothek Toxic.«

»Ja, das hab ich gehört. Sehr traurig. Und sie war eine Zeugin? Wofür?«

»Wo waren Sie vorgestern Nacht?«

»Im Bett.«

»Kann das jemand bestätigen?

»Ja, freilich. Meine Frau.«

»Auch zwischen Mitternacht und drei Uhr morgens?«

»Da bin ich nimmer unterwegs. Bin ja keine zwanzig mehr.«

»Sehr schön. Aber wie kommen dann die Abdrücke Ihrer Gummistiefel an den Unfallort?«

»Was wird das hier?«

»Unsere KTU prüft gerade auch, ob der Gipsabdruck des Reifenprofils, den wir am Unfallort gemacht haben, zum Reifenprofil Ihres Geländewagens passt. Und ich bin mir schon ziemlich sicher, dass das der Fall sein wird. Also?«

»Ja, gut. Ich war beim Toxic. Greindl hatte mich angerufen. Dass er ganz dringend Geld braucht. Wollte mich unbedingt sprechen. Sofort.«

»In der Disco?«

»Na ja, ich kann ihn schlecht spätnachts in mein Haus reinbitten. Meine Frau würde es auch nie dulden, dass ich ihm Geld leihe. Sie mag die Greindls nicht.«

»Ja, warum sollten Sie ihm Geld leihen?«

»Er hat Spielschulden.«

»Und Sie wollten ihm was leihen?«

»Ein bisschen.«

»Für welche Gegenleistung?«

»Das Geld wäre seine Provision gewesen.«

»Wofür?«

»Ich will ein Stück Wald, das sein Vater partout nicht hergeben will.«

»Aha.«

»Dafür hab ich ihm zugesagt, dass ich ihm ein bisschen finanziell unter die Arme greife. Vorübergehend.«

»Und wie kommen Ihre Schuhabdrücke dort an den Straßenrand? Wo Sabine Brunner mit dem Auto verunglückt ist?«

»Ich hab irgendwo zum Bieseln gehalten. Vielleicht können das Ihre Leute auch noch nachweisen.«

»Vorsicht. Meine Witztoleranz ist heute niedrig.«

»Meine auch. Kann ich jetzt gehen?«

Mader schaltete das Aufnahmegerät aus und steckte es ein. »Warten Sie bitte hier. Mein Kollege tippt die Aussage ab, und dann müssen Sie sie noch unterschreiben.«

Mader stand auf und verließ grußlos den Raum. Zankl ging ebenfalls hinaus.

»Und?«, sagte Hummel.

»Nix«, sagte Mader.

»Was für ein Arschloch«, meinte Zankl. »Der fühlt sich so was von sicher. Keine Spur von Verunsicherung oder Schuldgefühlen. Der hat vor ein paar Stunden einen Menschen erschossen. Wenn er wüsste, dass der Tote …« Er verstummte, weil Brandl im Raum war.

Der schaute ihn fragend an.

Mader gab Brandl das Aufnahmegerät. »Tippen Sie das bitte ab.«

»Wenn du mir zeigst, an welchen Computer ich mich setzen kann, mach ich das«, sagte Zankl.

»Passt schon, Zankl. Ich mach's. Und was dann?«

»Unterschreibt Ihr Schwiegervater und kann heimgehen«, sagte Mader. »Also, irgendwer bringt Wildgruber heim. Sein Auto haben schon die Leute von der KTU. Sagen Sie, Herr Brandl, gibt es hier ein Wirtshaus oder eine Pension?«

»Ja, schon. Aber um die Uhrzeit werden Sie keinen Erfolg haben. Wenn Sie wollen, können Sie und Ihre Leute bei meiner Mutter in der alten Mühle schlafen. Nicht sehr komfortabel, aber wir haben genug Platz.«

»Gern. Wenn es keine Umstände macht. Wäre das für Ihre Mutter in Ordnung?«

»Ganz sicher. Die freut sich über Besuch. Und sie hat eh schon einen Übernachtungsgast.«

»Wen denn?«, fragte Mader.

»Robert Weinzierl, den Bruder von Christiane Weinzierl. Die wir heute in die Klinik zurückgebracht haben. Ich wollte nicht, dass Robert allein zu Hause ist. Ich war mir nicht sicher, was Greindl hier in Karlsreuth noch alles vorhat. Schließlich ist Robert jetzt der einzige Zeuge für die Sache mit den Prostituierten.«

281

IN BAR

Richtig gut geschlafen hatte niemand in der alten Mühle. Richtig gut war allerdings der Kaffee, den Brandls Mutter am Morgen zubereitete.

»Hui, der weckt Tote auf«, meinte Dosi.

»Schwärzer als die CSU«, sagte Brandls Mutter und deutete zur Hausbar. »Wenn jemand einen Corretto mag, nur zu.«

»Danke, nein«, sagte Mader und biss vergnügt in die Breze, die frisch aus der Tiefkühltruhe beziehungsweise aus dem Ofen kam. Gefiel ihm. Schon wieder eine Nacht nicht allein verbracht. An gemeinsames Frühstücken könnte er sich gewöhnen. Bajazzo erkundete bereits den weitläufigen Garten hinter dem Haus und jagte die Hühner über die Wiese.

Nach dem Frühstück fuhren sie zu Brandls Dienststelle und telefonierten mit Gesine, die in der Nacht zuvor mit den Leuten von der KTU noch nach München zurückgefahren war. Brandl brachte Robert zu seiner Schwester in die Klinik. Robert war ganz blass geworden, als er beim Frühstück vom Tod seines Freundes erfahren hatte. Das mit dem Jagdunfall wollte auch er nicht recht glauben. Allerdings gab es in Gesines Bericht keinerlei Beleg, dass es anders gewesen sein könnte. Vorsatz ließ sich bei der Spurenlage nicht herauslesen. Verletzung und Schussentfernung und Einschusswinkel und das Ganze im tiefen Unterholz bei Dunkelheit, das war alles plausibel. Allerdings gab es keine gute Erklärung, warum der Schuss erst gefallen war, nachdem Greindl schon eine halbe Stunde im Wald gewesen war, wie Brandl gesagt hatte.

»Das ist eine Frage, die wir Brandls Schwiegervater noch mal stellen müssen«, meinte Hummel dazu.

Wildgruber fand sich wie verabredet wenig später auf der Wache ein. Ohne Anwalt.

»Ich habe nichts zu verbergen«, sagte der Bürgermeister selbstbewusst.

»Das ist schön«, sagte Mader und führte ihn in den Vernehmungsraum. »Dann werden wir die Sache noch mal in aller Ruhe durchgehen.«

Wie verabredet, rief Hummel Brandl durch, und der fuhr direkt von der Klinik zum Hof seiner Schwiegereltern, wo er sich umsehen wollte, solange sein Schwiegervater auf der Wache und seine Schwiegermutter draußen auf dem Gestüt bei den Pferden war.

Brandl wusste, wo der Ersatzschlüssel lag, und sperrte die Haustür auf. Er ging direkt in das Arbeitszimmer seines Schwiegervaters. Wunderte sich selbst, dass er dabei kein schlechtes Gewissen hatte. Er zog die große Schreibtischschublade auf, ebenso die Schubladen des Bürocontainers, blätterte durch die Papiere. Im Container war eine Geldkassette. Natürlich abgeschlossen. Vorsichtig schüttelte er sie. Nach Hartgeld klang das nicht. Eher nach Papier. Banknoten? Er überlegte. Er erinnerte sich daran, wie ihm sein Schwiegervater für den Doppelkinderwagen gönnerhaft tausend Euro in bar gegeben hatte. Der Schlüssel war in der untersten Schublade des Containers. Er durchsuchte sie und fand ihn ganz hinten unter einem Stapel von Dokumenten. Er sperrte die Kassette auf und staunte. Ein Bündel Fünfhunderter. Er blätterte es durch und kam auf fünfzig Scheine. Fünfundzwanzigtausend Euro! Einfach so im

Schreibtisch. War das Geld für Greindl bestimmt? Hatte er es ihm im Wald geben wollen und behalten, weil Greindl jetzt tot war? War das ein Mordmotiv? Hatte Greindl ihn erpresst? Sollte er das Geld einstecken und den Kollegen übergeben? Nein, das ging nicht. Es war nicht verboten, so viel Geld in bar zu Hause zu haben. Brandl legte es wieder in die Kassette, sperrte sie zu und platzierte den Schlüssel wieder in der Schublade. Sein Blick fiel in den Papierkorb. Der war leer. Fast. Ein Briefumschlag. Brandl hatte eine Idee. Er nahm eine Kunststoffhülle aus der Schreibablage und griff damit vorsichtig den Briefumschlag und ließ ihn hineingleiten.

Er hörte die Haustür unten. Scheiße! Hatte er vorhin hinter sich abgesperrt? Nein, er glaubte nicht. Aber vielleicht merkte es Moni gar nicht und dachte, dass sie es vergessen hatte. Aber wenn sie ihn hier oben fand, war er am Arsch. Jetzt hörte er Schritte auf der Treppe. Er öffnete die Balkontür, huschte hinaus und zog die Tür hinter sich zu. Er drückte sich neben der Balkontür an die Wand und spähte um die Ecke. Moni ging durch das Arbeitszimmer und legte ein Bündel Briefe auf den Schreibtisch. Sie sah den Briefumschlag in der Plastikhülle auf dem Schreibtisch, hob die Hülle hoch, legte sie wieder hin. Dann verließ sie den Raum.

Brandl traute sich wieder hinein. Durch die halb offene Tür hörte er das Küchenradio. Der Rückweg war abgeschnitten. Er schnappte sich die Plastikhülle und steckte sie in die Jackentasche. Er ging auf den Balkon und stieg über das Geländer, hängte sich dran und ließ sich nach unten auf den Rasen fallen. Rannte geduckt zum Auto. Ob Moni ihn gesehen hatte? Egal.

KOMISCHE IDEE

»Was ist das?«, fragte Hummel, als Brandl ihm den Umschlag gab.

»Eine komische Idee. Der Umschlag war im Papierkorb im Arbeitszimmer meines Schwiegervaters. Er hat eine Geldkassette im Schreibtisch mit einem dicken Geldbündel. Fünfundzwanzigtausend Euro.«

»Aha?«

»Das Geld hab ich nicht genommen. Bitte überprüft die Fingerabdrücke auf dem Umschlag.«

»Okay – warum?«

»Na ja, vielleicht war da vorher das Geld drin.«

»Du meinst, das ist das Geld, das er Greindl leihen wollte?«

»Oder das er ihm bereits geliehen hatte. Das Sabine aus Greindls Jackentasche geklaut hat und er sich wieder besorgt hat. Denk an die Spuren von meinem Schwiegervater am Unfallort.«

»Woher soll er wissen, dass Sabine das Geld genommen hat?«

»Von Greindl. Mein Schwiegervater sagt, er regelt das. Das tut er. Und sagt, dass es nicht geklappt hat. Ein Unfall. Das Geld ist weg.«

Hummel nickte nachdenklich.

Brandl fuhr fort: »Greindl braucht jetzt noch dringender Geld und will Franz-Josef unbedingt treffen. Und dann gibt es den Jagdunfall. Unfall, pah!«

»Warum erschießt er Greindl?«, fragte Hummel.

»Weil er etwas wusste, was für ihn gefährlich ist?«

»Und was könnte das sein?«

»Vielleicht ist mein Schwiegervater ebenfalls in den Fall

285

mit den toten Frauen verstrickt. Vielleicht ist er sogar der Auftraggeber für die Aktion? Er ist einer der schärfsten Gegner des Puffs hier in der Gemeinde. Das ist ihm ein totaler Dorn im Auge.«

Hummel nickte nachdenklich. »Sollen wir ihn mit dem Geld konfrontieren?«

»Bloß nicht. Das war ein glatter Einbruch meinerseits. Oder gilt so was unter Verwandten nicht?«

»Jedenfalls werden wir den Umschlag untersuchen.«

»Sag mal, habt ihr denn jetzt eigentlich Ergebnisse für meinen DNA-Test?«

»Nein, noch nicht, morgen vielleicht. Gesine ist im Moment ja sehr beschäftigt. Derzeit hat sie Greindl auf dem Tisch.«

»Und ihr ermittelt gegen meinen Schwiegervater weiter?«

»Ja, aber wir brauchen was Handfestes.«

»Was ist mit den Spuren am Unfallort von Sabine?«

»Das reicht nicht. Noch nicht. Aber wir werden das Autowrack und auch Sabines Kleidung akribisch auf Fremdspuren untersuchen. Leider hat dein Schwiegervater einen DNA-Test abgelehnt. Dasselbe gilt für Fingerabdrücke. Na ja, die sind ja zumindest auf der Waffe und dem Briefumschlag.«

»Und falls Greindl etwas mit Sabines Unfall zu tun hat – ihr habt ja jetzt seine DNA.«

»Ja, in mehr als ausreichender Menge. Sein Vater hat die Nachricht übrigens nicht gut aufgenommen. Also physisch. Er hatte einen Zusammenbruch.«

»Der Hühnerbaron?«, sagte Brandl erstaunt. »Der ist so ein harter Knochen. Na ja, der einzige Sohn.«

»Tja, das wäre es dann wohl. Vorerst. Wir fahren jetzt

286

wieder nach München. Vielen Dank noch mal für alles. Auch wenn wir jetzt leider noch eine Leiche mehr haben. Hast du bitte ein Auge auf Robert Weinzierl? Der schien mir heute Morgen sehr durchsichtig zu sein. Den brauchen wir noch als Zeugen. Jetzt belastet er allerdings nur einen Toten. Greindl muss keine Strafverfolgung mehr fürchten.«

»Aber wir müssen trotzdem wissen, warum er das gemacht hat. Er ist ja wohl kaum selbst auf die Idee gekommen.«

Hummel nickte nachdenklich.

Brandl gähnte herzhaft. Er spürte eine bleierne Müdigkeit. Am liebsten würde er jetzt einfach zu seiner Mama fahren und sich für ein paar Stunden auf die Couch hauen. Nein, er musste endlich mal nach Hause zu seiner Familie. Susi würde in heller Aufregung sein. Ihr göttlicher Vater verwickelt in einen tödlichen Unfall. Oh, wie er die ganze Familie hasste! Nicht die ganze Familie. Die Kinder konnten ja nichts dafür. Er sah auf sein Handy. Auf stumm gestellt. Mehrere vergebliche Anrufe und klagende SMS seiner Frau. Er rief sie an, war ganz knapp und barsch: »Schatz, es geht jetzt leider nicht. Die Ermittlungen laufen noch. Aber Franz-Josef durfte wieder gehen. Offenbar war es nur ein tragischer Unfall. Sobald die hier mit der Spurensicherung durch sind und mich die Münchner Kollegen nicht mehr brauchen, komme ich heim. Kann aber noch ein bisschen dauern. Ciao.«

Er legte auf und grinste. Er schaltete den Flugmodus ein, ging nach draußen und stieg ins Auto. Fuhr direkt zu seiner Mutter. Zwei, drei Stunden schlafen und dann zu Robert. Er blinzelte in die Sonne. So ein schöner Tag. Er hatte so viel gearbeitet. Jetzt war Pause. Die ließ er sich nicht von seiner Frau versauen.

287

BELASTET

»Okay, ich schalt das Aufnahmegerät ein«, sagte Brandl in der Küche von Robert Weinzierl. »Damit wir eine offizielle Aussage haben. Ist das okay für dich, Robert. Bist du bereit?«

»Ich kann ja nur noch mir selbst schaden, jetzt, wo Andreas tot ist.«

»Du musst nichts aussagen, was dich selbst belastet.«

»Doch, die Sache muss vom Tisch. Aber es gibt eine Bedingung. Die muss erfüllt werden, sonst sag ich nichts.«

»Ich kann dir nichts versprechen.«

»Doch, das kannst du.«

»Wieso?«

»Weil ich etwas von dir möchte, von dir persönlich.«

»Und was?«

»Falls ich ins Gefängnis muss, kümmerst du dich um Chrissie. Sonst sag ich nichts.«

Brandl wollte schon den Kopf schütteln, tat es aber nicht. Er überlegte, dann nickte er. »Okay, das mach ich. Aber ich hoffe mal, dass du nicht ins Gefängnis musst.«

»Versprochen?«

»Versprochen. Fang an.«

»Also ich war in München bei Andreas. Wie so oft. Wir kennen uns ja schon von der Schule. Er weiß das alles, was mit Chrissie passiert ist. Und es hat ihn wirklich berührt. Er hat sich verantwortlich gefühlt. Für ihren Zustand, ihre Trauer. Wir hatten damals den Unfall verursacht, bei dem meine Eltern ums Leben kamen. Er saß am Steuer, aber genauso gut hätte ich es sein können. Natürlich habe ich mich auch schuldig für das gefühlt, was passiert ist. Na ja, Chrissie ist in die Drogengeschichte reingerutscht. Und irgendwann hat mir Andreas erzählt, dass er jetzt weiß, wie das Drogengeschäft bei uns funktioniert. Dass der Paschinger und sein Bruder nicht bloß die zwei Puffs am Laufen haben, sondern auch an der Produktion und dem Vertrieb von Crystal Meth beteiligt sind. Und noch von anderen Sachen. Und dass die Paschingers die Sachen mit einem Spediteur hin und her fahren lassen. Drogen aus Tschechien nach München, Diebesgut und Laborausstattung von München in den Bayerwald und nach Tschechien. Greindl wollte sie auffliegen lassen. Und da hatte er die Idee mit den Frauen.«

»Und das kam dir nicht komisch vor?«

»Doch. Aber er hat gemeint, das gibt dem Ganzen noch eine ganz andere Dimension.«

»Eine andere Dimension. Allerdings. Was hat Greindl dazu gesagt, als bekannt wurde, dass in dem Laster neun Frauen erfroren sind?«

»Er war auch total geschockt.«

Brandl hieb auf den Tisch. »Ich glaub dir kein Wort. Weißt du, wie die Story geht?«

Robert sah ihn ängstlich an. »Er hat das nicht geplant, oder? Also, dass die Frauen sterben.«

Brandl schlug wieder auf den Tisch. »Doch, die ganze Scheiße war genauestens geplant. Der Tod der Frauen war ganz genau so geplant.«

»Ich hab damit nichts zu tun, beim Leben meiner Schwester. Ich schwöre es dir.«

»Greindl wusste genau, was er da tat. Wer sonst soll die Kühlung angemacht haben? Erzähl mir das! Die Fahrer wohl kaum.«

»Neun Menschen? Wofür?«

»Das will ich von dir wissen, Robert.«

»Ich weiß es nicht. Ich hätte niemals mitgemacht, wenn ich gewusst hätte, dass es darum geht, jemand umzubringen.«

»Greindl hat das von langer Hand geplant. Es gibt dazu eine Zeugenaussage. Er hat so getan, als wäre er der Retter, der sie heimlich mit einem Laster wegbringen kann. Und dann schaltet er die Kühlanlage an.«

»Aber warum sollte er so was tun?«

»Das weiß ich auch nicht. Vielleicht hat es wem andres in den Kram gepasst. Zum Beispiel Wildgruber. Der das Puff in seiner Gemeinde loswerden wollte. Hat Greindl für den Job Geld bekommen? Was weißt du über seine Spielschulden?«

»Er hatte ständig welche. Er hatte Angst vor diesen Inkassoleuten. Aber ich kenne Andreas. Der hat die Kühlung nicht angeschaltet. Warum sollte er das tun?«

»Wer soll es denn sonst gewesen sein?«

»Das weiß ich nicht. Die Fahrer, aus Versehen, ein Defekt?«

»Was weißt du über Greindls Beziehung zu Wildgruber?«

»Nichts.«

»Streng deinen Kopf an. Geld?«

»Ich weiß es nicht. Andreas hat mit mir nicht über Geld gesprochen. Ich weiß nur, dass sein Vater ihm nichts geben wollte.«

»Warum zum Teufel bist du nicht zur Polizei gegangen, als du vom Tod der Frauen erfahren hast?«

»Ich dachte doch, das Ganze wäre ein unglücklicher Unfall. Und ich hatte Angst, dass ich ins Gefängnis muss. Ich kann Chrissie doch nicht alleine lassen. Wenn ich gewusst hätte, dass Andreas …«

»Hättest du auch nichts gemacht. Ich könnte kotzen, Robert. Da beklagst das Elend der Welt, die bösen Drogen und stehst Schmiere, wenn neun Frauen ins Jenseits geschickt werden. Frauen, von denen ihr vielleicht glaubt, dass sie weniger wert sind als andere.«

»Das ist nicht so!«

»Ich kann dir nur raten, vor Gericht die Wahrheit zu sagen und nichts als die Wahrheit.«

»Brandl, wenn ich ins Gefängnis muss …«

»Kümmre ich mich um Chrissie. Ja, das mach ich. Sag aus, was du weißt, nimm dir einen guten Anwalt, überzeug den Richter, dass du nichts von Andreas' Plänen gewusst hast, dann kommst du vielleicht mit Bewährung davon.«

»Das tut mir alles so leid. Ich sag alles aus, was ich über die Sache weiß.«

»Womit wir noch nichts über den oder die Auftraggeber wissen. Es muss was mit Greindls Schulden zu tun haben. Jemand muss ihm Geld für die Aktion geboten haben.«

Brandl rauchte der Kopf. Hatte sein Schwiegervater tatsächlich den Auftrag erteilt? War er so skrupellos, nahm er Tote in Kauf, um das Puff in seiner Gemeinde loszuwerden? Er traute ihm viel zu, aber die Vorstellung fiel ihm schwer.

»Was ist jetzt mit mir?«, fragte Robert.

»Du bleibst zu Hause und kümmerst dich um deine Schwester. Ich sprech mit den Kollegen.«

»Danke, Brandl.«

»Wofür?«

TRÄNEN

Nach Hause – davor graute Brandl jetzt so richtig. Doch irgendwann musste es sein.

»Mein Vater will mit dir sprechen«, begrüßte ihn Susi daheim.

»Da muss der alte Herr sich schon herbemühen.«

»Wie redest du denn von meinem Vater?«

»Er hat letzte Nacht jemand erschossen. Und ich bin mir nicht sicher, ob das ein Unfall war.«

»Spinnst du?«

»Nein, ich spinne nicht. Ich weiß nicht, was der Herr Bürgermeister alles für Sachen dreht, aber ich weiß, dass das alles ans Licht kommen wird.«

»Ich schmeiß dich raus, du Depp!«

»Du könntest mir keinen größeren Gefallen tun. Wenn die Kinder nicht wären, wär ich schon längst weg.«

Seine Frau warf die Schlafzimmertür zu. Natürlich fingen die Zwillinge sofort an zu schreien. Brandl ging ins Kinderzimmer. »Pscht, nicht weinen. Entschuldigung, wir wollten nicht so laut sein.«

Die Jungs beruhigten sich. Er legte sich auf den Teppich zwischen die beiden Kinderbetten und streckte durch die Gitterstäbe in jedes Bett eine Hand. Seine Finger wurden sogleich von den kleinen Kinderhänden umklammert. Brandl schossen Tränen in die Augen.

PLATZIERT

»Und, was hast du bei Greindl rausgefunden?«, fragte Dosi am Morgen Gesine.

»Nix. Nix, was beweisen könnte, dass es kein Unfall war. Außer dass wir offenbar den tragischen Fall vorliegen haben, dass der Herr Bürgermeister den Vater seiner Enkel erschossen hat. Was mich bei der Geschichte im Wald stutzig macht – der Schuss war platziert. Kopfschuss. Klar, kann das Zufall sein. Aber es könnte auch heißen, dass er genau gezielt hat.«

»In seinem Wagen war ein Klappspaten. Vielleicht wollte er ihn da gleich noch verscharren.«

Als Dosi wieder oben im Büro war, fragte sie: »Haben wir denn schon was wegen dem Briefumschlag?«

»Ist in der KTU«, sagte Hummel. »Um Mittag sollten wir da was hören. Die sind gerade ziemlich dicht. Aber wir haben die Aussage von Robert. Brandl hat sie uns gemailt. Wir wissen jetzt relativ genau, wie das mit den Frauen gelaufen ist, nur noch nicht, warum und wer der Auftraggeber war. Auch nicht, wer für das Einschalten der Kühlanlage verantwortlich ist. Und wir haben immer noch keine Ahnung, wer für den Tod der beiden Lasterfahrer verantwortlich ist.«

»Das mit den Fahrern können nur die Paschingers gewesen sein«, sagte Zankl.

»Nicht zwingend«, meinte Hummel. »Vielleicht wollte Greindl Zeugen loswerden. Oder es ist ganz anders. Wenn die Typen auch Drogen transportiert haben, dann gibt es da bestimmt noch mehr ungute Geschäftsbeziehungen. Und jemand wollte nicht, dass die Jungs von der Polizei in die Mangel genommen werden.«

»Jetzt mal ganz blöd. Sollen wir nicht Prioritäten setzen?«

»Wie meinst du das, Zankl?«, fragte Dosi.

»Na ja, wenn sich die Gangster untereinander umbringen, dann ist das doch nicht dasselbe, wie wenn neun unschuldige Frauen sterben.«

»Willst du damit sagen, dass wir die zwei toten Lasterfahrer links liegen lassen sollen?«

»Nein, das müssen wir auch klären. Aber nicht alles auf einmal.«

»Na ja, vielleicht kommen wir weiter, wenn wir jetzt die Wohnung von Greindl auseinandernehmen«, schlug Hummel vor. »Vielleicht finden wir ja K.-o.-Tropfen oder irgendwas, was uns weiterhilft.«

»Was ist mit der Garage, wo die Toten gefunden wurden?«, sagte Dosi. »Wurde die denn detailliert auf Fingerabdrücke untersucht?«

»Ja, Dosi, das wurde sie.«

»Aber jetzt haben wir ja ein paar Fingerabdrücke mehr in unserer Datei. Greindl, Wildgruber.«

»Und was ist mit den Paschingers?«

»Die sind beide vorbestraft. Also haben wir ihre Abdrücke im Computer. Das wird immer abgeglichen. Von denen gab es dort keine Spuren. Klar, vielleicht hatten sie Handschuhe an. Oder aber sie waren es nicht.«

»Gut«, sagte Mader. »Checkt Greindls Wohnung und nehmt zwei Kriminaltechniker mit.«

VORRAT

Mader ging mit Bajazzo hinaus. Alter Botanischer Garten. Bajazzo schnüffelte durch die Büsche. Mader schaute zum Biergarten jenseits der Wiese. Da wurden gerade die Tische und Bänke abgewischt. Am anderen Ende des Parks fand gerade ein Geschäft statt – Drogen wurden vertickt. Sollte er? Nicht sein Job. Oder? Schon schossen zwei Polizeiautos auf die Gruppe Männer zu, drei Beamte sprangen heraus. Zwei Männer hoben die Hände, der dritte rannte über die Wiese, strauchelte, fiel hin. Der Beamte beeilte sich nicht einmal.

Mader sah zum Justizpalast hinüber. Kurze Wege. Katz und Maus. Endloses Spiel. Räuber und Gendarm. Angebot und Nachfrage. Kein Großstadtproblem. Im Bayerwald war es nicht besser. Er musste an seine Nichten denken. Noch waren sie zu jung, als dass sie in solche Kreise gerieten. Konnte man dafür zu jung sein? Aufpassen war auch eine Aufgabe von Eltern. Helene würde nicht erlauben, dass die Mädels schon allein in die Disco gingen und solche Sachen.

Was sollten sie jetzt machen? Ihr Haupttatverdächtiger war tot – war der Fall damit erledigt? Hatten sie noch eine Chance, etwas über seine Motive oder über seinen Auftraggeber herauszubekommen? Würden sich die Typen von der Inkassofirma mit Greindls Tod zufriedengeben oder sich an seinen Vater wenden? Laut Hummel und Zankl war der Hühnerbaron keiner, der sich einschüchtern ließ. Und was war mit den Puffbesitzern? Doris sollte noch mal mit der Prostituierten sprechen, die Greindl belastet hatte. Vielleicht war das mit den Filmen auch für die Sitte relevant. Er schüttelte den Kopf. Alles viel zu viel. Viel zu chaotisch. Sein Handy klingelte. Zankl.

»Wir haben in Greindls Wohnung Liquid Ecstasy gefunden«, teilte der ihm mit. »Partydroge oder Betäubungsmittel? Ich glaube eher Letzteres. Wenn Greindl den Transport organisiert hat, dann gab es vonseiten der Fahrer hinterher sicher Redebedarf, warum die Damen tot sind. Eh schon komisch, dass die es nicht geschnallt haben, dass ihre Kühlung auf Vollgas lief. Oder sie wussten einfach nicht, dass hinten im Laderaum Frauen waren. Hummel sagte ja, dass die dröhnend laut Metal im Führerhaus gehört haben. Also, meine Theorie: Nach ihrer Vernehmung bei der Polizei wollen sie mit Greindl sprechen und verabreden sich mit ihm. Greindl bringt ihnen Kaffee mit den K.-o.-Tropfen und Donuts mit, und als sie den Kaffee intus haben, entschlummern sie sanft. Er schleift sie in ihren Oldtimer und startet den Motor. In den Abgasschwaden gleiten sie ins Jenseits. Getarnt als Selbstmord wegen übergroßer Schuldgefühle. Weißt du, was wir noch in Greindls Keller gefunden haben?«

»Einen Kasten Bier?«

»Den auch. Aber ein Notstromaggregat. Wozu braucht jemand in München so was?«

»Keine Ahnung.«

»Jedenfalls darf man die ja nicht indoor betreiben. Kohlenmonoxid und so.«

»Du meinst, er wollte auf Nummer sicher gehen, dass die zwei Fahrer auch wirklich eine Reise ohne Wiederkehr machen?«

»Könnte doch sein. Wir haben doch auch gestaunt, dass das mit den Auspuffgasen geklappt hat. Er lässt das Ding laufen, bis die Jungs im Jenseits sind, dann kommt er wieder, hält mal kurz die Luft an und macht den Generator aus und nimmt ihn mit. Die KTU muss sich die Kiste mal genau ansehen. Vielleicht kann man feststellen, wann der Generator das letzte Mal in Betrieb war.«

»Nicht schlecht, Zankl. War's das? Dafür brauchen wir natürlich noch irgendwelche Belege.«

»Ja, vor allem in Sachen Kaffee und Donuts. Den nächsten Donut-Shop im Münchner Norden haben wir ja schon überprüft. Den Laden im Olympia-Einkaufszentrum. Ohne Erfolg. Aber da wussten wir ja auch noch nicht, nach wem wir suchen. Paschingers Foto hatte nichts ergeben. Wir haben es noch mal mit Greindls Foto probiert.«

»Und?«

»Bingo.«

Mader grinste, nachdem er aufgelegt hatte. Die machten das wirklich gut, seine Leute. Langsam klärte sich der Nebel. Greindl schaltete die Zeugen aus. Weil der Transport so eskaliert war? Weil die Typen aus Versehen die Kühlung angeschaltet hatten? Oder hatte Greindl selbst die Kühlung angestellt? Greindl konnte man nicht mehr fragen. Die Fahrer auch nicht. Blieb noch Brandls Schwiegervater. Wie steckte der in der ganzen Kiste drin? Seine Spuren an der Unfallstelle von Sabine …

Maders Gedanken schweiften ab. Spuren, überall Spuren. Donut-Rechnungen, Fuß- und Reifenspuren, Cookies im Internet. So viele Spuren. Alles hinterlässt Spuren. Er dachte an Vorratsdatenspeicherung. Vorrat – für was? Für Erklärungen, für Alibis, für Vergehen, für die Präsenz einer Person an einem Ort, für ihre Bewegung von einem Ort zum anderen. Vorrat – die Idee, alles zu haben oder ganz viel. Und der Gedanke, nur die richtigen Suchkriterien benennen zu müssen und schon Ergebnisse zu bekommen.

Was für ein Witz! Wenn es wirklich so wäre, dann wären sie Greindl schon viel eher auf die Spur gekommen, hätten von seinen Spielschulden gewusst, von seinen Puffbesuchen. Wenn dann jemand stirbt wie Greindl, dann hat er aber genug Spuren hinterlassen, anhand deren andere seine Taten nach seinem Tod rekonstruieren können. Was sie aber mit Blick auf seine Motive leider nicht weiterbringt. Die sind nicht klar. Big Data kann nicht in Gehirne reinschauen. Frustrierend für einen Kriminaler, aber auch beruhigend. Sonst könnten irgendwann große Rechenzentren ihre Arbeit machen, wenn die Leute nur noch die Summe ihrer angehäuften Daten sind – Rechnungen, Telefonate, besuchte Homepages, Bordelektronik von Autos, Navis, Einkäufe, Tickets und, und, und. Bei Mord findet vieles nicht im rationalen Bereich statt, ist nicht alles Kalkül, sondern oft Folge überschätzter Selbstbilder, fehlgedeuteter Situationen.

Warum gingen ihm so sonderbare Gedanken durch den Kopf? Was erzeugte diesen Gedankendurchfall? Mader wusste es natürlich. Der blöde Vortrag, den er für Günther schreiben sollte. Bis morgen. Ob er das hinkriegte? Vielleicht schrieb er einfach eine fette Digitalisierungskritik. Die könnte er aus dem Ärmel schütteln. Ja, vielleicht sollte er seine Meinung dazu einfach in den Computer klopfen und Dr. Günther zumailen. Würde nicht ganz zur Zielvorgabe seines Projekts passen, aber sicher ein paar interessante Denkanstöße geben. Zum Beispiel, dass Ermittlungserfolge sehr stark von der Kreativität der ermittelnden Beamten abhingen.

Als er zurück im Präsidium war, waren es dann doch die Spuren, die für Klarheit sorgten. Wobei es doch vor allem Brandls Instinkt gewesen war, dass er den Briefumschlag aus dem Papierkorb seines Schwiegervaters mitgenommen hatte. Die KTU hatte auf dem Briefumschlag zahlreiche Fingerabdrücke gesichert. Die von Wildgruber, was ja logisch war, stammte der Umschlag doch aus seinem Papierkorb, die Fingerabdrücke von Greindl, was auch plausibel war, wenn in dem Umschlag für ihn bestimmtes Geld gewesen war. Was nicht logisch war: Warum hatte der Umschlag dann im Papierkorb von Wildgruber gelegen? Einen Umschlag gab man doch nicht zurück, wenn man ihn mit Geld bekommen hatte, das dann offenbar wieder in Wildgrubers Schreibtisch landete. Den Weg dorthin erklärten die weiteren Fingerabdrücke auf dem Umschlag. Die waren von Sabine. Das war der Beweis! Damit war Wildgruber dran!

»Heißt das jetzt auch, dass er sie von der Straße gedrängt hat oder dass er sie mit dem Fernlicht geblendet hat?«, fragte Hummel.

»Das muss er uns schon selbst sagen«, sagte Zankl. »Jedenfalls war er am Unfallort beziehungsweise am Autowrack. Anders ist nicht zu erklären, wie er wieder an den Umschlag gekommen ist. Sabine hatte ihn offenbar aus Greindls Jacke entwendet.«

»Das ist dann bei Wildgruber mindestens unterlassene Hilfeleistung«, sagte Hummel entrüstet. »Sabine hat ja noch gelebt! Sie hätte nicht sterben müssen. Und dann schaltet er auch noch Greindl aus. Er vereinbart mit ihm eine erneute Geldübergabe abends im Wald. Und da gibt es dann den Jagdunfall.«

»Wenn Wildgruber der Auftraggeber bei der Geschichte mit den Prostituierten war, dann hat er jetzt keinen Mitwisser mehr.«

»Doch«, sagte Zankl. »Diesen Robert.«

»Nein, der hat laut Brandl keine Ahnung vom Auftraggeber«, meinte Hummel.

»Das mag schon sein. Aber weiß Wildgruber das auch?«

»Du glaubst doch nicht, dass Wildgruber Robert auch noch erledigen will?«

»Wissen wir, was Leute tun, wenn sie in die Enge getrieben werden?«, sagte Zankl. »Er kann nicht riskieren, dass Greindl Robert eingeweiht hat.«

»Wildgruber muss festgenommen werden!«

Mader schüttelte den Kopf. »Nein, das reicht noch nicht. Aber wir laden ihn noch mal vor und vernehmen ihn.«

»Jetzt gleich?«

»Warum nicht.« Er probierte es bei Wildgruber. Dessen Handy war aus. »Ruf Brandl an«, sagte er zu Zankl. »Er muss Robert Weinzierl beschützen.«

Zankl erreichte auch Brandl nicht. Er probierte es auf der Dienststelle. Die Kollegen dort wussten nicht, wo Brandl war.

»Hat jemand die Nummer von Robert?«, fragte Hummel.

Die Nummer bekamen sie von der Auskunft, aber es hob niemand ab. Sie erreichten zumindest den Arzt auf der Station, wo seine Schwester lag. Allerdings war sie nicht ansprechbar.

»Na super«, fluchte Zankl. »Die ist dank Schlafmittel ganz weit weg.«

»Dann schicken wir eben Brandls Chef zu Robert Weinzierl nach Hause«, beschloss Mader.

»Sagen wir ihm Bescheid, was der Grund dafür ist?«, fragte Hummel.

»Nein, noch nicht. Sonst wird es kompliziert. Der scheint mir nicht der Hellste zu sein. Er soll Robert Weinzierl mit auf die Wache nehmen. Weil wir ihn für eine Aussage brauchen.«

GETROFFEN

Robert saß am Küchentisch, rauchte, trank Bier aus der Flasche. Er hörte den Kies im Hof knirschen. Er stand nicht auf, um nachzusehen. Als es klopfte, antwortete er nicht.

Wildgruber trat ein.

»Hab ich herein gesagt?«, murmelte Robert.

»Ich muss mit dir sprechen.«

»Warum? Als Bürgermeister von dem Saukaff?«

»He, Robert, ich weiß, dass es euch nicht gut geht.«

»Nichts weißt du.«

»Doch, ich war eng mit deinem Vater befreundet. Es hat auch mich sehr getroffen, was damals mit deinen Eltern passiert ist. Und das mit deiner Schwester.«

»Das geht dir doch am Arsch vorbei.«

»Nein, das tut es nicht. Christiane war eine gute Freundin meiner Tochter.«

»War.«

»Na ja, sie sind auf dieselbe Schule gegangen.«

»Was willst du? Warum bist du hier?«

»Wegen Greindl.«

»Um mir dein Beileid auszudrücken?«

»Es war ein Unfall. Der Depp. Was stiefelt der nachts im Wald rum?«

»Ja, warum nur? Und? Bist du jetzt gekommen, um mich ebenfalls ins Jenseits zu befördern?«

»Red keinen Scheiß! Wie kommst du auf die Idee?«

»Ich kann eins und eins zusammenzählen, warum du Andreas so viel Geld gegeben hast.«

»Hat Greindl das gesagt?«

»Ja, das hat er gesagt.«

»Na gut, du machst es mir damit nicht einfacher.«

»Was meinst du damit?«

Draußen war jetzt ein Auto zu hören.

»Erwartest du wen?«, fragte Wildgruber.

»Nein.«

»Ist das eine Falle?«

»Was meinst du damit?«

Brandls Chef Gerber erschien im Flur und sah in die Küche. »Mensch, Robert, warum gehst du denn nicht ans Telefon?«

»Ist was mit Chrissie?«

»Nein. Oh, servus, Franz-Josef, was machst du denn hier?«

»Grüß dich. Ich dachte, ich schau mal vorbei. Ich hab das mit Chrissie gehört.«

»Aha. Kannst du uns mal kurz allein lassen? Einen Moment nur. Ich muss mit Robert sprechen.«

»Wenn's weiter nichts ist.« Wildgruber verließ den Raum und ging in den Hof.

»Robert, alles gut bei dir?«

»Ja klar. Was willst du hier?«

»Die Münchner haben mich geschickt. Die brauchen dich für eine Aussage. Ich soll dich mit auf die Wache nehmen.«

»Das machst du nicht!«, sagte Brandl und trat aus der Speisekammer.

302

Gruber sah ihn verdutzt an. »Brandl, was machst denn du hier? Warum gehst du nicht ans Telefon? Ich hab es mehrfach probiert.«

»Mein Handy ist aus.«

»Wie? Du kannst doch nicht einfach …«

»Der Wildgruber war gerade dabei, uns ein astreines Geständnis zu liefern, und da platzt du rein. Ganz super.«

»Was meinst du mit Geständnis?«

»Na ja, wenn Wildgruber dem Greindl einen Haufen Geld geben wollte, dann stellt sich natürlich die Frage, wofür. Für mich schaut es so aus, dass er Greindl für die Sache mit den Frauen im Laster engagiert hat.«

»Weil ihm das Puff ein Dorn im Auge ist? Brandl, du spinnst doch!«

»Wenn du nicht gekommen wärst, hätte er gestanden. Unter Garantie.«

»Und jetzt?«

»Gehst du einfach wieder.«

»Ich soll den Robert doch mit auf die Wache nehmen.«

»Gib uns noch ein bisschen Zeit. Wildgruber denkt, dass Robert über seine Machenschaften Bescheid weiß.«

»Welche Machenschaften? Du meinst das mit dem Jagdunfall?«

»So würde ich das nicht nennen. Nein, ich spreche von den neun toten Frauen.«

»Wie kommst du denn auf die Idee?«

»Das erkläre ich dir später. Gib uns bitte noch eine halbe Stunde, dann sehe ich klarer.«

»Brandl, ich bin dein Chef!«

»Chef, das ist jetzt wichtig. Bitte mach das, wie ich es gesagt habe. Das ist wichtig. Wirklich! Wildgruber hat keine

Ahnung, dass ich da bin und das Ganze aus der Speisekammer mithöre. Ich schreite ein, wenn was passiert.«

»Puh, Brandl! Das ist nicht dein Ernst, oder?«

»Doch. Bist du noch dabei, Robert?«

»Ja, passt schon.«

Gerber überlegte, dann nickte er. »Okay, Jungs, dann probiert euer Glück. Ich bin raus. Ich warte unten an der Straße. Brandl, du rufst mich an, wenn du Hilfe brauchst, klar?« Gruber tippte sich an die Stirn und verließ das Haus.

Brandl verschwand in der Speisekammer.

Wildgruber trat wieder ein. »Was wollte der Gerber?«

»Ach, wegen Chrissie. Die verdammten Drogen.«

»Hör zu, Robert, ich bin jetzt mal ganz großzügig. Egal, was war, was du weißt, du behältst das alles für dich, und ich werde mich kümmern, dass Chrissie die beste Behandlung bekommt, die man kriegen kann. Und ich zahle das alles.«

»Und warum willst du das tun?«

»Weil ich ein guter Mensch bin.«

»Weil du glaubst, dass ich dich für den Auftraggeber bei der Geschichte mit dem Laster und den toten Frauen halte.«

»Ich weiß nicht, wovon du sprichst.«

»Von neun toten Frauen.«

»Prostituierte. Und ich sag dir eins – ich brech wegen dem Unfall nicht gerade in Tränen aus.«

»Das war kein Unfall, das war Mord.«

»Robert, steigere dich da nicht in was rein. Ja, das war nicht schön. Aber die Folgen sind so schlecht nicht. Paschingers Puff läuft seit dem Vorfall nicht mehr so richtig. Der macht bald dicht.«

»Wahnsinn! Was bist du für ein menschenverachtendes Arschloch.«

»Ich muss los. Pass gut auf Chrissie auf.«

»Drohst du mir?«

»Im Gegenteil. Ich will euch helfen.«

Wildgruber verließ wieder das Haus.

Brandl trat in die Küche. Und war ziemlich wütend. »Was für eine Scheiße. Wir haben nichts, gar nichts. Nur aalglattes Gewäsch. Der Typ ist wie ein nasses Stück Seife in der Hand.«

»Das war eine Drohung!«

»Ja, aber keine Aussage.«

Noch jemand hatte das Gespräch mitgehört. Paschinger. Er war durch den Stall in den Flur des Hauses gelangt und hatte mit Interesse zugehört. Eigentlich hatte er sich ja nur an Brandl drangehängt, weil er wissen wollte, ob er immer noch gegen ihn ermittelte. Der verdammte Schnüffler! Mit diesen Informationen hatte er allerdings nicht gerechnet. Wildgruber war sein Mann, das war ihm jetzt klar. Der war der Drahtzieher bei der Aktion gegen seine Geschäfte und die seines Bruders. Der blöde Herr Bürgermeister. Das alles ging Paschinger durch den Kopf, während er eilig den Rückzug angetreten hatte, durch den Stall, über die Wiese. Er sprang in seinen Pick-up, der unterhalb des Grundstücks am Rand der Zufahrtsstraße stand. In seinem Kopf schossen die Gedanken hin und her. Wildgruber! Der war fällig! Wollte sein Geschäft kaputt machen. War ihm schon fast gelungen. Das würde er büßen.

Er startete den Motor, wartete. Schon kam Wildgruber an ihm vorbeigeschossen. Paschinger gab Gas.

Brandls Chef sah die beiden Autos vorbeirasen und fragte sich, was da gerade passierte. Er ließ den Wagen an und folgte ihnen.

»Dich puste ich von der Straße, du Arschloch.« Paschinger trat das Gaspedal durch und war bald knapp hinter Wildgruber.

»He, du Arsch, so dicht auffahren, geht's noch?«, zischte Wildgruber.

»Na, wunderst du dich, was der Typ hinter dir will? Soll ich noch näher auffahren?«

»Was willst du? Hier kannst du nicht überholen!«

»Hast du Angst? Traust dich nicht, schneller zu fahren? Na komm, dein beschissener Mercedes hat doch genug PS.«

Gerber wurde panisch. Was machten die da?

»Glaubst wohl, du kannst mich stressen mit deiner beschissenen Amikarre, du Wichser? Zu viele schlechte Filme gesehen, was? Dir werd ich's zeigen.« Wildgruber trat das Gaspedal durch.

»Sauber Alter, endlich geht was, dachte schon, du schläfst am Steuer. Na komm, gib Gummi, Bürgermeister!«

»Du Wichser, lass das!«

306

»Jetzt hab ich dich gleich.« Paschinger ließ den Motor auf-
heulen, zog auf die linke Seite. Ließ die stark getönte Scheibe
der Beifahrertür herunter, deutete mit der Hand eine Pistole an, zielte und grinste.

Gerber stieg in die Eisen.
   Laster auf der Gegenspur!

CRASHHKKKARRRACHHH!

Die Zeit stand still. Super Slow Motion. Gerber verfolgte
die abstürzenden Autos mit weit aufgerissenen Augen.

Paschinger, was bist du für ein Depp, dachte Wildgruber.
Und ich? Ist das die Rechnung für all das Böse, was ich ge-
tan hab? Ja, das ist sie. Herr im Himmel, verzeih mir! Hölle,
Hölle, Hölle!

Paschinger meint nur: »Uhhh!«

Zehn Meter freier Fall, dann frästen sich die schweren Wagen durch Fichten und Unterholz, Autoscheiben barsten in
Tausende Scherben, die Splitter durchsiebten den Fahrern
das Gesicht, beim Aufprall wurden sie in die explodieren-
den Airbags gedrückt, eiskaltes Flusswasser strömte in das
Innere der Wägen, flutete die Lungen.

Aus. Ende. Vorbei.

TRAGISCH

»Schon tragisch«, sagte Brandl, als die Münchner Kollegen schon wieder in Karlsreuth waren. »Rasen die beiden einfach in die Teufelsschlucht.«

»Ja, aber irgendwie konsequent«, meinte Zankl.

»Der Gerber sagt, der Pick-up hat den Mercedes bedrängt.«

»Das letzte Duell«, sagte Hummel.

Zankl schüttelte den Kopf. »So viele Tote. Das ist schon krass bei euch hier draußen. Ich bin froh, wenn ich wieder im ruhigen München bin.«

»Na ja, das ist nicht ganz der Normalzustand hier.«

»Hoffentlich«, sagte Hummel. »Was hast du jetzt vor, Brandl?«

»Ich geh weg.«

»Und deine Frau?«

»Ich lass mich scheiden.«

»Die Kinder sind nicht von dir«, sagte Hummel.

»Wie?«

»Die DNA. Also die von deinen Kindern. Und wir wissen, wer der Vater ist. Greindl.«

»Jetzt nicht dein Ernst, oder?«

»Doch. Sorry, wir haben es gerade erst erfahren. Wir hatten zeitgleich die DNA von Greindl im Labor.«

»Wahnsinn. Greindl?«

»Ein One-Night-Stand. Vielleicht.«

»Sie war nie von mir schwanger?«

»So sieht es aus.«

»Dann bin ich aus der Nummer raus.«

»Und die Kinder?«, sagte Hummel.

»Ja, das ist schwierig. Aber ich bin nicht ihr Vater. Ihr Vater ist tot, ihr Großvater jetzt auch. Meine Mama ist jetzt nicht mehr ihre Oma.«

»Ihr Vater ist nicht tot«, sagte Hummel.

»He, Hummel, ich bin das nicht!«

»Nein, du bist vielleicht nicht der leibliche Vater. Aber das wissen sie doch nicht.«

»Soll ich mich an diese Frau ketten, bis die Kinder erwachsen sind?«

»Das musst du nicht und kannst trotzdem ihr Vater sein.«

Brandl nickte langsam. »Ich denk drüber nach. Erst mal zieh ich wieder in die alte Mühle. Platz ist dort jedenfalls genug.«

»Wirst du dich auch um Robert und seine Schwester kümmern?«

»Ja, Hummel, ich hab es ihm versprochen.«

»He, du bist ein guter Typ.«

»Danke, Kompliment zurück. An euch alle. Fahrt ihr gleich zurück?«

Zankl nickte. »Eigentlich schon. Außer du tust uns noch einen Gefallen.«

LOVE

Hummels weißer T-Shirt-Kragen leuchtete unter dem schwarzen Sweatshirt hervor, bei Zankl waren es die Nähte seiner Jeans, die im Schwarzlicht glühten, und bei Brandl die Streifen seiner Adidas-Trainingsjacke. Aus den Bodendüsen wurde Nebel auf die Tanzfläche gefaucht, aus den Boxen presste Robert Palmer »Addicted to Love«. Die drei

Männer waren frei. Frei von fremden Blicken, frei von eigenen Zwängen, frei davon, cool sein zu müssen. Sie schwan-
gen ihre Hüften, warfen den Kopf zurück, ihre Augen verloren sich im bunten Nebel und Stroboskoplicht, dazu tiefe
Schlucke aus Flaschen mit eiskaltem Pils. Alles tanzte, das
ganze Universum: *You know you're gonna have to face it,
you're addicted to love.*

PERFEKT

»Fränki, geht das so?«, fragte Dosi.

Fränki zog seinen Krawattenknoten zu, überprüfte die
Frisur im Flurspiegel, streifte ein paar Schuppen von den
dunklen Sakkoschultern. Dann drehte er sich um und musterte Dosi. Sie trug ein schwarzes Kostüm, das einen Hauch
zu knapp saß.

»Super. Perfekt.«

»Echt?«

»Du bist immer perfekt.«

Er küsste sie und verließ die Wohnung. Seine schwarzen
Cowboystiefel knallten im Treppenhaus. Er öffnete die
Haustür. Der Giesinger Morgenhimmel war blau. Kein Lö-
wenblau. Eher HSV mit einer gewissen Schwere. Hatte
der Tag auch. Fränki stieg an der Tegernseer Landstraße
in die Tram und fuhr zwei Stationen in Richtung Grün-
wald.

Der schwarze Neunsitzer von Mercedes stand im Hof
der Autovermietung. Fränki gab den Code in sein Handy
ein, und kurz darauf ließ sich die Fahrertür öffnen. Er stieg
ein und schnupperte. Das Wageninnere roch unangenehm

neu. Er stellte die Spiegel ein. Er verband sein Handy über Bluetooth mit der Stereoanlage. Eine Rockabilly-Nummer erklang, Johnny Burnette mit »Train Kept A-Rollin'«. Fränki startete den Motor. Sah die schwarze Dieselwolke im Rückspiegel. Auf die Grünwalder Straße raus. Am Stadion warteten die ersten Schlachtenbummler. Und bereits ein Mannschaftswagen der Polizei. Anpfiff war erst in sieben Stunden. Dafür würde er nicht pünktlich zurück sein. Aber es gab Wichtigeres als 1860.

Beim Ostfriedhof sah er einen Unfall. Ein Leichenwagen und ein roter Porsche waren ineinandergekracht. Nur Blechschaden. Die Piloten des Leichenwagens kannte Fränki. Er hupte und winkte Andi und Diego von der Trauerhilfe Miller zu. Er ließ die Scheibe herunter. »He, Jungs, alles klar bei euch?«

»Logisch«, sagte Andi. »Das wird teuer für den Porschezipfel.«

»Aber so was von«, pflichtete ihm Diego bei.

»Seid ihr wieder in der Hood?«, fragte Fränki und deutete zum Rohbau der neuen Trauerhilfe Miller.

Andi grinste. »Ist bald fertig. Das geht ruckzuck. Ende November ist Wiedereröffnung. Totensonntag. Wir schicken dir 'ne Einladung.«

»Sehr gerne, ich muss los.« Fränki hupte und fuhr weiter.

Als er zu Hause ankam, wartete Dosi schon vor der Haustür. Sie sah fantastisch aus. Wie die strenge Chefin eines DAX-Unternehmens.

»Wo bleibst du denn so lange?«

»Na ja, die Autovermietung ist in Harlaching.«

»Beeilung! Und mach die Musik aus!«

»Gefällt sie dir nicht?«

»Doch. Aber jetzt nicht.« Sie machte die Anlage aus.

Am Max-Weber-Platz wartete eine Gruppe Mitreisender auf sie – Hummel und Beate, Zankl und Mader samt Bajazzo. Alle in Schwarz. Außer Bajazzo.

Der inzwischen strahlende Morgen stand im Widerspruch zu der gedrückten Stimmung im Kleinbus. Niemand hatte so richtig Augen für das samstagmorgendliche München, den zarten Dunst über den Wiesen der Maximiliansanlagen, das Glitzern der Isar rechts der Widenmayerstraße. Auf dem Ring war jetzt um sieben kaum Verkehr. Auch die Autobahn war fast verwaist. Die Allianz-Arena lag wie die vergessene Tupperdose eines Riesen links der Autobahn, der Ikea bei Neufahrn war noch geschlossen. Ausfahrt ohne Rückstau. Fränki jagte den Bus über die leere Autobahn in Richtung Niederbayern. Stille Reise.

Es war Dosi, die das Schweigen brach. »Wolkenfabrik«, sagte sie, als sie das Kernkraftwerk Ohu bei Landshut mit seiner Wasserdampffahne passierten. »Das hat meine Mama immer zu mir gesagt, als ich noch klein war. Wenn wir von Passau nach München zum Einkaufen oder zu einem Bayern-Spiel gefahren sind.«

»Und das hast du geglaubt?«, fragte Hummel.

»Klar. Wolken sind ja was Schönes.«

»Kommt drauf an«, meinte Fränki und deutete nach links. Über den Höhenzügen des Bayerischen Walds verdunkelte sich der Himmel.

Als sie bei Deggendorf von der Autobahn abfuhren, korrespondierte die Farbe des Himmels mit der ihrer Kleidung. Pechschwarz.

Eine Woche schon war Sabine tot. Eine Woche, die sie im Präsidium annähernd schweigend gearbeitet hatten. Und es wurde mit den Tagen nicht besser oder leichter. Eher schlimmer. Als würde die schreckliche Nachricht ganz langsam wie böses Gift in sie einsickern. Die Bedeutung ihres Todes, das Unumkehrbare, die Tatsache, dass sie Sabine nie wiedersehen würden.

Fränki war bereits auf der kurvigen Landstraße nach Karlsreuth, als ein grüner Blitz den Himmel spaltete. Unmittelbar gefolgt von einem gewaltigen Donner. Sie waren im Auge des Sturms. Schon prasselte Hagel auf sie nieder. Fränki fuhr rechts heran. Machte den Motor aus.

»Fränki, wir kommen zu spät!«

»Dosi, wir können jetzt nicht weiterfahren. Aber wir kommen nicht zu spät. Das ist in ein paar Minuten vorbei.«

Dosi hoffte, dass sie nicht ohne sie anfangen würden. Sie hatte am Vortag lange mit Brandl wegen Sabines Beisetzung telefoniert. Brandl hatte sich zusammen mit Sabines Bruder Maxi um alles gekümmert. Sabines Vater war im Moment vor Gram nicht ansprechbar. Aber gesoffen hatte er nicht. Laut Brandl zumindest.

Draußen tobte der Sturm. Drinnen eine eingeschworene Gemeinschaft, zu der Sabine gestoßen war und in der sie ihr Sonnenlicht verbreitet hatte, bevor sie jäh aus ihrer Mitte gerissen worden war. Verlust war etwas, womit Dosi keine Erfahrung hatte. Tränen liefen über ihre Wangen, während der Hagel das Blech und die Scheiben des Wagens malträtierte. Die garstige kalte Welt da draußen. Die Scheiben im Bus liefen an. Fränki drehte sich nach hinten und kam dabei mit dem Knie an die Anlage. Kurzes Knistern in den Boxen, dann sang Elvis: *You saw me crying in the chapel, the tears I shed were tears of joy …*

»Entschuldigung.« Fränki machte sein Handy aus.

»Mach das wieder an!«, zischte Dosi.

Elvis sang sein Lied weiter. *Just a plain and simple chapel, where humble people go to pray, I prayed the Lord that I'll grow stronger, as I live from day to day ...*

Plötzlich stoppte der Hagel, der Regen, der schwarze Himmel teilte sich, ein blendend weißer Lichtbalken fiel durch den Wolkenspalt. Fränki schaltete die Scheibenwischer ein und fuhr mit seinem Sakkoärmel über die Scheibe. Draußen glitzerte alles im Sonnenlicht. Die Straße war mit Perlen übersät.

Fränki startete den Motor und öffnete die Seitenfenster, um frische Luft hereinzulassen. Als der Wagen anrollte, knirschten die Eiskugeln unter den Reifen. Bajazzo spitzte die Ohren.

ZUKUNFT

Montagabend. Mader saß nachdenklich in seinem Büro. Die anderen waren schon nach Hause gegangen. Bajazzo gähnte auf seinem Bodenkissen. Draußen färbte sich der Himmel blutrot. Mader dachte an die Beerdigung vom Samstag. Die war ergreifend gewesen, war ihm sehr nahegegangen. Ein großer Verlust. So ein junger, schöner Mensch. Mit einer so großen Zukunft. Das war nicht dienstlich gewesen, sondern privat. Auch die anderen waren heute noch ganz bedrückt, obwohl es eine so stimmungsvolle Feier gewesen war. Jetzt machte er den Job schon so lange, täglich hatten sie mit dem Tod zu tun, aber sobald der ins Private vordrang, konnten sie nicht damit umgehen. Obwohl, das stimmte nicht. Seine Leute hatten trotz aller Betroffenheit mit großer Energie an der Aufklärung des Falls gearbeitet. Brandl auch. Gute, sehr gute Arbeit. Auch wenn am Ende niemand zur Verantwortung gezogen werden konnte, weil die Verantwortlichen tot waren.

Als es an der Tür klopfte, schrak er hoch. Dr. Günther betrat sein Büro. Sofort bekam Mader ein schlechtes Gewissen. Er hatte Dr. Günther gestern Abend in einem schwachen Moment seine Tirade gegen die Digitalisierung der Polizeiarbeit geschickt. Wahrscheinlich beschwerte er sich jetzt darüber.

»Heute war die erste Sitzung der Leitungsgruppe«, sagte Günther.

»Und wie ist es gelaufen?«

»Ja, Mader, zuerst habe ich gedacht, Sie wollen mich verarschen, als ich Ihre Mail gelesen habe. Das wollen Sie doch nicht, also mich verarschen?«

»Nicht im Traum käme ich auf den Gedanken.«

»Und ich dachte, Sie wollen nur Ihr personelles Kuriositätenkabinett adeln.«

»Das seh ich nicht so.«

»Nein, das war überspitzt formuliert. Verzeihen Sie. Dann hab ich nachgedacht. Über all die Fälle, die wir in den letzten Jahren hier hatten. Die Sie und Ihr Team oft gut gelöst haben. Und ich hab festgestellt: Da ist was dran. Natürlich machen Routine und feste Handlungsabläufe und auch die Digitalisierung das Grundrauschen unserer Arbeit aus, aber der entscheidende Schritt stammt in der Regel von jemand, der im jeweiligen Fall den richtigen Blick oder genug Fantasie miteinbringt. Ich hab den Impulsvortrag heute so gehalten, wie Sie mir es aufgeschrieben haben. Vielleicht mit ein paar kleinen eigenen Akzentuierungen.«

»Und?«, sagte Mader skeptisch.

»Es gab Kopfschütteln und Proteste. Dass man doch nicht den persönlichen Ehrgeiz der Ermittler zum Motor der Ermittlung machen kann, dass es doch um Recht und Gesetz geht, dass die Ausweitung von Datenerhebungen und die Auswertungen von Big Data die großen Chancen und Herausforderungen der Zukunft sind.«

»Na, das war zu erwarten«, sagte Mader und grinste.

»Sie grinsen zu früh. Nicht unerhebliche Teile der Zuhörerschaft waren begeistert von Ihrem anthropozentrischen Ansatz.«

»Aha. Und jetzt?«

»Das ist doch schon mal ein großer Erfolg.«

»Na ja, wenn Sie meinen.«

Günthers Augen funkelten listig. »Die Theorie ist das eine, Praxis ist das andere. Wir werden das unter Realbedingungen testen. Ich hab da einen Fall, der seit Jahren ungeklärt ist und bei dem wir beweisen können, was wir draufhaben.«

Mader stöhnte auf. »Wir haben immer neue Fälle, wir können uns doch nicht zum Spaß um alte ungelöste Fälle kümmern.«

»O doch, das wird Sie interessieren. Auch wie ich mir die Zusammensetzung des Ermittlerteams gedacht habe.«

»Ja, wirklich?«, sagte Mader kraftlos.

Günther lächelte. »Aber nicht heute. Ich arbeite die Sache bis nächste Woche aus und stell Ihnen die Details zusammen. Und jetzt würde ich Sie gerne einladen.«

»Ich will keine Sachertorte!«, platzte es aus Mader heraus.

»Was haben Sie denn immer mit Ihrer Sachertorte?«

»Auch kein Edel-Chichi-Restaurant.«

»Aber Mader, woher denn. Wir gehen so richtig zünftig in den Biergarten vom Hofbräuhaus. Außer Sie haben heute Abend schon was anderes vor.«

»Es sieht nicht so aus.«

»Sehr gut. In fünf Minuten unten am Empfang. Für Bajazzo gibt es da bestimmt auch einen großen Knochen.«

Bajazzo hob den Kopf.

Als Dr. Günther verschwunden war, blies Mader die Backen auf und ließ die Luft langsam heraus. Er zog sein Pamphlet aus der Schreibtischschublade und las, was er da in den Computer geklopft hatte.

Die Polizeiarbeit von morgen

Verbrechen werden begangen, und wenn die Polizei Glück hat, auch entdeckt oder angezeigt. Es gibt Tatorte, es gibt Spuren, es gibt Verdächtige und eine klare Abfolge polizeilicher Aktivitäten, die in die Wege geleitet werden. Schritt für Schritt mit so manchen Wirrungen und Umwegen gelangen wir Ermittler zum Ziel. Der technische, personelle und zeitliche Bedarf ist hoch. Diese nicht zuletzt sehr kostenintensiven Anstrengungen zu reduzieren und dabei die Qualität der Ermittlungsarbeit aufrecht-zuerhalten ist die große Herausforderung der Zukunft. Mehr noch, die Qualität zu steigern ist der vordringliche Auftrag, vor allem im Bereich der Kapitalverbrechen. Hierbei sind immer schrittweise Verbesserungen denkbar, aber letztlich werden diese nicht immer zum Ziel führen. Der Fortschritt auf der dunklen Seite der Macht ist oft schneller. Man denke nur an die Internetbranche, die von niemand mehr profitiert als von ehemaligen Hackern, die mit einer ganz anderen Motivation erheblich effizienter im IT-Bereich unterwegs sind als die eigenen Leute. Warum sonst holt man immer wieder Statements zur Computersicherheit vom Chaos-Computer-Club ein? Das ist kein Plädoyer für das Einstellen Krimineller in den Beamtendienst – dazu sind auch die Verdienstaussichten nicht lukrativ genug –, sondern sollte vielmehr ein Ansporn sein, die Fälle vom Ergebnis her zu denken.

Hierbei geht es nicht um Profiling, sondern viel simpler um eine Art der Kosten-Nutzen-Analyse, die sich ohne jegliche psychologische Dimension erst einmal rational formulieren lässt. Dazu gehört es, eine Tat aus der Perspektive des Täters als Erfolg zu werten. Wir sprechen hier von Mord und nicht von Totschlag, dem ja in der Regel eine Affekthandlung vorausgeht. Hierbei ist ein Blick ohne Rechtsbewusstsein hilfreich. Warum also nicht kluge Leute in den Polizeiberuf hineinholen, die aus ganz anderen Berufsfeldern stammen und die in strategischem Denken geübt sind? Zum Beispiel Mathematiker, die Risikoberechnungen für Versicherungen durchführen, Datenanalysten von großen Telefonanbietern, aber auch Sprachwissenschaftler, die sich mit semantischen Feinheiten beschäftigen, oder auch Chemiker und Physiker, die es gewohnt sind, experimentell zu denken.

Die wichtigsten Bestandteile dieses Ansatzes sind Fantasie und Erfahrung und eben nicht die Auswertung von möglichst viel Material, von Big Data. Anstatt riesigen Mengen von Einzelinformationen könnten von vornherein ergebnisorientierte Ermittlungswege in einem engen Fokus und einer kleinen, feinen Auswahl durchdacht werden. Natürlich bietet das die Möglichkeit des Scheiterns, allerdings bei einem erheblich geringeren Aufwand. Ermittlungserfolge zeichnen sich dann auch durch einen erheblich geringeren Einsatz von Material, Personal und finanziellen Mitteln aus. Es reicht also nicht, für wirkliche Fortschritte polizeilicher Ermittlungsarbeit stets nur von Digitalisierung 4.0 oder 5.0 zu sprechen, sondern es müssen die kreativen Fähigkeiten des Personals stärker gefordert und gefördert werden. Bei diesem Ansatz steht die Motivation des kreativen Mitarbeiters im Zentrum, der den Ermittlungserfolg auch als seinen persönlichen Erfolg verbuchen will und nicht als abstrakte Erfolgsmeldung in Kriminalstatistiken.

Was für ein wirres Klugscheißergelaber, dachte Mader erstaunt. Was hat mich da nur geritten?

Das Telefon klingelte. Mader hob gedankenverloren ab. »Mader, Mordkommission eins.«

»Mader, wo bleiben Sie denn? Ich stehe am Empfang und warte schon seit fünf Minuten!«

»Tut mir leid, Dr. Günther. Ein neuer Fall, ich schaffe es heute nicht.«

»Verarschen kann ich mich selber, Mader. In zwei Minuten sind Sie unten!«

Es klickte in der Leitung.

Mader seufzte und stand auf. »Komm, Bajazzo, Happahappa. Und wir bestellen nur das Teuerste auf der Karte!«